Carmela Iannacone
*1920 †1994

Michele Esposito ⚭ **Anna Solimbeni**
*1943 *1945

Ciro Esposito
*1967

Bernarda Maria Esposito ⚭ **Giuseppe lo Priesto**
*1970 *1965 †1990

Magali Esposito
*1997

Antonio Esposito
*28. April 1990
†28. April 1990

Antonio Esposito
O'Nirone
*1990

Was wäre in Neapel aus ihm geworden, in der Stadt seiner Eltern? Als Kind plagte ihn die Angst, die Schweiz und alle seine Freunde verlassen zu müssen. Darum war es für ihn wie eine Befreiung, als 1980 in Süditalien die Erde bebte und innerhalb von neunzig Sekunden die Rückkehrpläne der Eltern in Schutt und Asche lagen.

Nach dem Tod des Vaters, viele Jahre später, begibt sich der Erzähler auf Spurensuche nach Neapel, eine Stadt, deren Sprache er zwar spricht, deren Gesetze ihm aber fremd sind. Unter den vielen Geschichten, die er hier hört, lässt ihn eine nicht mehr los, die Geschichte von Antonio Esposito: ein gestohlenes Migrantenkind aus Westafrika, das in eine Camorrafamilie aufgenommen wurde, eine kriminelle Karriere machte und dann spurlos verschwand. Was ist aus diesem Antonio geworden? Ist er tot? Hat er eine neue Identität angenommen? Oder ist er untergetaucht im hoffnungslos überfüllten Castel Volturno, als Namenloser unter Tausenden von afrikanischen Migranten?

Franco Supino schaut mit einem unsentimentalen Blick auf das ebenso schöne wie abschreckende Neapel. Was sein Protagonist über Antonio Esposito in Erfahrung bringt, ergibt keine lückenlose Geschichte, sondern ein faszinierendes Vexierbild. Die Figuren, die diese Stadt und diesen Roman bevölkern, seien es Camorristi oder Künstler, Handwerker oder Heilige, Kinder der Madonna oder Helden der Vergangenheit, sie alle verbindet eine verzweifelte Zuversicht: »Der Vesuv dampft? Explodieren wird er erst morgen!«

Franco Supino

Spurlos in Neapel

Roman

EDITION BLAU
Rotpunktverlag

Der Autor dankt der Stiftung Pro Helvetia für den Kreationsbeitrag und der Franz-Edelmaier-Residenz für Literatur und Menschenrechte, Meran, für das Aufenthaltsstipendium.

Dieses Buch erscheint mit freundlicher Unterstützung von:

Der Verlag bedankt sich dafür.

Der Rotpunktverlag wird vom Bundesamt für Kultur mit einem Strukturbeitrag für die Jahre 2021 bis 2024 unterstützt.

Zitat S. 194 f.: Daniel Defoe, *Robinson Crusoe*, aus dem Englischen von Rudolf Mast, mare-Verlag 2019, S. 266

www.rotpunktverlag.ch

Umschlagbild: Dan Grysku / Alamy
Lektorat: Anina Barandun
Korrektorat: Lydia Zeller
Umschlag und Satz: Patrizia Grab
Druck und Bindung: Friedrich Pustet, Regensburg

ISBN 978-3-85869-958-9
1. Auflage 2022

Dieser Titel ist auch als E-Book erhältlich.

»Ich habe nichts von eurer Stadt verstanden,
ich denke, es wäre unredlich,
wenn ich sie beschreiben würde.«

James Baldwin an die Redaktion der
neapolitanischen Tageszeitung *Il Mattino,*
Dezember 1980

»Es gibt kein anderes als das autobiografische Erzählen.
Man muss versuchen, die eigene Existenz publik zu
machen, in der Hoffnung, dass jemand sie verstehe.«

Generoso Picone, *Paesaggio con rovine,* 2020

1.

Wie hättest du dich in dieser Gesellschaft, der du glücklicherweise entronnen warst, je wieder zurechtfinden wollen, Vater? Diesem dichten Geflecht von Abhängigkeiten und Begünstigungen, in dem jeder, der nicht dazugehört, der keine Beziehungen hat, mit dem Kopf gegen Wände schlägt.

Ich war noch ein Kind und hatte jeden Sommer nur einen Monat Zeit, um diese Welt zu studieren. Ich beobachtete Mario, unseren überübernächsten Nachbarn, der die zweitschönste Villa nach unserer an der Via Nazionale besaß. Wenn man fragte, was Mario, genannt o'Nzurduso, der Aufbrausende, mache, zuckten alle vielsagend mit den Schultern. Seine Frau, die schwermütige Ninella, und seine Tochter, die hysterische Loredana, ließ er wochenlang allein. Ninella machte im Basso, dem Tiefparterre, aus Hartweizengrieß Fusilli, Orecchiette und Cannelloni. Sie stellte sie zum Trocknen vors Haus, die Vorbeifahrenden hielten an und ließen sich die Pasta in Tüten füllen. Loredana hörte man von weitem im Haus schreien, oder man sah sie überschminkt, von den vielen Medikamenten völlig neben der Spur, auf einem Korbstuhl neben den ausgestellten Teigwaren sitzen und rauchen. Loredana war höchstens Anfang dreißig, Ninella hatte die Hoffnung aufgegeben, sie noch zu verheiraten.

Ab und zu fuhr Mario o'Nzurduso mit seinem Tross ein: gut gekleidete Advokaten, kräftige Jünglinge, leichte Mädchen. Ninella musste alles stehen und liegen lassen, um die Gesellschaft fürstlich zu bekochen. Bis tief in die Nacht hörte man an diesen Abenden aus dem Garten hinter dem Haus polternde Ansprachen und quietschendes Gelächter, bis im Morgengrauen Autotüren zugeknallt wurden, Motoren aufheulten und die schicken Autos einzeln wieder davonfuhren. Mario o'Nzurduso, dessen Freundschaft sich mein Nonno rühmte, galt allen als Vorbild. Er hatte, was ein richtiger Mann hier besaß: Geld, Einfluss und Schwierigkeiten mit der Justiz.

Ich fragte mich oft, warum auch mein Nonno den Kaffee ans Tischchen vor der Bar serviert bekam und nie bezahlte. Und das, obwohl seine Lirebündel weithin sichtbar aus seiner Brusttasche quollen. Warum er im Vorbeigehen in die Kühltruhe griff, mir ein Gelato reichte und Zia Gelsomina, wie ich die Barbesitzerin nennen durfte, dazu unterwürfig lächelte.

»Wie geht das?«, fragte ich Nonno. »In der Schweiz muss man, wenn man sich etwas nimmt, dafür bezahlen. Überall, immer!«

»Ich bezahle«, lachte Nonno mich aus, »jeder bezahlt hier, keine Sorge!«

Als ich einmal zu meinem Geburtstag – er fiel mitten in die Sommerferien, die ich wie immer in Süditalien verbrachte – von meiner ehemaligen Tagesmutter ein Päckchen aus der Schweiz erhielt, riss Nonno die Packung auf und reichte dem Postboten, der erwartungsvoll das Fenster seines Dienstautos heruntergekurbelt hatte, lächelnd die Hälfte der darin enthaltenen Schokoladetafeln. Ich schaute der Szene ungläubig zu. »Das gehört mir! Alles!«, rief ich. Der Postbote lächelte zurück, kurbelte das Fenster hoch und gab Gas. Was maßte sich Nonno an! Ich schrie ihn an, die Schokolade habe mir mein »Mueti« geschickt. Ich trat gegen seinen Stock, gegen den Stuhl, auf dem er vor der Tür saß. Nonno befahl meine Mamma zu sich. »Schaff ihn mir vom Hals. Warum flennt er wie ein Femminiello?« Ein ärgeres Schimpfwort als *femminiello,* das ungefähr »Heulsuse« oder »Weichei« bedeutet, gab es für einen Knaben nicht.

»Ich bitte um Entschuldigung«, sagte Mamma ängstlich und zog mich weg.

Ich war außer mir. Mutter verlangte sofort Ruhe, ich solle mich benehmen, es sei eine Schande, wie ich mich Nonno gegenüber verhalten habe. Und dann, versöhnlich, ich müsse von der restlichen Schokolade nichts abgeben. »Alles für dich. Gut?« Es waren acht Tafeln.

Gar nicht gut, fand ich. Es ging nicht um viel oder wenig Schokolade für mich, es ging um Gerechtigkeit. Ich malte mir Rache aus. Vielleicht, wenn der Postbote wieder vorfuhr, anspucken? Pneu aufschlitzen?

Wir reisten ab, bevor ich zu Handlungen schreiten konnte. Doch das änderte nichts daran, dass ich mir schwor, ich würde es mit denen dort unten aufnehmen. Nicht so wie Vater und Mutter! Ich hätte den Frevel gesühnt, Nonno hin, Neapel her.

Ich hatte nämlich längst alles durchschaut. Warum Onkel Gigi, der als Gerichtspolizist arbeitete, eines Abends auf dem Nachhauseweg angeschossen worden war. Es gab eine Untersuchung, die im Sand verlief, und innerhalb der Familie wurde der Vorfall totgeschwiegen.

Oder was es mit dem immer spendablen Nino, dem Besitzer des immer voll besetzten Ristorante o'Pagliarone mit dem riesigen, immer vollgeparkten Kundenparkplatz hinter dem Restaurant, auf sich hatte. Nonna war Ninos Amme gewesen, deshalb nannte er sie Mamma. Er schaute öfters vorbei und warf dabei ein Auge auf Zia Virgilia, die jüngste

Schwester meiner Mutter. Seine Gefühle wurden erwidert, Abend für Abend kam Nino vorbei, schaute der Nonna und der Zia zu, die im Basso für Ninella Teigwaren machten, beim Anrühren des Mehls, beim Auswallen der Klumpen, beim Ziehen der Schnüre. Nino wartete, bis Virgilia sich frisch machte, sich parfümierte. Dann spazierten sie, Nino und Virgilia, Arm in Arm die Via Nazionale hoch. Bis sich Ninos Familie einmischte. Die Tochter der Amme! Das war nicht auf ihrem Niveau.

Dass das Drama öffentlich aufgeführt wurde, änderte nichts am Ausgang der Geschichte. Nino heiratete die Tochter eines Großgrundbesitzers aus Mugnano del Cardinale, Zia Virgilia den erstbesten Pastakunden von Ninella, einen unscheinbaren Migranten aus der Alta Irpinia, der zufällig vorbeifuhr, anhielt, sich sofort in Virgilia verguckte, sich beim Bezahlen erkundigte, ob das Mädchen noch zu haben sei, sich traute, Virgilia anzusprechen, und zu seiner Überraschung sofort den Zuschlag bekam. *»Per me va bene«*, habe Zia Virgilia gesagt, »für mich geht das in Ordnung«, Hauptsache, sie kam weg, schnell weg von Nino und dem Dorf. Die beiden haben sich dann ins Ausland, in die Schweiz, abgesetzt.

Der steinreiche Nino hielt mit seinem Cabriolet weiterhin ab und zu vor dem Haus der Nonna an, übergab, nach einem kurzen Schwatz, Nonno eine Flasche hochwertigen Aglianico del Vulture oder ein in Wachstuch geschlagenes, gut abgehangenes Stück Rindfleisch aus Ariano. An der Spanferkel-Versteigerung, dem Höhepunkt des jährlichen Dorffests, wenn es darum ging, die Kosten für die Gratiskonzerte auf der Piazza Sant'Anna zu decken, trieb Nino den Preis in schwindelerregende Höhen. Er bezahlte bar, mit Bündeln von Lirescheinen, die der Auktionator mit hoch erhobenen Armen der staunenden Menge vorführte.

Das Dorffest zu Ehren von Sant'Anna findet am 26. Juli statt, während der Sommerferien. Ich erinnere mich, dass es zum Abschluss des Heiligenfests jedes Jahr ein einstündiges prachtvolles Feuerwerk gab, inszeniert von den bekanntesten Feuerwerkmeistern aus Neapel. Das allein kostete mehrere Millionen Lire. »Nino zahlt«, sagte Nonno, stolz auf seinen Beinahe-Sohn.

Wie kann man mit einem Restaurant, das *fusilli al forno*, mit Mozzarella überbackene Teigwaren, und *carne alla brace*, Grillfleisch, seine Spezialität nennt, so unermesslich reich werden? Eines Sommers war der Pagliarone nur noch Schutt und Asche. Nino, im Gefängnis, wartete auf seinen Prozess. Niemand sagte etwas dazu, ich musste mir die Erklärung selbst geben.

In gleichen Jahr wurde ein anderer Nachbar, er hieß Vito o'Carcerato, der Zuchthäusler, nach fünfundzwanzig Jahren Haft vorzeitig entlassen. Er kehrte zu seiner Frau Mirta, die all die Jahre auf ihn gewartet hatte, zu seinen beiden Eselinnen und zu seiner Arbeit in den Haselnusshainen zurück. Ich wusste, dass er in jungen Jahren im Dienste einer Camorrafamilie gestanden hatte und an der Tötung von Mitgliedern eines rivalisierenden Clans beteiligt gewesen war. Ich hatte in der Schweiz noch nie einen Mörder gesehen. Vitos Bartstoppeln piekksten, denn natürlich mussten wir Kinder ihn, wie alle Erwachsenen hier, zur Begrüßung küssen.

Vito zog gleich nach Tagesanbruch mit einer der Eselinnen los, also lange bevor ich wach war. »Esel muss man immer zu zweit halten«, erklärte uns Mirta, »einzeln gehen sie vor Einsamkeit ein.« Die zweite, jüngere Eselin stand uns Kindern als Reit- und Vergnügungstier tagsüber zur Verfügung.

In diesem Sommer verließ Vitos Sohn, der im Dorfkern wohnte, seine Frau und die gemeinsame dreijährige Tochter und setzte sich mit seiner Geliebten nach Mailand ab. Das hatte schlimmes Gerede für Mirta und Vito zur Folge, es war die reinste Schande. Mirta schämte sich so sehr, dass sie keinen Fuß mehr vor ihr Haus setzte. Vito o'Carcerato ging nicht mehr mit seiner Eselin in die Haine, saß stattdessen den ganzen Tag vor seiner Haustür, schüttelte den Kopf, sprach mit sich selbst, sprach alle an, die vorbeikamen. Auch mich auf dem Weg zu seinen Eselinnen: »Wie kann man so ein *om'i'merda,* so ein ehrenloser Mann sein?«

Am Ende der Woche fand Mirta Vito o'Carcerato erhängt am Tragebalken des Stalls. »Es musste so kommen«, sagten Nonna, Nonno, Ninella, die herbeigeeilt waren, während mein Vater das Seil kappte und Mamma mir die Hände über die Augen legte.

Nach Vaters Tod begann ich wieder jedes Jahr, und dann auch mehrmals im Jahr, »nach Neapel runterzugehen«. *Scendere a Napoli* sagen wir, weil für fast alle Italiener Neapel im Süden liegt. Easyjet bot für ein paar Franken einen Direktflug an, mit der Frecciarossa erreichte man Neapel bequem im Zug, aber es lag nicht an der billigen und schnellen Erreichbarkeit, dass ich nun wieder häufiger in die Stadt am Vesuv reiste.

Vater war überraschend gestorben, ohne je ernsthaft krank gewesen zu sein. Vielleicht aus schlechtem Gewissen und weil er meine Reisen nicht mehr sehen und nicht mehr kommentieren konnte, hatte ich das Gefühl, ich müsse zurück, immer wieder zurück, dahin, woher er gekommen war und wo er gerne gestorben wäre, als würde ich suchen, was er – und wohl auch ich – seit Jahren vermisste.

Ich fuhr in unser Heimatdorf, in dem ich seit zwanzig Jahren nicht mehr gewesen war. Jedes zweite Haus entlang der Via Nazionale stand leer. Nach den Eltern meines Vaters waren auch die anderen Nonni, die Eltern meiner Mutter, gestorben. Ihr Haus war von einem Cousin aus England übernommen worden, der es dann aber vorgezogen hatte, die Ferien weiterhin in Griechenland am Meer zu verbringen, anstatt in einem primitiven, zweistöckigen Häuschen an einer verkehrsreichen Straße im Hinterland Neapels.

Das Haus meiner Eltern, etwas weiter oben an der Via Nazionale, war von einem Stadtneapolitaner als Zweit- oder

Sommersitz gekauft worden. Als er festgestellt hatte, dass es hier im Sommer nicht viel frischer und wegen der Hauptstraße vor dem Haus und der Autobahn hinter dem Haus schon gar nicht ruhiger war als in der Stadtmitte, ließ er es verfallen. Das hat er nun von seinem Schnäppchen, dachte ich vor den Relikten meines Elternhauses, in das der Verdienst von fünfundzwanzig Jahren Arbeitsmigration geflossen war.

Wenn ich ins Dorf fuhr, besuchte ich Zio Federico, Vaters Bruder, und seine Frau, Zia Marisa, in ihrem Haus, das sie außerhalb des Dorfkerns, auf dem ehemaligen *orto*, dem Gemüsegarten meines Nonno, erbaut hatten. Federico war in Rente, pflegte, um diese aufzubessern, weiterhin seine Haselnuss- und Kastanienhaine. Verdienen könne er mit der Landwirtschaft jedoch nichts mehr. Die Kastanien waren neuerdings von einem Parasiten befallen, angeblich aus China importiert. Unter Tränen zeigte er mir die verfaulten Blüten. Totalausfall der Ernte, wahrscheinlich müsse man den ganzen Hain roden. Die Haselnüsse seien wegen der türkischen Konkurrenz längst nicht mehr rentabel. Er sammle sie bloß noch ein, damit sie nicht vergammelten.

Ihre Kinder, meine Cousinen, leben im Ausland, in Abu Dhabi und London. Tante Marisa und Onkel Federico halten die Beziehung zu ihren Enkeln via WhatsApp aufrecht.

Wir gingen durchs Dorf. Der Dorfkern, auf einem Hügel erbaut, zeigte noch immer deutlich die Spuren des Erdbebens von 1980. Fast niemand wohnte mehr in den eng aneinandergebauten Steinhäusern. Viele Treppen waren zerbröckelt, die Gassen kaum passierbar. Das Gerüst um die Primarschule oberhalb der Piazza, das man um die Erdbebentrümmer hochgezogen hatte, hing verrostet im Wind. Durch den Bretterzaun hindurch sah ich, dass man das Gelände als Mülldeponie nutzte. Auf einem zerschlissenen Sofa hatte eine Katze geworfen.

Es gab im Dorfkern keinen Laden, keinen Zeitungskiosk, keine *edicola,* mehr. Nur auf der Piazza bei der wiederaufgebauten Kirche, wo noch spärlich besuchte Messen gelesen wurden, war eine Bar offen, die letzte im Dorf. Das neue Dorf war in die Ebene Richtung Avellino gebaut worden, die Primarschule stand gleich neben den Baracken für die *terremotati,* die Erdbebenopfer, die noch immer darin lebten. Vor jeder Baracke standen neuwertige Autos.

In den ehemaligen Kastanienwäldern auf den Hügeln rund ums Dorf waren etliche angeblich erdbebensichere Überbauungen hochgezogen worden, hässliche Backsteinwohnblöcke oder pompöse Villen. Es war ein Schlafdorf geworden. Eingekauft, gearbeitet, gelebt wurde in Neapel oder Avellino. *»L'hanno fatto morire, questo paese«,* sagte Zio Federico, man habe dieses Dorf sterben lassen. Nicht einmal die Prozession und das Fest zu Ehren von Sant'Anna, der Dorfheiligen, finde mehr statt. Die Jungen und die Zugezogenen hätten kein Interesse daran. Niemand wolle mehr das Konzert und das Feuerwerk bezahlen. »Da«, er zeigte in eine Richtung, »wohnen Polen, und da«, er zeigte in eine andere, »Rumänen. Arbeiten in Neapel.«

»Kannst du denn mit ihnen reden?«

»Wie meinst du das? Wir haben keinen Kontakt.«

Zio Federico hatte alles erzählt, was es über dieses Dorf zu sagen gab. Er schaute mich an. Es war unvorstellbar, dass ich noch hier leben würde. Um das Gespräch aufrechtzuerhalten, fragte ich: »Was ist eigentlich aus Sofia geworden?«

Sofia war die Tochter einer Schulfreundin meiner Mutter. Als Siebzehnjährige war sie während ihrer langen Sommerferien einmal bei uns in der Schweiz gewesen. Ich, ein Jahr jünger als Sofia, sollte ihr etwas von der Schweiz zeigen. Also fuhr ich mit ihr nach Luzern. Beim Anblick der Kapellbrücke werde ihr schlecht, behauptete sie. Sie machte sich einen Spaß daraus, vor den Augen eines Stadtpolizisten Abfall auf die polierten Pflastersteine der Altstadt zu schmeißen und keck zu rufen: *»Forza, dammi una multa,* los, gib mir eine Buße.« Dazu sang sie laut ein Lied von Fabrizio De André: *»Dai diamanti non nasce niente, dal letame nascono i fior.* Aus Diamanten wächst nichts, aus Dreck wachsen die Blumen.«

Sie prahlte damit, in Neapel Aktivistin bei den Autonomen zu sein und sich jedes Wochenende mit der Polizei zu prügeln. Offenbar hatten sich ihre Eltern von der Schweiz eine Art soziale Kur versprochen. Ich fand sie attraktiv, aber sie war mir nicht geheuer. Sie setzte sich, während ich in der Schule war, in der Altstadt halb nackt auf eine Bank und hoffte, ein Mann würde sie ansprechen. Was hier, natürlich, keiner tat. »Bin ich so hässlich?«, fragte sie mich gereizt, als ich sie nach der Schule vor der Kathedrale abholte, wo sie, eine selbst gedrehte Zigarette im Mund, im Schneidersitz auf der Treppe saß.

»Sofia? Fa la drogata, come sempre. Che disgrazia«, sagte Zio Federico. Sie lebe, wenn sie nicht grad in einer Drogenentzugsklinik sei, auf der Straße.

Um den Besuch abzuschließen, schaute ich auf die Uhr und sagte zu Federico: »Ich muss, mein Schneider erwartet mich.«

Ich hatte nach einem Vorwand gesucht, der meine vielen Reisen nach Neapel rechtfertigte, und hatte ihn in der Person des Meisterschneiders Gennaro Ippolito gefunden. Herrenschneiderei ist in Neapel ein tief verwurzeltes Handwerk: Gearbeitet wird ausschließlich mit Schere, Nadel und

Faden. Es gibt keine Reißverschlüsse, die Knöpfe sind an für Laien undenkbaren Stellen angebracht, damit das Kleidungsstück optimal sitzt. Zum Einsatz kommt ausschließlich feinstes, meist in kleinen Webereien gefertigtes Tuch. Mittlerweile arbeiten fast ausschließlich alte Männer in diesen engen Ateliers, eine Zigarette im Mundwinkel, beugen sie sich zehn Stunden am Tag im künstlichen Licht über die Stoffe. Seit sie acht oder zehn Jahre alt sind, also seit über sechzig Jahren, ist das ihr Leben, und ich hege keinen Zweifel an Maestro Gennaro Ippolitos Prognose: Dieses Handwerk wird, wenn seine Generation nicht mehr arbeiten kann, aussterben.

Wenn man sich so einen Anzug von Maestro Ippolito schneidern lassen will, muss man zur Wahl des Stoffs und später zur ersten Anprobe anreisen. Die zweite Anprobe ist nach dem Grobschnitt fällig, schließlich die dritte Anprobe, um die letzten Details anzupassen, bevor der Anzug vom Meister persönlich vollendet wird. Zuletzt muss man ihn nur noch abholen. Das heißt, vier- bis fünfmal musste ich nach Neapel reisen für einen einzigen Anzug. Und bei einem konnte ich es angesichts der aussterbenden Kunst nicht belassen. Wenn ich mir ein weiteres Kleidungsstück machen ließ, egal was, musste ich wieder viermal hin, weil selbstverständlich jeder Stoff anders fällt. Wer als Schneidermeister etwas auf sich hält, nimmt für jedes Stück neu Maß.

Auch in der Schweiz lässt mich meine Herkunft nicht los.

An einem Benefizkonzert, zu dessen Begleitheft ich einen Text beigetragen hatte, traf ich auf Lodovico, einen Dirigenten und Orchestermusiker aus Rom. Lodovico spricht nicht gern Englisch, und so platzierte uns der Veranstalter beim Dinner nach der Aufführung nebeneinander. Wir sprachen über unsere Arbeit, über sein Leben als Musiker und mein Leben als Schriftsteller, über Neapel, die Probleme der Stadt. Ich sagte, ja, ich würde gerne über Neapel schreiben, auch über die Camorra. Vor allem interessiere mich, wie man sich aus einem Clan, in den man hineingeboren worden war, befreien könne.

»Da kann ich Ihnen vielleicht weiterhelfen«, meinte Lodovico und berichtete mir von Maurizio. Lodovico und Maurizio haben beide schwer kranke Töchter, die an einer seltenen Immunschwäche leiden. Alle drei Monate müssen die Kinder in eine spezialisierte Klinik in der Nähe von Rom gebracht werden, wo sie dank teuerster Medikamente für ein paar Wochen aufgepäppelt werden. Zu Hause sind sie höchst pflegeintensiv, können sich nicht eigenständig bewegen, nicht einmal den Kopf schütteln, nicht kommunizieren, müssen gefüttert und gewickelt werden. Für diese Kinder und für die Römer Spezialklinik veranstaltet Lodovico regelmäßig Benefizkonzerte in ganz Europa, und eine Station seiner Reise ist stets die Zürcher Tonhalle.

Maurizio sei ein Muskelprotz mit wilden Tattoos und einem furchteinflößenden Talibanbart, erzählte Lodovico, dabei sei er eine Seele von einem Menschen, sanft und ruhig. Es sei rührend, wie er sich um seine kranke Tochter kümmere, sie liebevoll auf seine Pranken hebe und sie ganze Nachmittage durch den Spitalgarten trage. Wie er sich nicht scheue, sie zu wickeln, zu waschen und anzuziehen. Wie er sich fürsorglich um die anderen Eltern kümmere, Cornetti für alle besorge oder Bier.

»Maurizio war in der Camorra«, flüsterte mir Lodovico ins Ohr, »ein wirklich böser Junge, saß acht Jahre wegen vorsätzlicher Tötung. Zum Glück hat er sich aus dem System lösen können, jetzt arbeitet er als Möbelpacker. Man kann sich gar nicht vorstellen, dass so ein liebenswürdiger Mensch jemandem ein Haar gekrümmt haben soll. Ich glaube, es würde sich lohnen, wenn Sie Maurizio kennenlernen.«

»Sicherlich«, sagte ich, ohne zu zögern, »würden Sie ihn fragen, ob ich ihn kontaktieren darf?

»Ich rufe am besten gleich an!«

»Nach 23 Uhr?«, warf ich überrascht ein.

Ach, da sei man doch in Neapel gerade fertig mit dem Nachtessen. Lodovico packte sein Handy aus, tippte, hielt den Hörer ans Ohr. Tatsächlich meldete sich jemand. Lodovico konversierte, lachte immer wieder, machte seinerseits ein paar Scherze. Als er das Gespräch beendet hatte, sagte er, während er Maurizios Nummer auf seine Visitenkarte schrieb: »*Apposto.* Sie können ihn anrufen, er wird Sie gerne treffen.«

Vor meinem nächsten Schneiderbesuch in Neapel rief ich Maurizio an. Er stutzte. Als ich Lodovico erwähnte, erinnerte er sich. Es sei grad eine sehr anstrengende Zeit, klagte er. Falls ich ihn richtig verstand. Er nuschelte beträchtlich. Ich sagte, dass ich nur zwei Nächte in Neapel bleibe, ob wir uns am Mittwoch sehen könnten. Er sprach nicht nur undeutlich, stellte ich fest, er sprach parallel noch mit jemand anderem, in einem sehr kruden Dialekt. *»Tu si na cap i cazzi che non vo capì«,* hörte ich. Dann wieder zu mir: »Entschuldigung. Mittwoch, 10 Uhr, Piazza Medaglie d'oro. Joy caffè bar. *Va buo'*? Findest du das?«

Ich war auf die Minute da. Die Joy caffè bar wirkte auf gute Art altmodisch und großzügig. Sie war vermutlich seit den fünfziger Jahren kaum verändert worden. Ich sagte dem gelangweilten Mädchen am Tresen, das kaum die Augen vom Handydisplay heben mochte, ich warte auf Maurizio. Sie reagierte nicht auf den Namen.

»Espresso macchiato«, bestellte ich, »und ein Glas Wasser, nach draußen bitte.«

Ich setzte mich an einen der Tische auf dem breiten Gehsteig, nahm mein Notizbuch hervor und begann den Grundriss der Piazza Medaglie d'oro zu zeichnen. Das Zentrum bildet ein Park mit nackten Platanen und wucherndem Bodengestrüpp. Um den Platz kreist auf mehreren Spuren der Verkehr. Die Zufahrtsstraßen sind nach den mit Goldmedaillen dekorierten Helden des Ersten Weltkriegs benannt. Unter dem Platz hält die U-Bahn-Linie 1, mit direkter Verbindung zum Hauptbahnhof Napoli Centrale. Es gibt etliche Abgänge zur Metro, die teilweise miteinander verbunden sind. Ich betrachtete meine Zeichnung. Dies war der ideale Ort für einen Drogenumschlagplatz. Ich wurde nervös. Polizeikontrollen waren bei den vielen Schlupflöchern schwierig. Um alle Fluchtwege zu blockieren, hätte es eine Armee gebraucht.

Maurizio erschien eine gute Stunde zu spät in Begleitung eines hageren Jungen in einem Nike-Trainer. »Du willst draußen bleiben?«, fragte er mich. *»M'a scusà«,* sagte er, sich setzend. »Du musst mich entschuldigen. Der Kleinen geht's nicht gut, sie wollte nicht essen. Wir haben zwei Stunden gebraucht, um sie zu füttern. Dann habe ich sie in die Behindertentagesstätte gebracht. Da geht sie zweimal pro Woche hin, damit Bellamore sich auch mal um was anderes kümmern kann. *Marcella, o caffé«,* rief er in Richtung Bar.

Maurizio war ein Hüne und hatte wirklich auffällige Tattoos, die sich vom Hals über die Brust bis zu den Armen ausbreiteten. Man konnte sie gut sehen, da er nur ein geripptes, gelblich verfärbtes Unterhemd trug. Den Talibanbart hatte er wegrasiert. Er schaute sich unruhig um, kippte den Inhalt seiner Plastiktüte auf den Tisch. Sieben oder acht Handys fielen auf die Marmorplatte, eines hüpfte vibrierend im Kreis. *»Scusami, scusami,* ich muss schnell ran.«

Der hagere Junge war hinter Maurizio stehen geblieben, er wurde von der Bedienung nicht begrüßt. Es war anscheinend klar, dass er nichts bestellen würde. Sein Blick blieb keinen Moment ruhig, sein Kopf bewegte sich im Zickzack, vorwärts, rückwärts, nach links und rechts. Seine Hände steckten in den Taschen der Trainerhose. In der linken zeichnete sich ein Messer ab, in der rechten eine Pistole.

»Bellamore war dran«, entschuldigte sich Maurizio. »Was nimmst du? Ein Cornetto? Mit welcher Füllung? *Marcella! Porta un cornetto alla crema al signore, sono deliziosi.* Die mit Vanille sind wundervoll. Oder lieber eine Pizza? Es gibt eine Pizzeria, gleich da ums Eck, echte neapolitanische Holzofenpizza!«

»Also«, setzte ich an, »Lodovico hat mir erzählt …«

»Lodovico ist ein Genie«, unterbrach mich Maurizio. »Hast du ihn spielen gehört? Ein Genie und ein Heiliger …«

»Ein begabter Musiker. Sehr verdienstvoll, wie er sich einsetzt. Es ist aber auch ein schweres Schicksal, das ihr teilt.«

»Das hier ist ein schweres Schicksal«, Maurizio zeigte auf die Handys, die immer wieder tanzten, ohne dass er ranging. »Nicht mein Kind. Marinella ist ein Geschenk Gottes.«

»Lodovico hat mir gesagt, dass du zu einer Camorrafamilie gehörst, gehört hast, früher, meine ich.« Ich räusperte mich. »Als was arbeitest du jetzt? Stimmt das, als Möbelpacker?«

Ich hatte mein Notizbuch aufgeschlagen und schrieb hinein: Maurizio, *traslocatore.*

Maurizio lehnte sich vor, sodass sein Leibwächter ihn nicht verstehen konnte, und flüsterte: »Lodovico darf nichts davon erfahren. Versprich es mir. Lodovico ist so ein guter Mensch. Ich möchte ihn nicht enttäuschen.«

Ich wollte *traslocatore* streichen, aber mein Rollerstift, stellte ich fest, hatte keine Tinte mehr. Ich griff in meinen Rucksack, um einen anderen Stift zu suchen. In diesem Moment machte der *guardaspalle,* der Leibwächter, einen Satz auf mich zu und wollte mir den Rucksack entreißen.

»*Calma,* Juri«, wies Maurizio ihn zurecht. »Er macht dir nichts, er hat nur Angst, dass eine Waffe da drin ist. Du hast doch keine Waffe in deinem Rucksack, oder?«

Ich streckte den Rucksack offen hin. Juri schaute aufmerksam in jeden Winkel, richtete sich wieder auf und machte einen Schritt vom Tisch weg.

»Möbelpacker! Neapel ist voller Möbelpacker! Ich schwöre dir, ich würde gerne aufhören. Lieber heute als morgen. Tausend Euro würden uns reichen, mit tausend Euro im Monat würden wir ein Herrenleben führen. Wir haben einen Bauernhof im Matese, den Hügeln an der Grenze zum Latium. Kennst du die Gegend? Ein paar Büffel, etwas Landwirtschaft. Wir wären Könige, und für die Kleine ist die Luft hier in Neapel sowieso nichts.«

Ich verzichtete auf den besseren Stift. »Was ist denn deine Funktion innerhalb der Familie, magst du erzählen?«

Ich sprach ins Notizbuch, als wäre es ein Diktafon.

»*Capozona*, Zonenchef. Arenella ist unser Viertel. Wir sind die Familie Barella. Das ist mein Bruder Domenico.«

Maurizio griff nach einem Smartphone. Er stellte den Youtube-Kanal einer Lokalzeitung ein und streckte mir das Gerät hin. Die Schlagzeile flimmerte über den Schirm: *Razzia al Vomero, arrestato il Boss Domenico Barella.* Der Film zeigte Polizeiautos mit blinkendem Blaulicht. Beamte in Montur dringen in ein Gebäude ein. Es ist Nacht. Ein Schwenker nach rechts: Menschen in Schlafanzügen stehen auf der Straße. Die Kamera fährt das Gebäude hoch. Eine Frau schlägt die Läden auf und beschimpft die Polizei wüst. Dann sieht man, wie ein Mann, im Unterhemd, mit wirrem Haar, der offensichtlich im Schlaf überrascht wurde, in Handschellen von zwei Polizisten aus dem Haus geführt wird. Die Kamera bleibt lange auf dem markanten Gesicht. Aus dem Off der Kommentar: »Der Clanchef Domenico Barella ist kaum drei Monate nach seiner Freilassung in seinem Wohnhaus auf dem Vomero wieder verhaftet worden. Er wird für die Ermordung Luigi Petrinis, eines Mitglieds der rivalisierenden Familie Barano, verantwortlich gemacht. Petrini wurde letzten Freitag in einem Attentat auf offener Straße in der Via Gemito erschossen …«

Domenico Barella zwinkert im Vorbeigehen in die Kamera, dann lächelt er in Richtung der Nachbarn im Pyjama, die zwischen Hausausgang und Polizeiauto eine Gasse gebildet haben. Als Domenico an ihnen vorbeischreitet, brandet Applaus auf, und man hört die Leute »*Turna ambressa,* kehre bald zurück!« skandieren.

Ich gab Maurizio das Gerät zurück.

»Was für Geschäfte macht ihr?«

»Was man halt so macht hier. Drogen, vor allem.«

Ich zeigte auf das Zentrum der Piazza.

Maurizio schüttelte den Kopf. »Nein, keinen Straßenverkauf, ausschließlich Hauslieferdienst. Wir sind hier in einer noblen Gegend. Rechtsanwälte, Ärzte, Unternehmer. Das sind unsere Kunden.«

»Und außer Drogen?«

»Geldverleih. Schutzgeld. Wir betreiben zwei Glücksspiellokale ...«

»Aber ...?«

»Alle wollen was von uns: Drogen, Geld, Schutz, aber niemand will dafür zahlen ... Und jetzt, seit Domenico wieder drin ist, lastet wieder mehr auf mir ... Ich war acht Jahre im Gefängnis ... Weißt du, was das heißt, acht Jahre? Ich möchte das nie mehr erleben, nicht einen Tag länger ...«

Juri, der *guardaspalle,* räusperte sich und deutete hinter Maurizios Rücken. Aus der U-Bahn-Station kam ein älterer Herr in einem zerknitterten Anzug auf uns zu, eine Aktentasche unter dem Arm. Er erinnerte an einen Beamten, schaute unverwandt zu Boden, erst als er direkt vor Maurizio stand, stammelte er: »Er hat mir die Tür ins Gesicht geschlagen. Ich konnte nichts tun. Er hat wieder nicht bezahlt.«

»Ma che cazzo dici! Was erzählst du für einen Scheiß!« Maurizio war so heftig aufgesprungen, dass der Stuhl hinter ihm den Gehsteig hinunter auf die Straße schlitterte und von einem Auto erfasst wurde. Das Auto bremste. Passanten drehten sich um und schauten.

»Wie viel schuldet er uns. *Chillo strunze?«*

»Er hat letzten Samstag noch mal bezogen. Zehn Gramm. Macht dreißig Gramm, also fünfzehnhundert.«

»Wann hat er zuletzt bezahlt?«

»Seit Juni nicht mehr. Er hat mit der Polizei gedroht. Du würdest wie dein Bruder enden.«

»Was?« Maurizio fluchte, was sein an Schimpfwörtern reicher Dialekt hergab.

Juri zog seine linke Hand, die mit dem Messer, aus der Hosentasche.

Maurizio schien sich schon wieder beruhigt zu haben. Er nickte, fast resigniert. »OK, Juri, kümmere dich um diesen *facc 'e cazz'*.«

Er schaute mich an.

»Ich muss gehen«, sagte ich.

»Ruf an, wenn du wieder in Neapel bist. Du musst zu uns zum Essen kommen. Bellamore macht wunderbare *pasta e fagioli*.« Er beugte sich noch einmal vor: »Wir könnten ins Geschäft kommen. Ich vertreibe erstklassigen Stoff, direkt aus Kolumbien. In Zürich sind die so was von heiß darauf, und bei euch sind die Preise mehr als doppelt so hoch. Mit zehntausend kannst du einsteigen. Damit holst du in der Schweiz spielend hundertfünfzigtausend raus. Überleg's dir! Du hast ja meine Nummer.«

Stimmt, dachte ich, erst recht nervös. Maurizio Barellas Nummer war auf meinem Handy gespeichert. Ich hatte mit ihm telefoniert, einmal von der Schweiz aus, und gestern zur Absicherung, dass er unser Treffen nicht vergessen würde, aus dem Viertel Pignasecca, wo ich übernachtete. Seine Handys wurden bestimmt alle abgehört. Ich würde bald im Verzeichnis der Verdächtigen der DDA, der Direzione Distrettuale Antimafia, der Antimafiabekämpfungsbehörde Neapels, registriert sein.

2.

Jede Jahreszeit hat in Neapel ihre Vorzüge, außer vielleicht der Hochsommer. Am schönsten ist es im Winter und am allerschönsten im Februar. Es ist die Zeit, in der die frische Luft die Landschaft in die klarsten Farben tunkt. Die Stadt wirkt kernig und ausgeschlafen, das Gelb und Ocker der Palazzi warm und nicht staubig wie im Sommer. Die Wolken am Vesuv und über dem Golf haben Kanten und changieren zwischen Tiefweiß, Napoliblau und Grau-Schwarz. Nicht wie im Sommer, wenn der Dunst Himmel und Meer verschmiert. Als Bewohner des Nordens schätze ich wie eine Eidechse nach Monaten von Frost, früher Dunkelheit und Nebel die südliche Februarsonne, stark wie bei uns die Sonne im Mai. So manches blüht in der Steinwüste der Stadt früher als auf dem Land. Die Rasen und Blumenbeete in den Parks gedeihen in diesen Wochen wie nie mehr im Jahresverlauf, Orangen- und Zitronenbäume haben zu dieser Jahreszeit ihre festen, tiefgrünen Blätter. Endlich sind die Neapolitanerinnen und Neapolitaner wieder gerne draußen! Und auch ich bin unterwegs.

Ich fuhr vom Bahnhof Napoli Centrale zum Bahnhof Gianturco, dem Endbahnhof der Metro-Linie 2 im Osten der Stadt. Mit mir standen einige Touristinnen vor dem Bahnhofsgebäude und versuchten, sich zu orientieren. Ich hatte eine Karte aus dem letzten Jahrtausend in den Händen, die Touristinnen, vor allem Amerikanerinnen, ließen sich von ihren Tablets führen. Sie suchten das Viertel Luzzati, wo die Autorin der *Genialen Freundin* ihre Protagonistinnen aufwachsen lässt. Wahrscheinlich gibt es Apps mit audiovisuellen Beschreibungen, die die Touristinnen durch den Tunnel, der im Buch beschrieben wird, in das Gebiet des trockengelegten Sebeto-Flusses führen. Ich musste die gleiche Richtung einschlagen.

Ich weiß nicht, was es entlang der Via Gianturco zu besichtigen gibt, außer den Murales, den Wandbildern mit den Kinderdarstellerinnen Lenù und Lila aus der Filmserie, die einige Fassaden zieren. Ich ließ die Schwärmerinnen schauen, ging weiter. Am Horizont begleitete mich der sich wie ausgeschnitten vom Himmel abhebende Vulkan. Der Straßenbelag war löchrig und uneben, sodass ich den Blick nur selten vom Weg heben konnte. Ich ging in Richtung Norden, an Straßen mit malerischen Namen wie Via dello Scirocco und Via Rosa dei Venti vorbei, bis ich endlich, nach fast einer Stunde zügigen Schweizer Wanderschritts, die gezackte Linie des äußersten Wohnblocks des Rione Esposito vor mir sah. Längst war ich der Einzige, der zu Fuß unterwegs war. Hinter der Überbauung erahnte ich die Startbahn des Flughafens, und tatsächlich donnerten später in unregelmäßigen Abständen mächtige Passagierflugzeuge knapp über die Blocks des Rione. Von diesen Flugzeugen aus sieht der Rione wie zwei nicht geschlossene, gespiegelte Ps aus. Entlang der äußeren Straße befanden sich eine Bar, eine Wäscherei und ein Elektrowarengeschäft. Gegenüber war ein eingezäunter Fußballplatz zu sehen. Ich ging den Tönen nach, die ich seit einer Weile hörte: Trompeten- und Fanfarenklänge kamen aus dem Hof des östlichen Ps. Ich bog um die Ecke und sah einen weiten, befestigten, sonnigen Platz voller Menschen. Eine Karnevalsfeier war im Gang. Dutzende verkleideter und geschminkter Kinder standen um eine große Bühne, wo eine Blechmusik eher wilde als schöne Töne anschlug. Abwechselnd traten Clowns und Masken auf und trieben derbe Späße. An seinen weißen Kleidern und der schwarzen Maske erkannte ich Pulcinella, den Hanswurst des neapolitanischen Volkstheaters. Pulcinella schlug mit einem mannsgroßen Hammer auf die Köpfe der anderen Masken ein und schrie: *»A Carnevale tutto vale!«* Während des Karnevals ist alles erlaubt! Die Geprügelten fielen wie tot um, um sogleich wieder aufzuschnellen und sich mit Tritten zu rächen.

Ich musterte die Leute, mutmaßlich die Bewohner des Rione. Die Kinder, verkleidet als Cowboys oder Prinzessinnen, standen dicht an der Bühne, klatschten und johlten bei jedem Spaß, bewarfen sich mit Girlanden oder feuerten Konfettikanonen ab. In der zweiten Reihe Teenager, in Gruppen von Mädchen und Jungs getrennt, mit grell gefärbten Haaren oder Perücken. Zuhinterst die Erwachsenen, trotz der Februarwärme in dicke Jacken gehüllt. Die Arme verschränkt, schauten sie, ohne eine Miene zu verziehen, zur Bühne. Am östlichen Rand des Platzes, wo die Schatten länger wurden, schenkten Frauen Getränke aus und verteilten *zeppole,* frittierte Heferinge. Sie trugen Leuchtwesten mit der Aufschrift: *Associazione di volontariato città senza periferie.* Gemeinnütziger Verein Stadt ohne Peripherie.

Die Stimmung war trotz der schrägen Musik, des wilden Treibens und des schönen Wetters eher verhalten, fast melancholisch. Bei genauerem Hinsehen waren die Gebäude in einem erbärmlichen Zustand. Die Fassaden bröckelten hinter der zum Trocknen aufgehängten Wäsche. Elektrodrähte hingen an Klimageräten oder Satellitenempfängern in der Luft. Viele Wohnungen hatten notdürftig mit Karton verklebte Fenster. Türen waren aus den Angeln gehoben. Die Blumenbeete entlang der Wohnblocks waren selbst zu dieser Jahreszeit verdorrt. Die Müllcontainer nahe der Straße quollen über. Küchenabfall regnete aus einem Fenster und fiel neben mir zu Boden, offenbar bereitete jemand das Nachtessen zu.

Ich war auf einen Hinweis von Donato hierhergekommen.

Donato ist Journalist bei der Tageszeitung Neapels, deren Onlineausgabe ich jeden Tag lese. Er stammt ursprünglich auch aus Hirpinien. In seinem Buch *Landschaft mit Ruinen* erzählt er, wie das Erdbeben vom 23. November 1980 sein Leben und das seiner Generation geprägt hat. Er beschreibt seinen Verdruss über die verlorenen Hoffnungen. Das Erdbeben habe Erwartungen geweckt, aber die hätten sich als reine Illusionen erwiesen.

Ich war von der Lektüre so berührt, dass ich ihm meine Bewunderung schrieb. Als wir uns in Neapel trafen, erzählte ich ihm, dass sich auch das Leben meiner Familie nach jenem Erdbeben jäh verändert habe. Wäre es nicht geschehen, wäre ich vermutlich hier aufgewachsen. »Sei froh«, meinte er, »sonst hättest du, wie wir alle, dein Leben verschwendet.«

Donato vermutete, als ich ihm von meinem Beruf erzählte, dass ich nicht nur wegen meines Schneiders hier sei. »Ihr Schriftsteller träumt doch alle vom großen Roman – und du sicher vom großen Neapel-Roman. Ein Fluch!« Ich lachte mit, nickte und erzählte von meinem Treffen mit Maurizio Barella. Zurück in der Schweiz, hatte ich zu recherchieren begonnen und von den Verstrickungen des Barella-Clans in die lange zurückreichenden Auseinandersetzungen zwischen den Baranos und den Espositos gelesen. Einer der aktenkundigen Camorristi interessierte mich besonders.

»Es gibt einen Antonio Esposito, einen schwarzen Boss. Ich möchte mehr über ihn erfahren. Hilfst du mir, Donato?«

»O'Nirone?«
»Wo soll ich anfangen?«
»Im Rione Esposito.«

Zur Freude der Kinder hämmerte Pulcinella immer noch auf die anderen Masken ein. Die versammelten Menschen, fiel mir auf, waren alle »ethnisch homogen«. Ich kannte Neapel inzwischen wieder so gut, dass ich gesehen hatte, wie sehr sich die Bevölkerung verändert hatte. Aber hier, wo ich einen schwarzen Mann suchte, sahen die Menschen alle aus wie auf historischen Stichen. Und am malerischsten wirkten die in dicke Wolljacken gepackten alten Männer, Pantoffeln an den Füßen, die ich bei einer Parkbank entdeckt hatte und auf die ich jetzt zuging.

»Buonasera, signori. Ich suche die Familie Esposito, genauer gesagt Hinweise auf einen gewissen Antonio Esposito. Können Sie mir weiterhelfen?« Mein Trumpf war, sagte ich mir, wenn ich Neapolitaner im Alter meines Vaters ansprach, dass ich die Sprache reden konnte, die ich zu Hause gelernt hatte – ein Neapolitanisch der Nachkriegszeit, das, außer den Alten, keiner mehr benutzt.

Die Männer schauten mich in die Sonne blinzelnd an.

»Esposito?«, sagte endlich einer. »Wir sind alles Espositos. Im ganzen Rione gibt es nur Espositos!«

Sie lachten.

Drei Alte saßen auf einer Parkbank, ein vierter stand in Hörweite, auf einen Stock gestützt.

Der Alte links auf der Bank hielt ein Museumsstück von Transistorradio auf seinem Schoß. Er hatte die Antenne ausgezogen und drehte am Empfänger. Aus den Lautsprechern knisterte und quietschte es unangenehm. »Gibt es denn heute keine Spiele?«, fragte er unzufrieden.

»Giovà, fammo o favore, es ist Samstag, da gibt es keine Spiele.«

»Antonio Esposito, genannt o'Nirone«, insistierte ich, zu den beiden anderen gewandt. »Er ist doch hier aufgewachsen?«

»O'Nirone!«

»O'Nirone.«

»O'Nirone?«

»O'Nirone …«

Der Reihe nach wiederholten alle vier den Namen mit ihren unterschiedlich tiefen Stimmen, als ließe er sich dadurch vergegenwärtigen. Erst tags darauf bei Antonella verstand ich wirklich, was man hier mit diesem Namen verbindet. So etwas Ähnliches wie ganz Neapel mit dem Namen Maradona. Einer, der kommt, und ein Wunder schafft!

»Eccome ce lo ricordiamo. Und wie wir uns an ihn erinnern.«

»Era la speranza! Er war unsere große Hoffnung!«

»Hoffnung?«, fragte ich.

»Schauen Sie sich um, was aus dem Rione geworden ist…«

»Der Avvocato hielt große Stücke auf ihn.«

»Der Nirone hat bewiesen, wozu er fähig ist.«

»Peccato. Magari lui… Schade. Mit ihm wäre alles anders gekommen…«

»Ach was, die jungen Espositos taugen nichts, keiner von denen…«

»Der Nirone war anders. Du weißt das!«

»Und was ist aus Antonio geworden?«, fragte ich.

Schweigen.

»Wenn wir das wüssten!«, sagte der in der Mitte mit knirschendem Gebiss.

»Immer wieder hat es geheißen, er kommt zurück, er organisiert die Familie neu.«

»Es ist vorbei. Glaub mir. Der kommt nicht mehr zurück, und der Avvocato hat eh nichts mehr zu sagen, seit er im Hochsicherheitsgefängnis in Parma steckt…«

»Wie oft hat es das geheißen? Seit vierzig Jahren, seit der Avvocato im Gefängnis ist, heißt es, er könne nichts mehr bewirken. Und hat er nicht immer wieder für uns alle…«

»Hat er? Sag mir, was hat er? Ach! Du hast in deinem ganzen Leben noch nie etwas verstanden!«

Der Alte links auf der Bank scharrte mit dem Stock Furchen in den Sandboden, der rechts von ihm fletschte mit seinem Gebiss, der mit dem Radio begann wieder nach Sendern zu suchen, und der, der etwas abseitsstand und als Letzter geredet hatte, schlurfte abwinkend in Richtung eines der Hauseingänge.

»Wart ihr alle Mitglieder des Esposito-Clans?«, fragte ich. Die für mich mutige Frage belustigte sie außerordentlich.

»Magari, schön wär's«, sagte der Erste, der sich wieder gesammelt hatte, noch immer grinsend.

»Antonio ist hier aufgewachsen? Wo genau?«

»Da.« Der mit dem Stock zeigte in meinen Rücken. »Bei seiner Tante Rosetta *la cassiera.* Rosetta, die Kassiererin.«

»Stimmt nicht«, unterbrach ihn sein Nachbar, »als Kleinkind lebte er bei seiner Mutter. Donna Bernarda. Die Pianistin. Dann sind sie nach Viviano ins Castello gezogen, und erst dann, als die Mutter nach Deutschland ging, lebte o'Nirone bei seiner Tante.«

»Pianistin? Klavierlehrerin war sie. Unterrichtete die Kinder des Rione …«

»Pianistin hin oder her, auf jeden Fall war sie nicht seine wirkliche Mutter«, meldete sich der mit dem Transistorradio zu Wort.

»Stimmt. Erinnert ihr euch an sie? Eine Haut wie Elfenbein!«

Ich war mit wenig Hoffnung hergekommen und schien nun doch allerlei Interessantes über Antonio zu erfahren.

»Favorite un caffé? Darf ich Ihnen Kaffee holen?«, fragte ich ziemlich euphorisiert. *»Poi mi raccontate ancora un po'?* Und dann erzählen Sie mir noch ein wenig mehr?«

Ich war gerade dabei, das Gespräch mit den vier Alten in meinem Notizbuch festzuhalten, als Donato anrief.

Ich bedankte mich für seinen Tipp, den Rione Esposito, wie er im Volksmund genannt wurde, zu besuchen. »Antonio scheint aus dem Nichts gekommen und im Nichts wieder verschwunden zu sein. Die Alten haben die Hoffnung nicht aufgegeben, dass er wiederkehrt und sie rettet.«

Donato hatte angerufen, weil er mich auf Reportage mitnehmen wollte. Er müsse für einen Kollegen einspringen und denke, das könne für mich interessant sein.

»Geht es um die Camorra?«

»Vielleicht, vielleicht auch nicht.«

»Am Mittag will ich wieder im Rione sein, ich treffe eine Frau, die Antonio als Kind gekannt hat.«

»Bis dahin muss ich ohnehin längst zurück in der Redaktion sein.«

Er holte mich frühmorgens bei meinem B&B ab. Sein Auto, einen Ford, der mit Wasserstoff betrieben wurde, hatte er im Rahmen eines Feldversuchs für alternative Antriebe quasi geschenkt bekommen. Er erklärte mir während der Fahrt sachlich und ruhig, dass die Sicherheit des Gefährts trotz der leichten Entzündbarkeit von Wasserstoff gewährt sei.

Wir fuhren aus der Stadt hinaus südwärts, über die Autobahn bis Pompeji, dann die Superstrada den Golf entlang. Unser Ziel war Nerano, ein Weiler auf der teils felsigen, teils bewaldeten Landspitze, die den Golf von Neapel vom Golf von Salerno trennt. Hier gab es viele Streusiedlungen, Ferienwohnungen und Hotels, im Sommer führten steile Wege zu Stränden, die als zauberhaft angepriesen wurden. Die meisten Badegäste wurden allerdings übers Meer aus Sorrent oder Positano hergeschifft. Auf der Piazza in Nerano stellte Donato seinen Wagen ab. Die Flüchtlinge saßen auf den Mauern vor dem Seitenschiff der Kirche, umgeben von Streifenwagen der Carabinieri und von Kindern, die sie neugierig bestaunten. Ein Mann lief auf Donato zu. Es war der aufgebotene Fotograf. Ob er sofort das Bild schießen könne? Er habe noch andere Aufträge.

Donato wollte die ganze Gruppe auf dem Bild haben, aber nicht in Nahaufnahme, sodass man die einzelnen Gesichter nicht erkennen würde. »Auch nicht im Netz, wenn man zoomt«, ermahnte Donato den Fotografen. Es war alles sehr eng. Die Carabinieri parkten ihre Wagen um, Polizisten halfen dabei, die Kinder und die anderen Schaulustigen aus dem Bild zu entfernen. Die Flüchtlinge schienen nicht sonderlich überrascht über das Geschehen. Fürs Bild teilten sie sich in zwei Gruppen. Links der Dachrinne zehn Männer, rechts, mit etwas Abstand, zwei Männer und zwei Frauen, wobei die Frauen in der Mitte saßen, als müssten die Männer sie beschützen. Sie waren alle Mitte zwanzig, schätzte ich. Als die Aufnahme zur Zufriedenheit Donatos und des Fotografen im Kasten war, sprach Donato mit dem Einsatzleiter. Ich näherte mich den Männern und fragte in die Runde, ob jemand Englisch spreche.

Ja und Nein, hieß es. Ich schaute zu der Vierergruppe. Die Mädchen hatten weiße Plastikpelerinen über ihre schwarzen Kopftücher gestreift. Die eine stritt sich mit dem Jungen an ihrer Seite, und aus der Art des Disputs schloss ich, dass die vier vermutlich Geschwister waren und nicht zwei Paare.

Alle trugen Turnschuhe, Jeans, Daunenjacken, alle hatten einen Rucksack, alles war neu und sauber und trocken, wie mir schien. Ein junger Mann aus der größeren Gruppe fragte, ob er sein Handy hier irgendwo aufladen könne. Er zeigte sein Ladekabel. Die Verkehrspolizistin winkte ihn zu sich, zog ihn am Ärmel in eine Bar.

Sie seien aus dem Iran und dem Irak, sagte einer in solidem Englisch.

»Du bist aus dem Iran?«, fragte ich.

»Irak!«

»Kurde?«

Er schüttelte den Kopf. Er sei tagelang durch die Wüste marschiert.

»Dann Griechenland?«

Er nickte.

»Und von dort mit dem Schiff?«

»Nicht ein Schiff, mehrere Schiffe«, sagte er. »Wir mussten immer wieder umsteigen, in ein großes Schiff, dann in ein kleineres Schiff, dann in ein Gummiboot.«

Er erntete inzwischen strenge Blicke seiner Kollegen. Einer machte ihm Zeichen, schüttelte den Kopf. Offensichtlich sollte er nicht mit mir reden.

Es waren immer mehr Einheimische auf den Vorplatz der Kirche geströmt. Was los sei, fragten sie. »Im Februar hörst du in Nerano normalerweise die Flöhe husten«, sagte eine junge Frau mit Sonnenbrille zu mir.

Es herrschte keine aufgeregte oder gar feindselige Stimmung gegenüber diesen jungen Leuten. Ich nahm eher ungestillte Neugier wahr, die die Leute bewog, Mutmaßungen über die Herkunft und das Schicksal dieser Gestrandeten auszutauschen. Das Wichtigste schien erst einmal, sie mit Essen zu versorgen, und so wurden Sandwichs aus der Salumeria und Kaffee, Tee, Wasser, Cornetti aus der Bar herbeigeschafft.

Auf der Rückfahrt berichtete mir Donato, was er im Gespräch mit der Polizei und den Zeugen herausgefunden hatte. Die Flüchtlinge seien im Morgengrauen an der Bucht von Ieranto an Land gesetzt worden. Sie hätten gewusst, dass sie dem Weg zwischen den Felsen hinauf zu den Klippen und dann der Schotterstraße folgen mussten bis Nerano. Ein freiwilliger Aufseher des Naturschutzreservats Monte Lattari habe die Gruppe gesichtet und Alarm geschlagen.

»Was passiert jetzt mit ihnen?«

»Sie werden zur Feststellung ihrer Personalien nach Massa Lubrense gebracht, und da werden sie vorerst ein paar Tage bleiben. Man sucht einen Ort, an dem man sie mittelfristig unterbringen kann. Es gibt keine Flüchtlingszentren im Umkreis von Sorrent.«

»Und was wird wirklich aus ihnen?«

»Vielleicht findet man eine Unterbringung in einem Zentrum in Neapel. Wahrscheinlicher ist, dass sie übermorgen in den Zug, die Circumvesuviana, steigen, nach Neapel fahren und versuchen, sich durchzuschlagen. Das nennt man dann untertauchen. Die Flüchtlinge erweisen den Behörden damit einen großen Gefallen. Vermutlich haben sie Bekannte irgendwo in Europa, an die sie sich wenden können. Funktionierende Handys haben sie ja, gesund sind sie auch.«

»Weiß man etwas über die Schlepper?«

»Die Carabinieri haben eine Untersuchung eingeleitet, die Küstenwache hat bereits heute Morgen das Meer um die Landspitze abgesucht. Ohne Ergebnis.«

»Da steckt doch hundertprozentig die Mafia dahinter. Man sieht es diesen jungen Leuten doch an, dass sie bezahlt haben!«

»Ich bin Berichterstatter. Ich werde festhalten, was mir gesagt wurde und was du und ich gesehen haben.«

»Du schreibst lieber, dass die Einheimischen den Flüchtlingen Brote und Getränke gebracht haben, als die Hintergründe aufzudecken?«, frotzelte ich. Sie sind aus dem Nichts gekommen, dachte ich, und sie werden ins Nichts verschwinden.

Donato ging nicht auf meine Stichelei ein. »Mich erinnern diese Flüchtlinge an den Zigarettenschmuggel in den siebziger und achtziger Jahren. Da haben Schiffe aus Sizilien entlang der ganzen Küste Neapels Zigarettenkisten ins Meer gelassen. Die Fischer, die am Morgen früh hinausfuhren, haben sie an Land gebracht, und von dort ging es auf den Schwarzmarkt nach Neapel. Bis Salvatore Esposito, dein Avvocato, eine neue Schmuggelroute über den Balkan nach Apulien aufbaute und damit reich und mächtig wurde …«

»Warum interessieren Sie sich für Nì?«

Antonella stand erhöht hinter der Theke in Susettos Bar und trocknete Gläser. Ihre Bewegungen, wie sie jedes Glas gegen das Licht hielt, drehte, nachtrocknete, hatten etwas Angespanntes, das sich auch auf ihre Stimme übertrug.

»Über die Camorra weiß ich nichts. Da werde ich Ihnen nicht weiterhelfen können. Ich habe Nì gekannt, bis er fünf, sechs Jahre alt war.«

Ich bestellte einen Kaffee und ein Glas Wasser und sagte, dass mich das Leben hier im Rione mindestens so sehr interessiere wie die Camorra. Um ihr Vertrauen zu gewinnen, erzählte ich ihr von einer Großtante, die im Heimatdorf meiner Eltern eine Bar betrieben hatte. »Montalto, kennen Sie das?«

Aus dem Nebenraum hörte ich Geräusche eines Fernsehers. Ich streckte den Kopf durch die Tür und sah zwei Mädchen vor einem an der Decke schwebenden Gerät sitzen. Trickfilme liefen. Die Mädchen waren geschminkt und als Prinzessinnen verkleidet. An der Wand standen ungeordnet Plastikstühle und -tische zwischen einem ausgesteckten Flipperkasten und einem abgegriffenen Tischfußballkasten.

»Sind das Ihre Mädchen?«, fragte ich.

Sie nickte.

»Wir haben auch zwei Kinder, aber ältere.«

»Ich habe bald drei«, sagte Antonella und zeigte auf ihren Bauch. Sie hatte ihre Schürze über der Wölbung des Bauchs verknotet. »Sind Ihre Kinder verheiratet?«

»Unsere Kinder? Nein!«

Ich zog an der Girlande, die über der Theke baumelte. Ob heute wieder Karneval angesagt sei, fragte ich.

Antonella stand aufrecht vor der Kaffeemaschine. Nachdem sie Kaffee eingefüllt und das Pulver festgedrückt hatte, rastete sie den Kolben mit kontrollierten Bewegungen ein, als müsse sie jede Geste bewusst steuern. Als sie mir die Tasse mit dem Kaffee über den Tresen schob, zitterte ihre Hand.

»Susetto, ist das Ihr Mann? Heißt diese Bar deshalb so?«

»Nein, mein Mann arbeitet nicht in der Bar, ich mache das alleine mit einem Ragazzo, einem Gehilfen. Die Bar hieß schon immer Susetto.«

Antonella musste um die dreißig sein, wenn sie ungefähr so alt war wie Antonio Esposito. Als sie mir Wasser in einen Plastikbecher einschenken wollte, kippte der Becher durch die Kraft des Strahls. Das Wasser spritzte über meine Hose. Antonella, die die Petflasche mit beiden Händen hielt, entschuldigte sich. Ich beschwichtigte sie, es sei ja nur Wasser.

»Ich leide an MS. Es ist nicht jeden Tag gleich. Heute ist gar nicht gut.«

Ich starrte in meiner Verblüffung auf ihren Bauch.

»Schwangerschaft verhindert Schübe«, antwortete Antonella, als sie meinen Blick bemerkte. »Eigentlich sollte man als MS-Patientin immer schwanger sein, wie eine Milchkuh. So könnte man das Fortschreiten der Krankheit am wirksamsten aufhalten.«

Ich hielt den Becher mit beiden Händen fest, während Antonella noch mal einschenkte. Der Geruch nach Putzmittel und Javelwasser übertünchte fast den Duft des Kaffees. Ich kippte aus der bereitgestellten Dose einen gehäuften Löffel Zucker in den Kaffee. Ohne umzurühren, trank ich die Tasse leer. *»Ottimo«,* lobte ich.

Antonella atmete tief ein. Es wirkte, als ob sie auch das Atmen steuern müsse. Ich wollte irgendetwas sagen, um sie aufzumuntern. Ich fragte, ob ich ihren Töchtern Schokolade schenken dürfe. Antonella rief ihre Namen. Als die Mädchen endlich widerwillig vor mir standen, packte ich für jede eine Toblerone aus. Mit der dreieckigen Schokolade komme ich in Neapel immer gut an.

»Wann gehen wir endlich raus?«, fragte die Ältere.

»Es ist niemand unterwegs, *amore.* Wir müssen warten, bis die Spiele vorbei sind.«

»Bitte, Mamma, es ist doch Karneval!«

Antonella fragte mich, ob ich auf ein paar Schritte durchs Viertel mitkommen möge. Sie könne mir zeigen, wo Nì gewohnt habe. Sie rief nach dem Ragazzo, der offenbar die ganze Zeit im Vorratsraum gesteckt und am Radio Fußballspiele verfolgt hatte. Ich legte eine Fünfzig-Euro-Note auf den Tresen. Antonella fragte, ob ich es nicht kleiner habe. Sie bewahre aus Sicherheitsgründen keine Noten in der Kasse auf. Ich schaute noch mal nach und zog einen Fünf-Euro-Schein hervor: »Ist gut so.«

Antonella war hinter dem Tresen hervorgetreten. Jetzt war sie einen guten Kopf kleiner als vorher. *»Andiamo, su, bambine,* gehen wir.« Die Mädchen hatten sich schon ein Stück Schokolade in den Mund gestopft. Den Rest wollten sie in ihren Kleidern verstecken, damit die Freundinnen ihnen nicht alles abluchsen konnten.

Endlich war Antonella etwas gelöster. Sie fragte nach meinem Namen. Sie habe einen Onkel in Amerika, der wie ich heiße. Ich erinnere sie an ihn.

»Dann können wir uns auch duzen«, sagte ich.

Als wir vor die Bar traten, an die Sonne, war die Schwermut, die mich drinnen befallen hatte, weg. Antonella hängte sich bei mir ein, lehnte beim Gehen ihren Kopf, ihre langen schwarzen Haare an meine Schulter und klammerte sich an meinen Arm. Sie roch nach Javel.

»Wir hatten es schön als Kinder«, sagte sie. Antonella erzählte von ihren Freunden, ihren Bekannten, nannte viele Namen. Bei jedem erhellte sich ihr Gesicht oder sie musste lächeln, manchmal gar lachen und glucksen, als würden die Namen allein die Geschichten der Personen erzählen.

Es war tatsächlich niemand auf dem Platz, wo gestern noch die Bühne gestanden hatte. Wir gingen, je ein Mädchen an der Hand, zum anderen Innenhof, der überstellt war mit Autos.

»Da haben sie gewohnt, die Espositos. In dem Palazzo. In diesem Trakt sind alle Wohnungen größer, mit fünf oder sechs Zimmern, mit Salons und Küchen wie in richtigen Palazzi.«

Antonella ließ die Hand ihrer Tochter kurz los und zeigte auf das Gebäude. »Ganz oben lebte Nì mit seiner Mutter.«

»Wie war seine Mutter?«

»Sie passte nicht in den Rione. Nicht zu ihrer Familie und auch sonst zu niemandem hier. Ich habe Donna Bernarda nicht wirklich gekannt. Als Nì und sie wegzogen, ins Castello, war ich sieben. Und sie ist ja dann nicht mehr zurückgekehrt, im Gegensatz zu Nì. In der Wohnung unter Donna Bernarda wohnte Zia Nicoletta, Nìs angeheiratete Tante, die Frau seines Onkels Ciro, der damals als in Südamerika verschollen galt. Nicoletta war eine Auswärtige, aus Salerno. Sie hatte drei Kinder von Ciro: Massimo, in unserem Alter, Gott hab ihn selig, und zwei jüngere Geschwister, Lorenzino und Magalì. Unter Nicoletta waren die Wohnungen von Rosetta Esposito, der Schwester des Avvocato, auf zwei Stockwerke verteilt. In einer Wohnung hütete Zia Rosetta den *registro,* das Buch mit den Schuldnern, und wickelte alle Geschäfte der Familie ab. Es war immer ein Kommen und Gehen. Und in der oberen Wohnung lebte sie.«

»Allein?«

»Ja, bis Nì nach seiner Rückkehr aus dem Castello bei ihr einzog. Sie war unverheiratet.«

»Sie ist seine Tante?«

»Seine Großtante. Die Schwester des Avvocato. Antonios Mutter, Donna Bernarda, ist die Tochter von Michele Esposito, einem Bruder von Salvatore und Rosetta. Michele lebte im Castello und führte den Landwirtschaftsbetrieb der Familie Esposito …«

»All diese Namen!«, seufzte ich. Wie würde ich da je die Übersicht gewinnen? Aber ich wollte ja einen großen Neapel-Roman schreiben, sagte ich mir, und kein Kammerspiel. Vielleicht sollte ich einen Stammbaum zeichnen.

»Rosetta wohnt nicht mehr im Rione?«

»Nein, seit die Familie bedeutungslos geworden ist, hat sie sich in ihr Geburtsdorf Viviano zurückgezogen. Schau, im Erdgeschoss, da wo die Schaufenster zugeklebt sind, das war das Nähatelier von Andelora Russo, der Mutter von Marilina. Marilina war meine beste Freundin. Wir waren ständig vor dem Atelier ihrer Mutter. Marilina, ich und die Zwillinge Letizia und Pina. Und Cinzia, die später Massimos Frau wurde.« Sie gluckste. »Der einäugige Lello!«

»Antonio …«

»Später, ja. Immer. Er war vernarrt in Andelora, vielleicht weil sie so anders war als seine Mutter, so leutselig. Und weil sie alle Kinder liebte.«

»Du hast Antonio die ersten Jahre nie zu Gesicht bekommen, hast du gesagt?«

»Ja, bis zu einer Razzia, da stand auf einmal dieser schwarzer Junge vor uns …«

»Razzia?«

»Gab es damals oft. Die Polizei fuhr im Morgengrauen in den Rione ein und durchkämmte alle Wohnungen. Alle mussten raus auf den Hof… Und da war dieser Junge, auch etwa fünf, wir hatten ihn noch nie gesehen! Er verstand uns nicht einmal. Er sprach nur Italienisch, wir nur Dialekt.«

»Seine Mutter hat ihn versteckt, weil sie sich schämte?«

»Nein, nicht aus Scham. Donna Bernarda glaubte, sie sei etwas Besseres. Mit den Leuten im Rione wollte sie so wenig wie möglich zu tun haben. Sie hatte sogar eine Haushälterin, eine Chinesin namens Jinjin, damit sie nicht selbst einkaufen gehen musste. Jinjin, die wir Valentina nannten, wohnte aber nicht bei ihnen. Jeden Abend ging sie zu Fuß zurück zu ihrer Großfamilie nach San Giorgio a Cremano.«

»Bernarda hat Klavier unterrichtet, da im obersten Stock?«

»Man sagt es. Ich habe nie Klavierschüler gesehen.«

»Warum hatte sie einen schwarzen Sohn?«

»Das hat uns nicht interessiert. Vielleicht war er adoptiert? Oder sie hatte ein Verhältnis gehabt? Das gibt es doch, schwarze Musiker auf dem Konservatorium?«

»Wahrscheinlich. Und warum versteckte sie Antonio?«

»Er sollte nicht mit uns verkehren. Vor allem sollte er von der Familie und vom System ferngehalten werden. Das ist ihr ja gründlich misslungen. Kennst du diesen Trickfilm von der Mutter, die in den Wald geht und ihrem Sohn Mädchenkleider anzieht, damit er kein Krieger wird? Und beim ersten Ritter, den er sieht, will er nur noch das: Krieger werden und ein Held? So ungefähr geht die Geschichte mit Nì.«

Zwischen den geparkten Autos tauchten immer mehr verkleidete Kinder auf, die Mädchen lösten sich von unseren Händen und sprangen los, um mit ihnen zu spielen. *»Jamme ra cà.* Wir gehen da lang!«, rief Antonella ihnen nach.

Sie führte mich aus dem Hof hinaus auf die Hauptstraße entlang des Rione. Das war die Straße der allabendlichen *passeggiata.* Nach und nach waren mehr Spaziergänger und

Flaneure unterwegs. Antonella grüßte. Wenn die Leute mich verwundert musterten, sagte sie stolz, ich sei ein Onkel aus der Schweiz.

»Komm, ich zeige dir die Kirche Ognissanti. Im Sommer, wenn es hier zu heiß war, haben wir uns oft dahin zurückgezogen.«

Die Kirche lag außerhalb des Rione, zurückversetzt, an der Via Rosa dei Venti. Der Vorplatz war mit massiven, durch schwere Ketten verbundenen Verkehrspollern vor Autos und Rollern geschützt. Die Jesuitenkirche war mit Abstand das ansehnlichste Gebäude weit und breit: weiß getüncht, die Fassade nicht verschmiert. Auch im Innern war sie herausgeputzt, wenn auch ein wenig überladen. Ognissanti bedeutet eine Fülle von Heiligenstatuen, geschmückt mit billigen künstlichen Blumen und elektrischen Kerzen.

»Am liebsten spielten wir heiraten«, sagte Antonella.

Rione Esposito (Sommer 1995)

»Wir spielen heiraten«, rief Marilina und verteilte begeistert die verschiedenen Rollen. Die Idee war so genial, dass ihr diesmal keines der Mädchen widersprach. Es brauche Verwandte, zwei Trauzeugen, einen Messdiener, einen Pfarrer und ein Brautpaar. Zwei wichtige Dinge fehlten noch, meinte Marilina, sie laufe schnell heim: »Bestimmt ihr inzwischen das Brautpaar.«

Keiner der Jungs wollte verheiratet werden, außer vielleicht Nì, der sich nie wehrte. Auch von den Mädchen wollte keines heiraten, sodass sich Marilina, als sie zurück war, schließlich selbst einverstanden erklären musste, Nìs Frau zu werden. Sie hatte ein Stück weißer Stoffbahn geholt und band sich das eine Ende mit einem Elastik um den Kopf. Sie sei schon auf tausend Hochzeiten gewesen, behauptete Marilina, sie kenne das Ritual genauestens. Nì musste am Eingang beim Weihwasserbecken warten. Marilina schob Antonella hinter den Altar, sie durfte der Priester sein. In der ersten Reihe saßen die weinenden Verwandten der Braut. »Das Brautpaar schreitet durch die Bankreihen zum Altar. Dann kommen die Trauzeugen. Einer von links neben Nì und eine von rechts neben mich. Zuletzt tritt der Pfarrer an den Altar.« Marilina zeigte auf Antonella.

Nach der Trauung sollten alle Spalier stehen und dann brauche es noch das da. Marilina übergab Cinzia eine große Büchse, die ihr fast aus der Hand rutschte, so schwer war sie.

»Alles klar?«

Alle Mädchen nickten aufgeregt.

Marilina ging zu Nì, befahl ihm, sich bei ihr unterzuhaken, und zog ihn Richtung Altar.

»Stopp«, rief Marilina nach wenigen Schritten. »Wir haben etwas Wichtiges vergessen: die Brautjungfern!«

Letizia und Pina, die Zwillinge, waren dafür prädestiniert. »Ihr müsst meinen Schleier hochheben, er darf nie den Boden berühren!«, wies Marilina sie an. Brautjungfern, Trauzeugen, Brautpaar, Pfarrer. Sie waren nur acht Kinder, sodass in den Bänken zum Schluss nur noch Cinzia saß, die schwere Büchse in der Hand.

»Im Namen des Vaters, des Sohnes und des Heiligen Geistes ...«, begann Antonella, als das Brautpaar vor ihr kniete. Antonella blätterte in der Bibel, die auf dem Alter für die Abendmesse bereitlag, brabbelte vor sich hin, bis sie endlich laut fragte: »Wollt ihr Mann und Frau sein?«

Marilina unterbrach: »Du musst fragen: Willst du, Marilina Miranda, den hier anwesenden Antonio Esposito ...«

»Nein! Sicher nicht«, widersprach Antonella. »Ich frage, ob ihr Mann und Frau sein wollt. Basta. So geht das. Ich weiß es!«

Es folgten heftige Diskussionen. Antonella setzte sich dieses Mal durch. Marilina gab nach, weil sie die Trauung nicht gefährden wollte. Antonella fragte wieder, und alle spürten, wie Nìs und Marilinas Herzen pochten, diesmal feierlich: »Wollt ihr Mann und Frau sein?«

Die beiden sagten nichts. Antonella wedelte mit den Händen, schaute sie erwartungsvoll an. Endlich schrien Antonio und Marilina, praktisch gleichzeitig: »Ja!«

Stille.

Alle warteten gespannt, was nun geschehen würde. Doch es geschah gar nichts. Marilina und Nì schauten zurück in die Bänke, aber da saß nur Cinzia, die hätte applaudieren, schreien oder weinen können.

»Los!«, befahl Marilina, an alle gerichtet. Cinzia legte die Büchse auf die Bank. Auch Antonella begann zu applaudieren.

Marilina schüttelte den Kopf. »Das Spalier!«

Alle bis auf das Brautpaar stellten sich auf, immer zwei gegenüber, in schön regelmäßigem Abstand zwischen Altar und Portal, griffen in die Dose, die reihum ging, streckten die geballten Fäuste in die Höhe, und sobald Marilina und Nì an ihnen vorbeischritten, pfefferten sie ihnen den Reis um die Ohren: *»Viva gli sposi!«*, riefen sie, und *»Per cent'anni e figli maschi!«* Die Reiskörner piekten wie Nadeln, Marilina und Nì hielten sich die Hände vors Gesicht. Sie wurden bombardiert, bis kein Reiskorn mehr in der Dose war.

Antonella hatte Freude an ihrer Priesterrolle gewonnen. »Will nicht noch jemand heiraten?«, flehte sie.

Nì schüttelte sich den Reis aus Hemd und Hose, während Marilina, die unter ihrem reisbedeckten Schleier geheimnisvoll und bezaubernd aussah, sich nicht rührte. Wie wenn sie den übereinstimmenden Gedanken und Gefühlen der beiden Brautleute einen spielerischen Schubs in die richtige Richtung geben wollten, riefen auf einmal alle Kinder im Chor: *»Bacio! Bacio! Bacio!«*

Nì schloss die Augen und küsste Marilina durch den Schleier hindurch auf die Wange.

Wieder Applaus.

Nì öffnete die Augen. Marilina hatte den Schleier gehoben und lächelte.

»Wirst du mich auch heiraten, wenn du groß bist?«, fragte Nì, der beflügelt vom Jubel der anderen seinen ganzen Mut zusammengenommen hatte.

»Bist du wahnsinnig, meinst du, ich will Schokolade-Kinder?«

»Wie kommst du denn darauf?«

»Kinder gleichen immer dem Vater, damit man sicher ist. Verstehst du? *Nì, tu si niro com' à Maronna e pure figliti esciono niri.* Ni', du bist schwarz wie die Madonna, also werden auch deine Kinder schwarz sein.« Dann zeigte Marilina auf Lello. »Und wer Lello heiratet, kriegt Kinder mit nur einem Auge.«

Auf meiner neunstündigen Heimreise im Zug ging ich die knappen drei Tage, die ich in Neapel verbracht hatte, noch einmal durch. Antonella hatte mir Namen von Menschen und Orten genannt, die aufzuspüren und aufzusuchen sich für mich lohnen würde. Antonella selbst hat Antonio aus den Augen verloren. Als Antonio wieder im Rione bei seiner Tante Rosetta lebte, habe sie ihn gemieden. Er und sein Cousin Massimo hatten sich in den Kopf gesetzt, *guappi*, Camorristi, zu werden und eine Paranza, eine Bande, zu gründen. »Meine Eltern haben mir beigebracht, dass man um solche Menschen einen weiten Bogen machen soll, sie bringen nur Verderben. Mein Mann arbeitet in einer Fleischerei, Dreischichtbetrieb, und wann immer er kann, übernimmt er eine zusätzliche Schicht. Und ich versuche, aus der Bar wenigstens ein paar Euro rauszuholen. Dafür können wir jeden Tag in den Spiegel schauen, ich und mein Mann.«

Ich hatte sie wirklich lieb gewonnen, Antonella und ihre Töchter, auch den Rione. Ich dachte, während die Frecciarossa Napoli Centrale verließ: Wenn alle Menschen, die Antonio Esposito gekannt haben, nur ein bisschen so sind wie Antonella, dann freue ich mich darauf, sie aufzuspüren und kennenzulernen. Plötzlich konnte ich es mir durchaus vorstellen, mit meinen Eltern hierher gezogen zu sein. Das Viertel war vom Erdbeben weitgehend verschont geblieben und hatte damals etliche Obdachlose aus dem Hinterland aufgenommen.

Ich glaubte Antonella, dass die meisten Menschen im Rione sogenannt ehrliche Menschen sind. Ich wollte ihr auch zu gerne glauben, dass es keinen Rassismus gegenüber Antonio gegeben habe, weil die Kinder in Neapel heilig sind. Das stand auch in einem Buch, das ich auf der Heimreise las. Es ist eines jener Bücher über Neapel, die man angeblich kennen muss: Curzio Malapartes *Die Haut*. Die Kinder seien vielleicht das einzig Heilige in Neapel. Das neapolitanische Volk, stand da, sei ein großzügiges Volk, das menschlichste aller Völker dieser Erde, *il più umano fra i popoli di questa terra,* und es sei bestimmt das einzige Volk, wo auch die ärmste Familie zusätzlich, zusätzlich zu den eigenen zehn oder zwölf Kindern, ein Waisenkind aufnehme, und dieses sei unter allen Kindern das heiligste, das am besten genährte, das am besten gekleidete, *perché è il figlio della Madonna,* weil es das Kind der Muttergottes sei und allen andern Kindern Glück bringe.

Ich hatte Antonellas Töchtern versprochen, dass ich wiederkommen und ihnen wieder Schokolade mitbringen werde. Die Mädchen wollten mich gar nicht mehr gehen lassen. Ob sie mich Zio oder Nonno nennen sollten, fragten sie. Dann umarmte mich Antonella ebenso innig. Ich musste, wegen ihres Bauchs, meine Arme weit ausbreiten und drückte sie vielleicht ein wenig zu fest an mich. Sie sagte, ohne aufzuschauen, sodass ich ihren Atem an meinem Hals spürte: »Ich wollte dich noch etwas fragen. In sechs Wochen habe ich den Termin. Es wird wieder ein Mädchen. Uns fehlt noch ein Pate. Luigi ist sicher einverstanden…«

Ich war begeistert. Ich sah mich in zwanzig Jahren mit meinem neapolitanischen Patenmädchen durch meine Schweizer Heimatstadt stolzieren. Dass ich nicht abgelehnt habe, freue sie, sagte Antonella vor dem Hauseingang Nummer 15. Ich hatte sie und ihre Töchter bis vor ihre Türe begleitet, die Kinder mussten etwas essen, und auch für Luigi wolle sie etwas vorbereiten. Dann müsse sie sich etwas hinlegen, bevor sie den Ragazzo in der Bar wieder ablöse.

Was für gesegnete Menschen an diesem gottvergessenen Ort, dachte ich. In wenigen Stunden war ich Teil des Rione geworden. Ich sah mich an der Taufe von Antonellas Baby in der Kirche Ognissanti im Anzug von Maestro Gennaro Ippolito …

Aber je mehr ich nordwärts fuhr, je näher ich der Schweiz kam, je genauer ich mir vorstellte, was ich zu Hause erzählen würde, desto mehr kühlte sich mein Hochgefühl ab. Desto absurder kam mir vor, was ich noch vor ein paar Stunden gefühlt und gedacht hatte. Ich schaute auf meinem Handy die Bilder des Rione durch. Hässliche Betonklötze mit tiefen Rissen, die sich über die ganze Fassade zogen, vollgesprayt mit vulgären Sprüchen. Und überall dieser Müll! Selbst die Bäume, die ich vor Ort bewundert hatte, wirkten auf meinen Bildern beschämend dürr. »Da hast du dich hingetraut!«, würden alle in der Schweiz ausrufen, wenn ich ihnen die Bilder zeigte, und ich würde es selber nicht mehr glauben.

Als ich über der Grenze war, hatte ich beschlossen, zu Hause nichts von Antonella zu erzählen. Ich bezweifelte, ob ich es je wieder wagen würde, den Rione zu betreten oder Antonella mehr als ein paar Toblerone und eine Glückwunschkarte zu schicken.

Wenn ich wenigstens die Sprache nicht könnte, dann wäre mir das nicht passiert, dachte ich. Mir fiel eine Szene aus meiner Kindheit ein. Ich war vielleicht zehn, als wir zu Sommerferienbeginn am Bahnhof Napoli Centrale ausgestiegen und Richtung Ausgang unterwegs waren, als jemand mir von hinten etwas zurief. Ich blieb stehen, während meine Eltern und meine Geschwister weiter Richtung Busbahnhof gingen. Der schlampig gekleidete Mann fragte freundlich, ob er mich etwas fragen dürfe, und ich sagte, ja, natürlich dürfen Sie mich etwas fragen, fragen Sie mich etwas, als mein Vater mich am Ärmel packte und mit sich riss. Als wir außer Sichtweite des Mannes waren, schrie er mich an: »*Qua non devi mai dare confidenza a nessuno, mai, hai capito?* Hier darfst du einem Fremden nie vertrauen. Nie! Hast du verstanden?«

3.

Bis mir die nächste Anprobe bei Maestro Ippolito die Gelegenheit für eine Neapel-Reise gab, beschäftigte ich mich von zu Hause aus mit dem Nirone.

Antonios Einschulung war im Herbst 1996. Ein Jahr, in dem in Neapel kurz nacheinander eine unschuldige schwangere Frau und ein mutiger Lokaljournalist kaltblütig umgebracht worden waren. Die Politik versprach, das Problem an der Wurzel zu packen. Die postkommunistische Stadtregierung analysierte, dass erstens das Milieu und zweitens die mangelnde Bildung die Kriminalität begünstige. Also müsse der Teufelskreis durchbrochen werden, indem die Schulkreise reformiert und die Kinder durchmischt würden. Gewisse Risikoviertel wie der Rione Esposito sollten überhaupt keine Schulen mehr führen. Die Kinder des Rione sollten mit Schulbussen auf andere Schulen der Stadt verteilt werden. Wilde Proteste der Eltern waren die Folge. Ein politisches Seilziehen begann und schnell zeigte sich: Die Reform war unausgegoren. Woher sollte allein der zusätzliche Schulraum kommen? Keine Schule war begeistert, Kinder aus den Problemvierteln bei sich aufzunehmen. In letzter Minute schloss man die Schule im Rione doch nicht. Es gab aber keine fest angestellten Lehrer mehr, nachdem die alten bereits versetzt worden waren. Während der Abwart und der Schulleiter auf Informationen der Stadtregierung warteten, wie es weitergehen solle, waren die Mütter der schulpflichtigen Kinder übereingekommen, die Kinder vorerst zu Hause zu behalten. Dass das Schuljahr nicht regulär im September begann, war an und für sich nichts Außergewöhnliches. Bis die üblichen Warnstreiks für eine Lohnanpassung oder eine Erneuerung der Gesamtarbeitsverträge, durchgeführt zuerst von den fest angestellten Lehrern, dann von den Aushilfskräften, den Hausdiensten und schließlich dem administrativen Personal, über die Bühne gegangen waren, man sich endlich sozialpartnerschaftlich geeinigt hatte und alle Kurse und Dienstleistungen auch tatsächlich angelaufen waren, war es für gewöhnlich ohnehin November.

Scuola Elementare Luigi Vanvitelli
(16. September 1996)

Antonios Mutter, Bernarda Esposito, war als Einzige von der Idee der Durchmischung der Kinder hellauf begeistert und schrieb dem Bürgermeister, den sie gewählt hatte – auch wenn der Avvocato vom Gefängnis aus den Kandidaten einer anderen Partei vorgegeben hatte –, einen langen Brief, in dem sie um einen Schulplatz für ihren Sohn bat.

Während also alle schulpflichtigen Kinder im Rione die verlängerten Sommerferien genossen, schubste Bernarda ihren Antonio am ersten offiziellen Schultag mit seiner blauen Schulschürze und seinem rot-grün-gelb leuchtenden Schulrucksack, unter dessen Last er fast umzukippen drohte, zur Busstation. Die U-Bahn-Angestellten streikten, sie mussten zweimal umsteigen, bis sie schließlich auf dem Vomero ankamen, dem Hügel mit den Häusern mit Meerblick.

»Ab morgen holt dich der Schulbus ab«, sagte Bernarda zu Antonio, als sie in einem Schwarm von Müttern und

Kindern durch das Eingangstor schritten. Das Schulgelände unterschied sich äußerlich nicht besonders von jenem in ihrem Rione: unansehnlich, der Schulhof kahl, das Schulgebäude vernachlässigt. In der Eingangshalle standen Frauen mit Körben und verteilten den Eintrudelnden plastikverpackte Brioches. »Magst du eine Brioche mit Aprikosen oder mit Nutella?«, fragte eine der Frauen.

»Er mag gar keine. Er hat gesundes Pausenbrot dabei«, antwortete Bernarda.

»Signora, Sie müssen mir gar nicht so kommen. Wir sind Volontärinnen. Was wir hier machen, ist eine Geste des guten Willens, um ein positives Klima zu schaffen und allen Kindern einen guten Schulanfang zu wünschen, an unserer Schule eine schöne Tradition …« Die Frau schrie sich in Rage. Sofort bildete sich eine Menschentraube. Da erschien über ihnen auf dem Treppenabsatz ein mit einem Orden der Republik geschmückter Mann. »Das ist der Rektor«, flüsterte Bernarda Antonio zu. »Du musst ihn mit Cavaliere anreden.«

»Donna Bernarda, wir sind sehr stolz, Ihren Sohn in unserer Schule begrüßen zu dürfen.« Er schritt mit ausgestreckten Armen auf Bernarda zu. Nun wurde das Durcheinander komplett. Die Anwesenden nahmen an, der Aufruhr von eben sei nicht auf einen simplen Streit, sondern auf die Anwesenheit von Prominenz zurückzuführen. Sie waren nicht mehr zu halten. Eltern und Kinder, die schon in den Klassenzimmern waren, drängten zurück auf den Flur. Bernarda bahnte sich und ihrem Sohn einen Weg durch die Menge zum Cavaliere. Mit einer kräftigen Stimme, die ein Megafon überflüssig machte, verkündete der Cavaliere: »Bernarda Maria Esposito, die große Pianistin, ist heute bei uns zu Gast. Wir hoffen, Sie auch einmal bei einem Schulanlass als Musikerin auf der Bühne begrüßen zu dürfen.«

In ihrer Jugend hatte Bernarda Esposito Europa als Pianistin bereist, oft in Begleitung ihres Ehemanns, des Hornettisten Giuseppe Lo Priesto. Sicher war sie in Musikkreisen in Neapel bekannt, aber wohl kaum unter diesen Müttern, Lehrern und Kindern. Die Diva allerdings kaufte man ihr ab. Sie hatte eine starke Präsenz. Ihr Oberkörper war hoch aufgerichtet, etwas, das sie als Pianistin auch ihren Schülern eintrichterte. Hände und Körper müssen immer im rechten Winkel bleiben, den Kopf gerade halten, kein Einknicken, kein Vornüberbeugen, schon gar kein Hochziehen der Schultern. Der Pianist muss hinter dem Flügel immer sichtbar bleiben, mehr noch, er muss das Instrument überragen. Bernarda schritt aufrecht, mit hochgesteckter Frisur und mit ihrer für neapolitanische Frauen überdurchschnittlichen Größe von fast einem Meter achtzig. Dies und vielleicht noch mehr der Name Esposito schlugen ein. Wenn der Cavaliere ein solches Aufsehen um eine Pianistin machte, dann konnte das entweder die hiesige Heuchelei sein oder aber ein Hinweis darauf, dass sie nicht irgendeine Esposito war, sondern eine aus der *Familie Esposito.* Und das schwarze Kind an ihrer Seite? Auch ein Esposito? Tatsächlich?

Maestro Ippolito hatte angerufen. Er habe von Cacciopoli, dem führenden Stoffhändler Neapels, die Muster der neuen Kollektionen erhalten. Wenn ich mir, wie angedacht, noch eine *giacca sportiva,* ein sportliches Jackett, nähen lassen wolle …

»Du weißt«, sagte ich zu meiner Frau, »die Stoffe werden nur in ganz geringen Mengen von den besten Webereien des Biellese extra für Cacciopoli produziert!«

Es war 13 Uhr, als ich vor der Vanvitelli-Schule stand. Die Vormittagsschule war gerade zu Ende. Schülerinnen und Schüler wurden von ihren Eltern abgeholt. Eine Abfolge von zerbeulten Autos und abgedunkelten Luxuskarossen, die kurz hielten. Kinder, die über die Straße rannten. Kaum waren die Türen zugeknallt, fuhren die Autos wieder los. – Hier hat der Bus, mit dem Antonio jeden Tag hergefahren wurde, gewendet, dachte ich, als ich die Ölspuren auf dem welligen Asphalt vor dem Tor erkannte.

Vom Hügel des Vomero wollte ich anschließend hinunter zum Monumentalfriedhof von Poggioreale. Nicht alles zu Fuß, denn im Gegensatz zu früheren Besuchen funktionierte die Funivia Centrale, die Zahnradbahn, und ich konnte mir den steilen Abstieg sparen. Von der Via Toledo nahm ich nicht den näheren Weg am Museo Archeologico Nazionale vorbei, sondern ging über den Corso Umberto, im Volksmund Rettifilo, die Gerade, genannt, weil er wie ein

Strich das Hafengebiet mit dem Bahnhof Napoli Centrale verbindet. Ich ging den Rettifilo hoch, bis ich in Sichtweite der Piazza Garibaldi abbog. Ich wollte in der Basilica della Santissima Annunziata Maggiore die Ruota degli Esposti, die historische Babyklappe, besichtigen.

Kaum geht man vom Rettifilo ab, betritt man das Forcella-Viertel und stößt auf *vu cumprà,* die auf Decken ausgelegte gefälschte Ledertaschen, Sonnenbrillen, Elektronikgeräte anbieten. An einem der improvisierten Stände waren hüfthoch Zigarettenstangen gestapelt. Es waren verschweißte Packungen, denen die italienischen Zollmarken fehlten. Der Preis war gut, besser als im Duty-Free. Ich muss Donato anrufen und ihn berichtigen, sagte ich mir. Die Zeit des Zigarettenschmuggels ist in Forcella offensichtlich noch nicht vorbei.

Ich hatte keine Angst, mich hier zu bewegen. Überall waren Menschen, und ich beachtete noch immer die Vorsichtsmaßnahmen, die mir meine Verwandten jedes Mal, wenn wir »in die Stadt« gingen, eingebläut hatten. Ich trug keine Armbanduhr, keinen Schmuck, keinen Fotoapparat. Die Brieftasche steckte nicht in der Gesäßtasche, sondern hing an einer langen Kordel, versteckt unter dem Hemd, um den Hals. Niemals würde ich in einer solchen Gegend bei einem Bankautomaten Geld abheben oder mein Handy hervornehmen. Und nachts, wenn alle Geschäfte geschlossen waren, wenn man an Obdachlosen in Kartonbehausungen und ihren Hunden vorbeigehen musste, mied ich Forcella sowieso. Bestimmt, dachte ich, ist das eine längst überholte Panik. Viele Touristen spazieren inzwischen völlig unbeeindruckt zu jeder Tageszeit durch Forcella, und es gibt Neapolitaner, die behaupten, die Gefahr, dass einem hier ein Stück Stein aus einer Fassade auf den Kopf falle, sei massiv größer als die, Opfer eines Taschendiebs zu werden.

Ich hatte schon am Vortag versucht, die Wiege der Espositos, wenn man sie so nennen will, zu besichtigen. Vergeblich. Doch heute hatte ich Glück, die Kirchentür war offen. Ein Schild und ein Pfeil zeigten mir den Weg zur Ruota degli Esposti. Ich ging durch eine Tür in einen schmalen Seitenraum der Kirche. Unterhalb eines vergitterten Fensters, durch das Licht in den weiß gekachelten Raum fiel, sah ich ein schweres, dunkles Holzmöbel. Hinter einem von zwei Türchen fand ich die *ruota,* eine Art Trommel mit einer Öffnung und einer Ablagefläche, kleiner als ein gewöhnlicher Backofen. Ich drehte die Trommel gegen links, es knarrte und knirschte beträchtlich. Die Öffnung verschwand, und auf der Rückseite der Trommel kamen zwei Sehschlitze zum Vorschein. Offensichtlich konnte man von innen durch diese Schlitze beobachten, wenn draußen jemand die Klappe öffnete. Ich drehte weiter und holte die Öffnung zurück.

Wenn ein Kind abgegeben wurde, bekam es die Jahreszahl, eine Nummer und die Bezeichnung f oder m für weiblich oder männlich. So wurde jedes Kind im Register verzeichnet. Wenn dem Kind etwas beigelegt wurde, etwa ein Kettchen oder eine Münze oder ein Zettel, damit die Mütter ihre Kinder allenfalls wiedererkennen konnten, wurde es im Register bei der entsprechenden Nummer vermerkt. Ich schloss das Türchen, verließ den Raum und die Kirche. Ich wollte die Babyklappe auch von außen sehen. Die eingemeißelte Jahreszahl, 1875, bezeugt, wann die *ruota* aufgehoben und zugemauert wurde. Ich erschrak aufs Neue, wie klein die Öffnung war. Es gibt Zeugnisse darüber, dass Kinder und sogar Jugendliche hier hineingepfercht wurden, man habe ihnen Beine und Arme dabei gebrochen. Ich wandte mich ab, um mir das nicht weiter vorstellen zu müssen.

Ich dachte lieber an das, was mir Antonella gesagt hatte: Alle Kinder, die hier abgegeben wurden, bekamen den Nachnamen Esposito, vom Adjektiv *esposto,* ausgesetzt. Alle Espositos Neapels sind also Nachfahren dieser Waisenkinder.

Warum, dachte ich auf einmal, sollte nicht auch Antonio ein Kind der Madonna sein?

Donato rief mich an. »Warst du in Poggioreale?«

Ich hatte ihn gebeten, für mich zu recherchieren. »Mein Cousin ist Friedhofsaufseher, keine Sache für ihn.« Kurz darauf mailte er mir einen Lageplan mit genauer Kennzeichnung des Familiengrabs der Espositos. Ich hatte in dieser unendlichen Anlage mit ihrer dichten Fülle an Gräbern lange gesucht, es endlich gefunden, fotografiert, die Namen studiert und saß nun aufgewühlt auf einer Bank und versuchte, mithilfe meines Handys herauszufinden, was am 28. April 1990 geschehen war.

»Ich bin eingeladen zu einer Medienorientierung in Pompeji. Ich dachte, das könnte dich interessieren. Möchtest du mitkommen? Ich fahr gleich los. Wo soll ich dich abholen?«

»Kannst du herausfinden, was am 28. April 1990 geschehen ist?«

»Am 29. wurde Neapel zum zweiten Mal in seiner Vereinsgeschichte Meister!«

»Ja, das habe ich auch herausgefunden … Nein, ich muss wissen, ob es in diesen Tagen in Neapel ein Verbrechen gegeben hat, in das der Clan Esposito verwickelt war.«

Das Familiengrab der Espositos glich einer Mischung aus antikem und orientalischem Tempel, wie man sie in den pompösen Bühnenbildern einer *Aida*- oder einer *Nabucco*-Freilichtaufführung sieht. Das Grab war vergleichsweise neu. Der Avvocato hatte es in den sechziger Jahren, quasi in Sichtweite des Rione, errichten lassen. Entsprechend waren noch nicht viele Familienmitglieder hier beigesetzt, am längsten ein gewisser Vittorio Esposito, wahrscheinlich ein Bruder des Avvocato. Er starb 1963 mit dreiundzwanzig Jahren. Den prominentesten Platz hatten Francesco Esposito und Carmela Jannaccone, den Fotografien und Jahreszahlen nach wohl die Eltern des Avvocato.

Als ich schon fast gehen wollte, entdeckte ich in einer Seitenwand des Familiengrabs Schiebegräber, sogenannte *nicchie,* fünf übereinander, und in der zweitobersten Nische die Inschrift: *Antonio Esposito, 28. April 1990.* Ich holte eine Leiter, um den Gladiolenstrauß, den ich, um nicht aufzufallen, am Eingang des Friedhofs am Blumenstand gekauft hatte, in die an der Grabplatte angebrachte Vase zu stecken. Dann klappte ich das Türchen des Fotorahmens auf. Wo eigentlich ein Bild des Verstorbenen hätte sein sollen, war lediglich eine gezeichnete Blüte zu sehen.

Donato hatte sich etwas verspätet. Er hatte den Wasserstofftank auffüllen respektive ersetzen müssen. Das habe ihm aber auch die nötige Zeit gegeben, auf die Antwort des besten Archivars der Zeitung, dem er den Auftrag gegeben habe, zu warten.

»Und?«

»Am 26. April wurde auf Giuseppe Lo Priesto ein Attentat verübt. Mehrere Schüsse, abgegeben von einem Motorrad aus nächster Distanz.

»Der Hornettist und Ehemann von Bernarda Esposito ...«

»Lo Priesto wurde in einem Kloster erzogen, besuchte das Konservatorium in Rom und lernte dort die Klavierstudentin Bernarda Maria Esposito kennen. Die beiden heirateten und zogen nach Neapel in den Rione Esposito. Beim Attentat ist er am Lenker eines Motorrollers, seine Frau sitzt auf dem

Sozius. Sie sind auf dem Nachhauseweg. Auf der Höhe der Kirche von Ognissanti wird er niedergeschossen. Er ist auf der Stelle tot, sie wird verletzt, aber überlebt.«

»Sie war schwanger …«

»Hochschwanger. Man hat die Verantwortlichen für das Attentat nie ermittelt. Damals war ein erbitterter Krieg im Gang zwischen der Nuova Famiglia Organizzata unter Führung der Espositos und den alteingesessenen Familien im Westen der Stadt unter der Führung der Baranos. Mit etlichen Toten auf beiden Seiten. Die Polizei sprach von Vergeltung.« Donato zögerte und setzte dann hinzu: »Ich glaube das nicht. Bernarda und Giuseppe hatten mit dem organisierten Verbrechen nichts zu tun. Ich gehe eher von einer Verwechslung mit Ciro Esposito aus, damals die Nummer Zwei im Clan, der mit Nicoletta im gleichen Haus wie Bernarda und Giuseppe wohnte. «

»Bernardas Kind starb …«

»Ja.«

»… und wurde im Familiengrab beigesetzt.«

»Lass uns fahren, wir sind spät dran.«

»Antonio Esposito ist vor seiner Geburt gestorben. Ermordet. Ein anderes Kind nahm seinen Platz ein, wurde Antonio Esposito.«

Donato sah mich verwundert an.

»Kannst du dir vorstellen, dass Antonio von der Familie Esposito adoptiert wurde?«

»Ein schwarzer Junge, mit einem ordentlichen Verfahren? Nein, das schließe ich aus. Das passt nicht zur Camorra.«

Ich freute mich auf den Ausflug nach Pompeji. Ich war der vielen Touristen wegen seit Jahrzehnten nicht mehr dort gewesen. Donato zeigte mir Bilder des sensationellen Funds, der an der Medienkonferenz vorgestellt werden sollte.

Es war nach 19 Uhr, die Tore für die Besucher waren eben geschlossen worden. Donato wies sich aus, wir wurden in den abgedunkelten Medienraum eingelassen, wo uns anhand der gleichen Lichtbilder, die ich schon auf Donatos Handy gesehen hatte, erklärt wurde: Bei Ausgrabungen in der sogenannten Civita Giuliana, unweit der Festungsmauern im nördlichen Teil der archäologischen Zone, wo seit längerem gegraben werde, habe man in einem kleinen Raum, am Fuße einer Treppe, die sehr gut erhaltenen Leichen zweier Männer gefunden, eines alten und eines jungen Mannes. Sie hätten sich gleich nach dem Vulkanausbruch in diesen Raum zurückgezogen, so nimmt man an, wo sie an den ausströmenden Gasen erstickt seien. Als zuerst die Gesteinsbrocken, später die Lava die Stadt zugedeckt und sie damit für die folgenden 2000 Jahre konserviert hätten, seien die beiden Männer mit Bestimmtheit schon tot gewesen. Auf einem der Bilder sah man zwei wie versteinert aussehende menschliche Körper. Der Ältere hatte die Beine weit ausgebreitet, sein Kopf war nach hinten gestreckt, die Hände hielt er auf die Brust gedrückt, als hätte er Brustschmerzen oder ringe nach Luft. Der Jüngere lag wie entspannt, als würde er friedlich auf Schlaf warten, zu seinen Füßen. Aufgrund dieser Anordnung ging man davon aus, dass es sich um einen Herrn und seinen Sklaven gehandelt habe. Es gab Großaufnahmen der beiden Leichen. Man erkannte die Gesichtszüge des Älteren, bei beiden auch Reste ihrer Tunika.

Im Anschluss an die Präsentation durften Fragen gestellt werden. Ob man etwas zum Alter der beiden sagen könne? Ja, der Alte sei ca. vierzig Jahre alt gewesen, der Junge um die zwanzig. Es gab Fragen zum Gesamtprojekt. Zu Folgeprojekten. Bis alle vierzig noch nicht untersuchten Hektaren Pompejis erfasst seien, dauere es Jahrhunderte. Gerüchte über illegale Grabungen, offenbar ein verbreitetes Problem, wurden bestritten. Ich lernte, dass das Purpurrot an den Wänden der Fundstelle, das man wegen seines speziellen Glanzes auch Pompeji-Rot nennt, eigentlich ein Gelb und durch die gewaltige Hitze nach dem Vulkanausbruch entstanden sei. Eine chemische Reaktion. Deshalb finde man dieses Purpurrot auch nur hier.

Nach der Medienkonferenz durften die Anwesenden die Grabung besichtigen. Donato und ich blieben am längsten sitzen. »Was denkst du«, fragte ich Donato, »war der Sklave schwarz?«

»Du denkst wohl an die Sandalenfilme Hollywoods?« Donato lächelte. »Das Römische Reich war weiß. Und auch die Sklaven waren in aller Regel weiß. Die Amerikaner haben in ihren Römerfilmen einfach ihr Rassenproblem auf die Vergangenheit übertragen.« Donato fügte hinzu, der Jüngling sei vermutlich ein Haussklave gewesen und diese seien oft wie Familienmitglieder behandelt worden. Er sei aber unsicher, ob es sich überhaupt um einen Sklaven handelte, die beiden könnten genauso gut Vater und Sohn sein.

Wir folgten den Verantwortlichen und den anderen Medienschaffenden durch die antiken Straßen von Pompeji. Donato grüßte etliche Kolleginnen und Kollegen, mit denen er seine Vermutungen erörtern wollte. Ich ging in der Dämmerung allein über die glänzenden Steinquader. Ich war erstaunt, wie weit weg der Vulkan tatsächlich war, wie lieblich er im Abendlicht stand, atemberaubend schön, der Mond über ihm noch blass, ein paar Schleierwolken um den Krater wie Zuckerkrönchen. Wie konnte man aus so großer Distanz eine ganze Stadt zerstören?

Ich hatte trotz der bedrückenden Bilder der beiden Leichen nicht das Gefühl, durch eine tote Stadt zu gehen; ganz im Gegenteil. Vielleicht lag das auch daran, dass Touristen das eine oder andere hatten liegen lassen, was diese polierte Steinquaderstraße im Halblicht letztlich aussehen ließ wie eine beliebige Straße. Mir schien, aus diesem oder jenem Haus könne jederzeit eine Frau oder ein Mann in Tunika heraustreten, fragen, was denn los sei, und sich unserer kleinen Gruppe anschließen. Als wir bei der Ausgrabungsstätte angekommen waren und Donato und ich einen Blick auf diese beiden tönernen Männer werfen konnten, entschlüpfte mir ein: »Mein Gott!« Mir war, als würden zwei Menschen vor mir liegen, die erst gestern oder vorgestern gestorben waren.

»Wann fährst du heim?«, fragte mich Donato auf der Rückfahrt.

»Morgen. Aber ich komme übernächste Woche wieder. Ich muss die Hemden bei der Schneiderin abholen, sie sind nicht fertig geworden.«

»Und der wirkliche Grund?«

»Ich will das Castello von Viviano besichtigen.«

»Es ist dauerhaft zu. Und baufällig. Das Geld für die Restaurierung fehlt, man kann es nur von außen besichtigen.«

»Auch gut.«

»Wie kommst du hin?«

»Ich habe mir bereits einen Wagen gemietet.«

4.

Am Bahnhof Napoli Centrale stieg ich in das Mietauto und gab im Navigationsgerät die Adresse des Castello ein. Ich seufzte. Bei der Anmeldung hatte ich einen Wagen mit automatischem Getriebe angekreuzt. Man hatte es übersehen, oder es war gerade kein entsprechender Wagen vorrätig, oder es waren in dieser Filiale gar nicht alle Modelle verfügbar, die im Internet angepriesen wurden. Ich bin ein schlechter Autofahrer, denn ich hatte mir in den Kopf gesetzt, erst im selben Alter wie mein Vater Auto fahren zu lernen, mit Mitte vierzig, und das hatte ich nun davon. Ich erinnere mich, wie Vater vor der theoretischen Prüfung abendelang, anstatt wie sonst wegen der Frühschicht früh ins Bett zu gehen, über Zeichnungen von kniffligen Verkehrssituationen brütete: Drei Autos fahren von drei identischen Straßen auf eine Kreuzung zu. Welches hat Vorfahrt?

Nach hundert praktischen Fahrstunden auf einem Auto mit Gangschaltung wechselte er auf eines mit automatischer und schaffte die Prüfung dann doch. Ein einziges Mal, im Jahr, als er fünfzig wurde, sind er und Mutter mit dem Auto in ihr Dorf in Hirpinien gefahren. Danach hat er es nur noch für die gemeinsamen Wocheneinkäufe im Supermarkt gebraucht.

Der Vermieter behauptete, die neuen Pandas seien die am einfachsten zu bedienenden Fahrzeuge der Welt. Ich fand nicht mal den Rückwärtsgang und musste nach zwanzig Minuten verzweifelt im Büro um Hilfe bitten.

Ich fuhr, die Stadt im Rücken, um den Vesuv herum ins Landesinnere. Die Kleinstadt Viviano liegt auf den dem Meer abgewandten Hängen des Vulkans. Darunter erstreckt sich ein Tal, durch das die Hauptverkehrsachse in den Süden führt. Weiter östlich beginnen die Ausläufer des Apennins anzusteigen, und statt der Felder dominieren Haselnuss- und Kastanienwälder. In diesen Hügeln liegt das Dorf meiner Eltern. Die Verhältnisse waren hier wie dort dieselben. Alles Land war einst im Besitz von Adelsfamilien. Die Kleinbauern bewirtschafteten winzige Felder und wurden von den Adeligen wie Leibeigene behandelt. Sie mussten den Zehnten zahlen, ihre Waren zu festgelegten Preisen abgeben, in Elend und Knechtschaft leben, während sie in den kolorierten Stichen, die in den Sälen der Nobili hingen, zur *chitarra battente* ausgelassen Tarantella tanzen.

Am Fuße des Vulkans fuhr ich von der Autobahn ab. Mir war klar geworden, warum eine Autobahn in Süditalien zwei Spuren hat: Die linke Seite, anderswo Überholspur genannt, ist für die, die Auto fahren können; die rechte für die, die mit Ochsenkarren und Pferdekutschen aufgewachsen sind. Solange ich mich rechts hielt, durfte ich mitten auf der Autobahn stehen bleiben, ich erntete nur mitleidige Blicke. Und wenn ich das Auto wieder in Gang gebracht hatte, durfte ich so langsam und stotternd anfahren, wie ich wollte.

Ich durchquerte die Kleinstadt, die sich halb im Tal ausbreitete, halb an den Hang schmiegte. Am Ortsausgang folgte ich der verbeulten und angerosteten braunen Hinweistafel eine steile Straße hoch. Dann war ich umgeben von zartem Frühlingsgrün, sah die in Linien gezogenen Kulturen – Orangen, Zitronen, weiter oben Weinreben – und vereinzelt Bauern auf kleinen Traktoren. Ich hielt in einer Kurve, von der aus man einen weiten Blick auf die Ebene hat.

Ich sah neben gewundenen Straßen und etlichen Treibhäusern ein Autodrom in Form einer liegenden Acht. Durchs andere Fenster schaute ich hoch, dahin, wo ich den Krater vermutete. Ich erkannte nichts, es war alles in Dunst gehüllt.

Ich packte die beiden Bücher von Salvatore Esposito, dem Avvocato, aus, die ich in einem der Buchantiquariate entlang der Via Porta Alba gekauft hatte. Der letzthin erschienene Band *Gedichte aus dem Gefängnis* enthält nur wenige neue Gedichte. Die meisten Texte waren schon in *Pensieri e Parole, Gedanken und Worte,* zu Beginn der achtziger Jahre in einem der zahlreichen neapolitanischen Kleinverlage publiziert worden. Das Buch wurde bald nach Erscheinen von der Staatsanwaltschaft wegen Glorifizierung der Camorra verboten. Der Avvocato hatte seine erste Zeit im Gefängnis nicht nur genutzt, um sich seine Führungsposition zu erarbeiten und sein kriminelles Netzwerk zu spinnen, Todesurteile auszusprechen und Rivalen umbringen zu lassen. Er hatte, nach eigenen Aussagen, viel Zeit gefunden, um zu lesen und nachzudenken, und daraufhin die Berufung verspürt, sich schriftstellerisch auszudrücken.

Ich stellte mir vor, wie Antonio als Neunjähriger im Castello auf ein Exemplar von *Pensieri e Parole* stößt und darin heimlich die Neufassung der Sage von Gherardo Lancellotti di Lauro liest. Es ist, in der Version des Avvocato, die Geschichte eines neapolitanischen Ritters, der getrieben von falschen Leidenschaften im Dienste des Langobarden Landolf tötete, meuchelte, hetzte, unterdrückte und genau in der Burg, in der Antonio inzwischen mit seiner Mutter lebte, seinen Reichtum genoss. Bis ein Engel Gherardo die Schönheiten der Landschaft Neapels vor Augen führte, den Vesuv, das Meer, den Golf mit den Inseln und im Gegensatz dazu das unermessliche Leid der Menschen. »Im schönsten Land, das

Gott geschaffen hat, leben die unglücklichsten Menschen!«, sprach der Engel zu Gherardo. »Du bist schuld. Du bist ein Neapolitaner. Schau dir diese fruchtbare Erde an: die Menschen könnten genug zu essen haben, sie könnten in Frieden und Freiheit leben, wenn sie von fremden Herrschern, von Blutsaugern und Schindern befreit wären.« Gherardo erhörte den Weckruf. Mit einer kleinen Gruppe von Mitstreitern gründete er im Castello die ehrenwerte Gesellschaft und zettelte einen blutigen Krieg gegen Langobarden, Germanen, Spanier, Sizilianer und Kalabresen an. Gherardo gewann nach und nach das Vertrauen der Neapolitaner zurück und einte das Volk im Kampf gegen die Besatzer, auch weil die untereinander verfeindeten neapolitanischen Adeligen sich Gherardo anschlossen und sich ihm unterwarfen. Als alle Fremden besiegt und außer Landes getrieben waren, strömte das neapolitanische Volk zum Castello und kürte Gherardo zum Herrscher über das Königreich Neapel. *Viva Re Gherardo! Viva il Regno di Napoli!*

Dieses Schloss, in dem die Camorra gegründet worden war, hatte der Avvocato zum Stammsitz seiner Familie bestimmt. In diesem Schloss wurde Antonio Esposito zum »Familienmitglied«.

In seinem schwülstigen Gedicht *Mille per Mille* besingt der Avvocato den Ursprung der Familie Esposito:

C'era dolore nelle campagne
E la fatica non pagava.
Ma venne il giorno onde l'umanità sofferente s'inalzò
E la sigaretta succedde alla carretta.

Verschlüsselt und pathetisch verklärt der Avvocato seinen Vater Francesco in *Mille per Mille* zum Freiheitskämpfer, der die Bauern davon überzeugen wollte, die »Früchte ihrer Hände Arbeit« nicht mehr an die Feudalherren, die Grafen von Astoria, abzutreten, sondern selbst auf den Märkten anzubieten.

Francesco schmiedet ein Schild: *Esposito frutta e verdura,* kauft sich auf Pump ein Ape-Dreirad mit offener Ladefläche und einen potenten Lautsprecher. Bevor Francesco eine erste Melone, die ersten Tomaten oder Trauben in den Gassen Neapels feilhalten kann, werden die Pneus der Ape durchschossen. Unter dem Scheibenwischer findet Francesco ein Couvert, darin eine Kugel und ein Zettel, auf dem steht: »Die nächste wird in deinem Kopf stecken.« Derweil lassen die Astoria verkünden: Wer es wagt, Francesco Esposito Waren abzutreten, dem wird die Pacht entzogen.

Eines Nachts geht die Scheune in Flammen auf. Das Vieh verbrennt. Nur durch Zufall bleiben das Wohnhaus und seine Bewohner verschont. Vor seiner kaputten Ape, vor den verkohlten Kadavern kniend, ruft Francesco: »Wer den Tyrannen besiegen will, muss auf den Tyrannen zielen!«

Francesco, dichtet der Avvocato, weiß, dass eine *vita nova*, eine neue Zeit, angebrochen ist. Der Krieg ist vorbei, der Wohlstand steigt. Francesco schafft es, im Zuge des Ausbaus der Autobahn Neapel-Bari die unwegsamen Berge Hirpiniens zu überwinden. Er zieht in wenigen Jahren einen florierenden Gemüse- und Früchtehandel auf. In Foggia lernt Francesco Carmela kennen, die Tochter des Gemüsegroßhändlers Iannaccone, heiratet sie, festigt damit seine Position. In Neapel verbündet er sich mit dem aufstrebenden Clan Misto, der die Märkte im Ostteil der Stadt kontrolliert.

Francesco und Carmela liefern täglich frisches apulisches Gemüse nach Neapel und kommen zu Wohlstand. Rosetta, Vittorio, Salvatore und Michele werden geboren. Die Familie Esposito wohnt noch immer in ihrem bescheidenen Bauernhaus in der Ebene, über ihnen prangt an den Hängen des Vulkans das Castello. Die ausgebrannte Scheune lässt Francesco, den alle inzwischen Don Francesco nennen, als Mahnmal stehen. Die Astoria lassen ihn gewähren, solange er die Bauern Vivianos nicht gegen sie aufhetzt.

Francesco hat seinen Schwur nicht vergessen. Die Gelegenheit, auf die Astoria zu zielen, kommt, als Neapel zum Zentrum des Handels mit geschmuggelten Zigaretten aufsteigt. Von Albanien und Montenegro aus werden die Kisten an die apulische Küste verschifft und von dort nach Neapel gebracht. Die Mistos sind zuständig für den Landtransport. Francescos Gemüse- und Früchtelaster verschieben täglich Zentner Gemüse- und Früchteladungen von Apulien nach Neapel.

Eines Abends fährt der Chef des Clans Misto zu Don Francesco Esposito. Don Ferdinando Misto und Nonno Francesco sitzen vor dem Haus, trinken *Lacrymia Christi del Vesuvio* und rauchen eine *Bionda.*

Don Ferdinando fragt Nonno Francesco: »Wie viele Kisten Zigaretten kannst du pro Tag nach Neapel transportieren?« Und Nonno Francesco fragt zurück: »In wie vielen Tagen werde ich mit meiner Familie ins Castello einziehen?«

Mille per Mille.

»Bei tausend Kisten in tausend Tagen.«

Der Präsident des Vereins zur Erhaltung des Castello von Gherardo Lancellotti di Lauro hatte kurzfristig unseren Termin abgesagt. Wobei, ein Termin, also verpflichtend, war unser *incontro,* unser Treffen, wohl nur in meinem Verständnis gewesen. Er könne mir ohnehin nicht mehr zeigen, als ich von außen zu sehen bekäme. Hinein dürfe man nicht, das Gebäude sei einsturzgefährdet.

Ich ging die schlängelnde Schotterstraße zu Fuß hoch. Endlich erkannte ich die Schlossmauern, dahinter das Gebäude. Es hob sich kaum von der Umgebung ab, vielmehr schien das Braun und das Ocker der Mauern mit dem Grün des Bergs zu verschmelzen. Ich ging an den Ruinen eines Torbogens vorbei in einen teils gepflasterten, teils von Pflanzen überwucherten Innenhof. Der Vereinspräsident hatte mir die Stelle der Befestigungsmauer beschrieben, von der man die schönste Aussicht habe. Ich sah den Erker am Ende einer Steintreppe, ging hinauf und schaute durch die Schießscharte. Unter mir war das Städtchen wie ein Teppich ausgerollt. Selbst die Kuppel der Hauptkirche Chiesa Madre dell' Arcangelo Michele war nur ein grüner Klacks inmitten gelblicher Hausdächer.

In meinem Rücken ragte das vierflügelige Schloss empor. Nur wenn man hier auf der Schlossmauer stehe, erfasse man annähernd seine Dimension. 365 Zimmer soll das Castello besitzen. »Für jeden Tag eines, wie der Avvocato zu scherzen pflegte«, klang mir die Stimme des Vereinspräsidenten noch immer im Ohr. Dass das Schloss dennoch gar nicht so gewaltig anmutet, liegt vielleicht auch an dem noch viel mächtigeren Ungetüm in seinem Rücken, dem Vulkan.

Ich stieg wieder hinunter, ging um das Gebäude herum. Die Zugänge waren verbarrikadiert. Im Westflügel, an den sich die Wirtschaftsgebäude anschlossen, hatte Antonio mit seiner Mutter Bernarda gelebt, bei den Großeltern Michele und Anna.

Im Untergeschoss des Ostflügels befand sich der berühmte Festsaal. Ich entdeckte ein aufgeklapptes Kellerfenster unter einer vergitterten Mauerluke und erkannte durch verformte Gittermaschen hindurch einen verstaubten Gewölbekeller. Ich versuchte ihn mir als repräsentativen Saal mit Spiegeln, Stuck und prächtigen Leuchtern, mit Wand- und Deckenmalereien zu denken.

Hier also hatte der Avvocato, wenn er nicht im Gefängnis saß, die Aufnahme neuer Mitglieder zelebriert. Am längsten eingesperrt war Salvatore Esposito in den letzten vierzig Jahren im Gefängnis Poggioreale in Neapel. Dort hatte er sich sofort einen Namen gemacht, weil er den Analphabeten – und das waren damals die allermeisten Häftlinge – seine Dienste als Schreiber zur Verfügung stellte. Er hatte einige Semester Jura hinter sich und sollte nach den Plänen seines Vaters Francesco eigentlich Anwalt werden, wäre nicht ein Ehrenmord dazwischengekommen. Andere Quellen behaupten, Salvatore Esposito sei gerade mal bis zur 5. Klasse zur Schule gegangen. Verbürgt ist, dass er in seiner Zelle wie in einer Kanzlei Mithäftlinge empfing, sich ihre Anliegen anhörte, für sie Briefe an ihre Angehörigen und die Behörden schrieb, Erlasse, Verfügungen und Erleichterungen erwirkte, Rekurse und Anfragen verfasste, auf Rechte pochte und so schließlich den Übernamen »Avvocato« erhielt. Poggioreale war damals unter der Kontrolle der 'Ndrangheta. Dank seiner Schreibdienste erarbeitete der

Avvocato sich das Vertrauen der Häftlinge, sodass er den Anführer der Kalabresen herausfordern konnte. Als Waffe habe man Stellmesser sichergestellt. Es sei während des Hofgangs zum Duell gekommen, der Avvocato habe den Kalabresen getötet. Eine andere Version lautet, der Kalabrese sei gar nicht zum Duell erschienen und habe dem Avvocato die Vorherrschaft über das Gefängnis von Poggioreale, also über zweitausend Häftlinge, kampflos überlassen.

Ebenso viel Zeit wie seinem kriminellen Aufstieg widmete der Avvocato in Poggioreale der Poesie und der Verherrlichung der Camorra. Er erfand für seine *Famiglia* eigene Rituale, die er aus verschiedenen Elementen komponierte: Freimaurerei, Gebräuche der sizilianischen Hirtenmafia, Szenen aus Hollywoodfilmen …

Giuramento im Castello von Viviano
(6. August 2000)

»*Buon vespro, buon vespro.* Ich segne diesen Raum, wie unsere Vorfahren ihn segneten. Wie sie ihn mit Eisen und Ketten segneten, segne ich ihn mit Eisen und Ketten.« Der Avvocato steht im Maßanzug hinter einem Tisch, die Hände erhoben wie ein Pfarrer. Vor ihm liegt ein aufgeschlagenes Buch. »Ich hebe die Augen zum Himmel und sehe einen Stern.«

Dreißig Menschen knien auf dem Steinboden, die Häupter mit Kapuzen bedeckt. An dem langen Tisch sitzen, links und rechts des Avvocato, je vier Gestalten, auch sie mit Kutten und Kapuzen.

»Du bist schön, ganz wunderschön, meine Freundin, und kein Makel ist an dir, du schöne Verschwiegenheit. *Omertà bella.*«

Der Avvocato spricht langsam – und wenn er eine längere Pause macht, wiederholen die Anwesenden ehrfürchtig im Chor seine letzten Worte: »*Omertà bella.*«

»Die du mich lehrtest. Mit Rosen und Blüten mich bedecktest. Mich an diesen Ort führtest. Wo Ehrenmänner mich empfingen.«

»Wo Ehrenmänner mich empfingen.«

»Vertrieben aus Spanien erreichten die Ritter der Camorra einst Neapel, Kalabrien und Sizilien, verloren sich aus den Augen, und nach vielen blutigen Schlachten, in denen sie sich für die gute Sache opferten, fanden sie am sechsten August in diesem Castello von Viviano zusammen, um die ehrenwerte Gesellschaft des Gherardo Lancellotti di Lauro neu zu gründen. Sie gelobten: Für Gerechtigkeit sorgt der Ehrenmann selbst!«

»Für Gerechtigkeit sorgt der Ehrenmann selbst!«

»Dann zogen die Ritter ihre Messer, kerbten sich das Zeichen des Kreuzes in die Hand und sprachen: Das ist unser Blut, das Blut des Bundes, das für viele vergossen wird …«

»Das Blut des Bundes, das für viele vergossen wird.«

Einer der Männer an der Seite des Avvocato stimmt einen Sprechgesang an. Das ist das Zeichen für das eigentliche *giuramento,* den Eid. Die Knienden erheben sich, greifen in ihre Taschen, legen ihre Handgelenke frei. Nacheinander fahren sie mit der Messerklinge über ihren Puls, Blut strömt über ihre Hände. Eine silberne Schüssel wird herumgereicht. Der Sprechgesang verstummt. Es herrscht eine andächtige Stille im Saal. Nachdem alle Anwesenden ihr Blut in den Kelch haben tropfen lassen, trägt ein Mann ihn feierlich nach vorn, stellt ihn vor dem Avvocato auf den Tisch und spricht: »So hat ein Mann zu sein: Bescheiden wie Durst. Hart wie Stahl. Kalt wie Eis.« Der Avvocato führt den Kelch zum Mund, trinkt, reicht ihn weiter. Von Mund zu Mund geht der Kelch. Dann wird er wieder dem Avvocato gereicht, der das übrig gebliebene Blut in eine gläserne Kugel gießt. Er stemmt sie wie einen Pokal in die Höhe und spricht: »So sind wir mit Worten der Verschwiegenheit die neue Gesellschaft. *Buon vespro.*«

»*Buon vespro.*«

Inzwischen hat eine andere vermummte Gestalt ein weiteres mächtiges Buch auf dem Tisch genau vor dem Avvocato aufgeschlagen. Eine nach der anderen schreiten die Gestalten zum Tisch, beugen sich über dieses Buch, packen den Griffel und kritzeln. Als alle sich eingetragen haben, werden beide Bücher zusammengeklappt und aufeinandergelegt. Der Avvocato erhebt wieder die Stimme: »An dem Tag, an dem der letzte Neapolitaner begriffen hat, dass ein Stück Brot in Freiheit mehr wert ist als ein Stück Fleisch als Sklave, an diesem Tag wird Neapel endlich gesiegt haben. Erinnert euch an die Lehre Gherardo Lancellotti di Lauros: Nur in Freiheit sind wir Menschen. Wir sind die Ritter der Camorra. Wir sind Ehrenmänner. Verschwiegen. Unsere Prinzipien sind uns heilig. Wir stehen ein für das Gute. Für den Frieden. Für die Freiheit. Aber wir sind auch Herren über Leben und Tod. Das Gesetz der Camorra ist unerbittlich.«

Eine Gestalt nähert sich von der Seite. Am Kapuzenrand erkennt man den üppigen Haarschopf von Rosetta, der Schwester des Avvocato. Sie schiebt ihre Hände unter die Bücher, streckt sie in die Höhe und sagt: »Wir schwören, Freuden, Schmerzen und Leid zu teilen! Das Blut verbindet uns. Aber wer einen Fehler begeht, wer Verrat in unsere Mitte trägt, bezahlt. So wahr wir die ehrenwerte Gesellschaft sind!«

Bernarda hatte ihren Flügel ins Castello transportieren lassen. Er stehe noch jetzt im Konzertzimmer, hatte mir der Präsident bestätigt, leider seit damals dem unerbittlichen Zahn der Zeit ausgesetzt. Auch die Existenz des sogenannten Schulzimmers bestätigte er mir. Ein Raum, der geschmückt sei mit üppigen Deckenmalereien: Engel und Heilige, die anmutig auf Wolken schwebend ins Nigendwo verschwinden. Ein sehr gelungenes Trompe-l'œil, von dem einem schwindlig werde, wenn man zu lang hochschaue.

»Es ist ein Jammer«, sagte der Vereinspräsident am Telefon. »Die Gemeinde, der das Schloss seit der Enteignung gehört, hat unserem gemeinnützigen Verein das Gebäude zur Verfügung gestellt. Wir möchten es für die Öffentlichkeit zugänglich machen, aber wir haben einfach kein Geld für die Restaurierung. Leider unterstützt der Staat uns nicht. Damals, als das Castello den Espositos gehörte, wurde es vorbildlich restauriert und in Schuss gehalten ... wenn ich das so ausdrücken darf. Das bestätigt übrigens auch die Denkmalpflege.«

Es hatte zu regnen begonnen, ein Platzregen, der nicht lange anhalten würde, aber ich wurde, bevor ich wieder bei meinem Wagen war, bis auf die Knochen nass.

Ich fuhr hinunter, an den Stadtrand in der Ebene. Der Avvocato lebte nur zweimal für kurze Zeit im Castello. Einmal in den achtziger Jahren, als er wegen Ablauf von Verfahrensfristen aus dem Gefängnis entlassen werden musste.

Und dann, als Antonio hier lebte. Das Familienoberhaupt war vom Gefängnis von Poggioreale in das Psychiatriegefängnis bei Aversa verlegt worden und daraus entkommen. Ein Arzt hatte ihm vor Jahren eine psychische Krankheit diagnostiziert, und endlich war die Verlegung zu Behandlungszwecken bewilligt worden.

Der Avvocato nutzte die wenigen Wochen in Freiheit für Aufnahmerituale und, das zweite Mal, auch für einen Mord, den er höchstpersönlich ausführte.

Ich stand vor dem Tatort: Der Großmarkt ist eine Halle am Ortsausgang, drei Fahrminuten von der Autobahn entfernt, ideal gelegen, um die Märkte von Neapel, aber auch diejenigen auf der amalfitanischen Halbinsel oder am Fuß des Vesuvs bis hinunter nach Salerno zu beliefern. Jetzt, am Nachmittag, war sie zu. Ich sah Abfälle vom frühmorgendlichen Handel, gestapelte Spankisten und Plastikverpackungen.

Die Ermordung von Carmine d'Auria
(4. September 2000)

Der Avvocato befahl seinem Fahrer, noch bevor die Kuppel der Kirche des Arcangelo Michele in Sichtweite war, anzuhalten. Der Avvocato, Zio Mario, Vincenzo Solimbeni, zwei Leibwächter und Antonio stiegen aus dem Lastwagen. Aus seiner abgegriffenen Ledermappe nahm der Avvocato einen Kugelschreiber. »Hier, mein Junge. Den steckst du dir vorsichtig ein, am besten vorne. In der Halle gibst du ihn mir wieder.«

Antonio schob den Kugelschreiber in seine Unterhose.

»Sieht man was?«, fragte der Avvocato.

»Nicht bei einem schwarzen Kerl«, kicherte Zio Mario.

»Auf keinen Fall dran rumfummeln, verstanden? Zio Mario und ich gehen vor. Du kommst in ein paar Minuten nach. Lass dir einfach nichts anmerken, verstehst du?« Einer der Leibwächter stieg wieder in den Laster und parkte ihn direkt gegenüber einer der Eingangssperren. Der Avvocato, Zio Mario und der andere Leibwächter schritten auf die Carabinieri zu. Antonio duckte sich hinter einen Müllhaufen und beobachtete, wie die drei von einem Polizisten abgetastet wurden, während ein zweiter Carabiniere, die Maschinenpistole im Anschlag, sie scharf beobachtete. Landarbeiter hielten mit dem Abladen inne, deuteten auf den Avvocato und gestikulierten einander über ihre Wagen hinweg zu. *»Don Salvatore, Gesu Cristo vi manda!* Jesus Christus schickt euch«, hörte Antonio eine Bäuerin rufen. Der Avvocato schaute in ihre Richtung. Als ein dritter Carabiniere, der bei der Sperre stand, nickte, ging der mit dem Maschinengewehr zur Seite, und der Avvocato schritt durch ein Spalier von Menschen in die Halle.

Antonio trat aus seinem Versteck und ging um das Gebäude herum. Überall standen Laster, gefüllt mit Gemüse- und Früchtekisten, bereit zum Umladen, bewacht von schlecht rasierten, rauchenden Männern. »Hau ab«, riefen sie, sobald Antonio sich einem der Wagen näherte, warfen abgenagte Melonenschalen, vermutlich Überreste ihres Frühstücks, nach ihm. An jedem Halleneingang war eine Polizeisperre. Antonio hörte, wie drinnen laut Zahlen geschrien wurden. Händler kamen heraus, gingen zu einem der Wagen, gaben Zettel ab und ließen sich die Kisten von den Bauern umladen.

Antonio näherte sich in dem Moment einer Sperre, als die zwei Carabinieri, die eben noch gelangweilt an Plastikbechern genippt und die Straße beobachtet hatten, sich der

Halle zudrehten. Drinnen schien sich Interessantes abzuspielen. »Was willst du?«, hielt ein Polizist Antonio auf, als er an ihm vorbeigehen wollte. »Verschwinde!«

»Ich Hunger, bitte Signore«, stammelte er mit Akzent. Der andere Polizist mischte sich ein: »Bananen findest du hier nicht. Und jetzt hau ab!« Beide lachten, drehten sich wieder dem Eingang zu. Antonio schlich an ihnen vorbei in die Halle. In der Mitte waren ein Dutzend Pulte zu einem Ring zusammengeschoben. Männer in Anzügen begutachteten die Waren in den Kisten in der Mitte des Rings, riefen Preise aus und schauten Richtung Empore. Die Bauern schüttelten den Kopf, fluchten, schauten ebenfalls hoch. Auf der Empore saß ein elegant gekleideter Mann. Einen Ellbogen auf die Balustrade gestützt, hielt er den Knauf eines Spazierstocks mit beiden Händen fest. Mit seinem gepflegten, grau melierten Backenbart erinnerte er Antonio an die amerikanischen Präsidenten, die in den Geschichtsbüchern abgebildet waren, die ihm seine Mutter zum Lernen gab. Eine Etage unter dem Mann saßen zwei Schreiber. Wenn er nickte, schrie einer der Schreiber die Zahl laut in den Ring hinunter und notierte.

Antonio sieht zu, wie der Avvocato mit dem Leibwächter und Zio Mario die offene Treppe auf der anderen Hallenseite emporsteigt. Vincenzo Solimbeni bleibt unten an der Treppe stehen. Der Avvocato geht aufreizend langsam. Die Bauern richten ihre Blicke abwechselnd auf den Avvocato und den Mann mit dem Backenbart auf der Empore. Weder ihm noch den Männern im Ring oder den Schreibern ist die Spannung, die im Raum zu spüren ist, anzumerken. Im Gegenteil: Jetzt fischt der Mann nach einem Taschentuch und putzt sich seelenruhig die Nase. *»Avanti, avanti!«,* rufen die Geschniegelten im Ring den nächsten Händler auf.

Antonio darf keine Zeit mehr verlieren. Er springt die Treppe hoch, bis er den Avvocato am Ärmel packen kann. Er hat den Kugelschreiber aus seiner Hose gezogen. »Danke, mein Junge. Lauf zu Nonno Michele und sag ihm, dass er sich bereithalten soll. Wir sind hier gleich fertig.«

»Ja, warte bei der Kirche«, zischt Zio Mario hinterher und schiebt ihn die Treppe hinunter. Doch Antonio denkt gar nicht daran, die Halle zu verlassen. Im Gegenteil, er steigt die Stufen hinunter, bis er gut genug positioniert ist, um zu beobachten, wie der Avvocato allein die letzte Treppe, eine schmale Wendeltreppe, zur Empore hochsteigt. Zio Mario und der Leibwächter bleiben zurück. Der Avvocato bleibt im Rücken des Mannes auf der Balustrade, sicher zwei, drei Meter entfernt, stehen. Er wartet, dass der Mann sich ihm zudreht. Der aber tut so, als würde er nicht bemerken, was hinter ihm passiert.

»Carmine d'Auria«, ruft der Avvocato so laut, dass alle in der Halle ihn verstehen.

Der Mann auf der Empore hebt seinen Kopf, als horche er. In Zeitlupentempo dreht er sich nach hinten, den Knauf seines Stocks fest in den Händen.

»Don Salvatore? Wie komme ich zu dieser Ehre?«

»Ehre? *Infame!* Verräter!«

Der Avvocato nimmt den Kugelschreiber in die Hand, spannt die Feder und zielt. Ein Zischen. Antonio zuckt zusammen.

Als Antonio wieder hochschaut, sieht er den Mann in seinem Stuhl zusammensinken. Der Spazierstock fällt polternd auf den Boden.

Schreie und Jubel in der Halle. Tumult.

Antonio sah Landarbeiter, die sich auf die Gutgekleideten am Ring stürzten, während andere die Carabinieri am Zutritt zur Halle hinderten. Die Schreiber eilten dem alten Mann zu Hilfe, legten ihn vorsichtig auf den Boden, öffneten sein Jackett, während der Avvoca to stoisch die Wendeltreppe hinunterstieg, direkt an Antonio vorbei. Zio Mario, der ihm folgte, packte ihn am Arm, die beiden Leibwächter schlossen sich ihnen an. Die Carabinieri hatten Verstärkung bekommen. Die Neuen schienen verwirrt, schrien »Ruhe!«, schossen in die Luft und verlangten, dass sich alle auf den Boden legten. Da waren der Avvocato, Antonio, Zio Mario, Vincenzo Solimbeni und die Leibwächter bereits draußen.

»Den Laster lassen wir hier«, sagte der Avvocato. Er warf den Kugeschreiber auf den Müllhaufen, hinter dem sich Antonio vor ein paar Minuten noch versteckt hatte. Sie hörten Sirenen. Menschen liefen in Richtung Markthalle, Männer auf Skootern fuhren bis zum Eingang, fragten, was geschehen sei. Der Avvocato reagierte nicht. Zio Mario, kaum noch größer als der zehnjährige Antonio, hatte sich bei ihm eingehakt. Ohne Eile schritten der Avvocato, Zio Mario, Antonio und hinter ihnen Vincenzo Solimbeni und die *guardaspalle* die Straße hoch in Richtung Ortskern. Es fühlte sich fast an wie einer jener gemütlichen Sonntagabende, an denen Bernarda mit Antonio durchs Dorf spazierte und er in der Gelateria ein Eis bekam. Bei der Kirche erwartete sie bereits Nonno Michele.

»Und?«

»Der Wagen steht vor der Halle«, sagte der Avvocato. »Du gehst jetzt auf den Markt und verkaufst die Ware. Du bist Michele Esposito, mein Bruder, und ab heute bestimmst du die Preise. Du! Verstanden?«

Von der Centrale Ortofrutticola, wie der Gemüsegroßmarkt heißt, fuhr ich noch einmal ins Stadtzentrum. Ich wollte nicht wegfahren, ohne das Wohnhaus der Espositos gesucht zu haben. Ich war guter Dinge: Donato hatte mir Links geschickt, die zeigten, dass die Clanmitglieder, die noch hier wohnten, immer wieder Besuch von Journalisten bekamen, und dass diese Espositos, wenn es alte Geschichten um einen der legendärsten Clanchefs aufzuwärmen galt, sich nicht ungern interviewen und sogar filmen ließen. Meine Hoffnung war, die Frau des Avvocato, ein viel jüngeres Dorfmädchen, das er aus dem Gefängnis heraus geheiratet hatte, wenigstens einmal zu Gesicht zu bekommen. Oder die gemeinsame Tochter? Nach einem jahrelangen Kampf mit der Justiz wurde die künstliche Befruchtung schließlich erlaubt. Das Mädchen heißt Denya und musste ungefähr vierzehn Jahre alt sein.

Vor der Kirche des Erzengels Michael saßen einige Männer vor einer Bar. Ich fragte sie, wo die Espositos wohnten.

»*Esposito chi?*«

»*La famiglia di Michele.*«

Sie zeigten in Richtung des Castello.

Ich ließ den Wagen stehen. Am Waldrand angekommen, fragte ich zwei Mädchen, die mit einem Hund spazieren gingen, ob sie mich zum Haus der Espositos führen könnten, jener Espositos, die früher im Castello gewohnt hatten. Sie nickten neugierig und ließen mich schließlich vor einem zweistöckigen Haus an einer Nebenstraße stehen.

Ich klingelte, schaute durch das schmiedeeiserne Tor in den Hof. Ein Hund kam angesprungen und bellte so lang, bis ich zurückwich. Eine Zeit lang starrten wir uns an, dann zog er sich knurrend zurück.

An der Fassade rechts neben dem Tor, im Hochparterre, war ein Fenster mit aufgeklappten grünen Läden. Direkt darunter stand eine steinerne Bank, himmelblau bemalt. Ich stieg vorsichtig hinauf und spähte durch das Fenster. Die Vorhänge waren nicht ganz zugezogen. Durch einen Spalt konnte ich in den Salon sehen. In der Mitte prangte ein rotes Damastsofa, mit Blumenmotiven barock verziert. Daneben zwei Sessel und ein Salontisch im gleichen prunkvollen Stil. Auf dem Tisch lag eine eierschalenweiße gehäkelte Decke. Die Wände waren mit Gemälden behangen. Links erkannte ich das etwas zu schmal geratene Porträt des Avvocato als junger Mann, mit Anzug und Krawatte, dichtem Haar und freundlichem Lächeln. Gegenüber hing ein wandfüllendes Stillleben mit aufgeschnittenen Melonen und Äpfeln.

Ein Schatten näherte sich dem Fenster. Das Fenster ging auf.

»Was suchen Sie hier?«

Ich sprang von der Bank herunter.

»Scusate il disturbo… Entschuldigen Sie die Störung … *Ma lei non è la sorella? Lei è la signora Rosetta Esposito, vero?…* Sind Sie nicht die Schwester? Sie sind Rosetta Esposito, richtig?«

Die ältere Frau trug eine dunkelbraune Strickjacke. Um ihren Körper war eine Decke geschlungen, die sie über der Brust zusammenhielt. Es wirkte, als hätte ich eine Nonna beim Nachmittagsnickerchen gestört. Ich versuchte, mich zu fassen, obwohl mir die Situation wirklich peinlich war. »Wie … Wie geht es denn so?«, frage ich unbeholfen und möglichst gleichgültig, nachdem ich mich ein paar Meter vom Fenster entfernt hatte.

Sie musterte mich skeptisch. Ich nahm meinen ganzen Mut zusammen und bat sie, ein Erinnerungsfoto von ihr machen zu dürfen, ich sei extra deswegen aus der Schweiz angereist. Sie schlug das Fenster zu und verschloss die Vorhänge blickdicht.

Als ich mich nach ein paar Minuten der Ratlosigkeit entschlossen hatte zu gehen, hörte ich, wie das Tor aufging. Rosetta erschien. Sie hatte sich die Frisur etwas zurechtgemacht. »Hier, vor der Bank«, sagte sie gnädig. Sie war sich ihrer Prominenz offenbar durchaus bewusst, weshalb sie meiner Bitte stoisch und routiniert nachkam. Das war sie dem Andenken des Clans Esposito schuldig. Wir stellten uns vor die himmelblaue Steinbank und ich schoss einige Selfies.

Mir ging gleichzeitig durch den Kopf, wie sie früher genannt wurde: Lady Camorra. Rosetta mit den eiskalten Augen. Hinter dem unscheinbaren Gesicht steckte also eine kaltblütige Bestie, verantwortlich für mindestens neun Morde.

Ich rechnete nach. Rosetta Esposito musste über achtzig sein. So wirkte sie nicht. Wir gingen die Bilder durch, sie schaute über meine Schulter auf das Display meines Handys. Ihre Haut war straff, ihre gescheitelten Haare, rötlich braun, sicherlich gefärbt, waren dicht. Die Strickjacke war aus edlem Garn.

Ich war zufrieden, bedankte mich, steckte mein Handy ein und wiederholte meine Frage, wie es ihr gehe.

»*Come una vecchiarella.* Wie es einer alten Frau eben geht. Sie wissen, dass ich nichts über meinen Bruder sage?«, warnte sie mich. »Ich rede nicht über ihn, seit Jahren nicht mehr.«

»*No, no.* Ich bin kein Journalist. Ich bin Schriftsteller.«

Sie hatte sich auf den Weg zurück ins Haus gemacht, blieb stehen, drehte sich noch einmal zu mir um. »Mein Bruder ist auch Poet. Kennen Sie seine Schriften?«

Ich zog den jüngsten Poesieband des Avvocato aus meiner Tasche. Rosetta kam auf mich zu, nahm mir das Buch aus den Händen, als hätte sie es noch nie vorher gesehen, und berührte den Umschlag zärtlich.

»Ich war vorhin bei der Centrale Ortofrutticola«, fuhr ich fort. »Der Mord an Carmine d'Auria… Erinnern Sie sich an jenen Morgen?

Die Frage schien gut gewählt. Sie gab mir das Buch zurück, überlegte, holte Luft. »Ich war ganz in der Nähe. In der Morgenandacht. An Markttagen beginnt sie um Viertel vor sechs.«

»In der Andacht?« Ich war verblüfft. Aber gut, sagte ich mir, Mafioso zu sein und gläubiger Katholik, das war noch nie ein Widerspruch.

»Nach dem Mord wurde das Castello durchsucht, Ihr Bruder und etliche andere Mitglieder Ihrer Familie wurden verhaftet. Warum Sie nicht? Sind Sie untergetaucht?«

»Untergetaucht? Nein, ich bin einfach nach Hause gegangen, zu mir in den Rione.«

»Sie haben sich nicht versteckt? Dann stimmt es, dass der Geheimdienst Sie gedeckt hat?«

»Was für ein Geheimdienst? Sie glauben diese Geschichte? Ich war immer zu Hause.«

»Eigentlich bin ich wegen Ihres Neffen Antonio hier. Er lebte anschließend wieder bei Ihnen im Rione?«

Sie lächelte und nickte beglückt.

»Und seine Mutter?«

»Ich bin seine Mutter. Mindestens so sehr wie Bernarda.«

»Sie haben keine eigenen Kinder?«

Rosetta schüttelte den Kopf.

Bücher über ihren Bruder füllen ganze Bibliotheken. Rosetta kommt darin allenfalls als Fußnote vor. Dabei hat sie über Jahre hinweg vom Rione aus den Clan gesteuert. Sie war die Kassiererin und die Verwalterin des *registro,* des Schuldnerverzeichnisses. Sie hat das Geld aller Zonenchefs verwaltet, und das sollen in den besten Zeiten über siebenhundert gewesen sein, die wöchentlich pro Kopf eine halbe Million Lire ablieferten. Sie ließ den Familien der einsitzenden, untergetauchten oder verschollenen Camorristi üppige Unterstützungsbeiträge zukommen und bezahlte deren Anwälte.

»*Mi interessa suo nipote.* Antonio. Bernarda ist nicht seine leibliche Mutter. Wissen Sie, wie er …«

»Nein«, unterbrach sie mich, »dazu kann ich nichts sagen. Der Einzige, der zu Antonios Herkunft etwas sagen kann, ist Mario. Mario Moco.«

»Was ist Antonio für ein Mensch? Können Sie ihn mir beschreiben?«

»*Un buon ragazzo, di cuore e di rispetto, tutto sudore e lavoro per la famiglia.* Ein guter Junge, lebt nur für die Familie.«

»Und wo ist Antonio jetzt? Haben Sie noch Kontakt zu ihm?«

»Kontakt?« In ihren Augen blitzte Wut auf, Hass sogar. »Er ist tot.«

»Was?« Damit hatte ich nicht gerechnet.

»Er wurde umgebracht!«

»Wie denn?«, stammelte ich schockiert.

»Von den Nigerianern, in Castel Volturno. Sie haben ihn in einen Rückhalt gelockt und erschossen. Sonst wäre Antonio doch längst wieder bei mir. Er wollte zurückkehren. Er hat es mir versprochen: Zia Rosetta, du ziehst wieder mit mir in den Rione, hat er mir gesagt. *Che disgrazia.* Was für ein Unglück. Er ist für die Familie gestorben.«

Antonio Esposito, der schwarze Camorrista, getötet von Nigerianern? Was hatte er mit Castel Volturno und der dortigen Mafia zu tun? Was ich bereits auf der Rückfahrt von Viviano nach Neapel vermutet hatte, sollte sich bestätigen: Rosetta hatte mir bloß eine mögliche Erklärung für das Verschwinden des Nirone gegeben. Beweise für ihre Vermutung gab es keine.

5.

Donato hatte mir schon bei unserem ersten Treffen von Matteo erzählt, dem Ex-Verlobten seiner Nichte. Matteo, ein erfolgreicher Filmproduzent, spezialisiert auf Camorra-Serien, plane angeblich einen Film über Antonio Esposito. Matteos Mailadresse war leicht zu finden, ich schrieb ihm, ich sei in der Woche nach Neujahr in Neapel. Er antwortete umgehend, verbunden mit einer Einladung zu seinen aktuellen Dreharbeiten. Es sei ein Herzensprojekt, ein Dokumentarfilm über ein vulkanisches Phänomen, den Bradisismus.

»Der Bradisismus bewirkt, dass die Erde entlang des nördlichen Ausläufers des Golfs von Neapel sich hebt und senkt: manchmal einen bis zwei Zentimeter pro Jahr, in gewissen Phasen auch einige Millimeter pro Tag. Als Mensch nimmst du nichts davon wahr, aus geologischer Sicht jedoch bewegt sich die Erdoberfläche auf und ab wie ein Aufzug.«

Matteo hatte ein elektrisch angetriebenes Boot mit einem verglasten Kiel bauen lassen, um den versunkenen Hafen von Baia und die unter Wasser gelegenen Villen aus der römischen Kaiserzeit zu filmen. Ich sah Blasen entlang der verwitterten Mauern, der seegrasumschlungenen Säulen und der korallenbesetzten Köpfe der Statuen perlend emporsteigen. Es waren Schwefelbläschen, die aus dem Wasser stiegen und sich über das Schiff legten. Ich bedeckte Nase und Mund mit meinem Schal. Es roch übel nach faulen Eiern und meine Augen begannen zu jucken.

Matteo wollte mir unbedingt ein kürzlich entdecktes Mosaik zeigen. Ähnlich wie in Pompeij sei erst der kleinste Teil der archäologischen Denkmäler freigelegt, sagte er. Wir hielten am Rand der Bucht. Ich schaute übers Meer, auf das Kap von Sorrent und die Insel Capri. Matteo insistierte und zeigte unter die Wasseroberfläche, aber ich konnte nichts erkennen, weil die tief stehende Sonne den Himmel, die Wolken und die Vögel auf dem Meeresgrund spiegelte.

»Wenn der Bradisismus Senkungen und Hebungen verursacht, warum liegt dann alles unter Wasser?«, fragte ich.

»Die Erdoberfläche ist hier nicht einfach eine Platte, sondern besteht aus ineinander verkeilten Schollen. Darunter bewegen sich gewaltige Lavaströme, die gegen die Kruste drücken und ungleichmäßige Bewegungen auslösen. Du musst dir den Bradisismus wie ein gewaltiges Erdbeben in Zeitlupe vorstellen.«

Im Restaurant, in das Matteo mich zum Essen führte, waren wir die einzigen Gäste. Im Winter gebe es nicht nur die beste Sicht, sondern auch den besten Fisch, sagte der Wirt, während er Matteo mit Bücklingen seine Unterwürfigkeit demonstrierte. *»Lasciate fare a me.* Lasst mich nur machen. Es wird euch schmecken.« Ich ahnte, was das bedeutete. Und so war es dann auch: Der Wirt setzte uns allen Fisch vor, den er mutmaßlich nicht mehr loswerden würde. Die ersten beiden Vorspeisenteller aß ich auf, von den folgenden Gängen ließ ich das meiste stehen.

Das Projekt sei Liebhaberei, nicht ganz verlorenes Geld, weil es auch ein Publikum für Dokumentarfilme gebe. Aber kein Geschäft. Die Serien hingegen liefen weltweit sehr gut, er habe für die nächste Zeit ausgesorgt. Ich klappte mein Notizbuch auf. Eigentlich wollte ich ihn zur Camorra und zu Antonio befragen.

»Die Camorra ist anders als die Mafia oder die 'Ndrangheta. Jene stützen sich allein auf die Omertà, das Gesetz der Verschwiegenheit. Die Camorra hingegen funktioniert, weil sie auf den Geltungsdrang der Neapolitaner setzt. Alles Angeber, Wichtigtuer, Schwätzer. Als wir für unseren ersten Spielfilm Clanmitglieder als Laiendarsteller suchten, meldeten sich Hunderte von Möchtegern-Camorristi. Für die Serien haben wir dann keinen einzigen Laien mehr eingesetzt. Wir engagieren nur noch Schauspieler, die meisten sind gar nicht aus Neapel. Wir müssen sie dann halt synchronisieren.«

»Donato hat mir erzählt, du seist an einem Projekt mit Antonio Esposito, dem Nirone, als Hauptfigur. Stimmt das?«

»Wir haben das Projekt sistiert. Ich hatte tolle Bilder im Kopf: der schwarze Camorraboss, der eine blendend weiße, gefälschte Büffelmilch-Mozzarella-Kugel in die Kamera hält. Oder die nigerianische Mafia in Castel Volturno: die schwarze Gefahr im Gewand der Camorra, die sich mit Voodoo und brutalster Gewalt über den ganzen Kontinent ausbreitet.« Aber leider sei der schwarze Mafioso zwar reizvoll, aber »nicht vermittelbar«. Die Paranza hingegen, die Jugendbande, die Antonio gegründet habe, sei guter Stoff, den würden sie wahrscheinlich weiterverfolgen.

Anfang Juli meldete sich Matteo überraschend bei mir. Er habe die Veteranen der Paranza zu einem Anlass seiner Produktionsfirma eingeladen, dem Casting für die neue Mafia-Serie *Der Clan der Kinder.* Ich solle unbedingt runterkommen, wenn ich es mir einrichten könne.

Der Sommer ist die schlechteste Zeit für einen Aufenthalt in der Stadt. Eine Zumutung. Manchmal weht vom Meer her eine Brise. Meist aber steht die Hitze wie eine gläserne Wand in den Straßenschluchten. So war es auch an diesem Mittwoch. Ich wollte mir trotz der Hitze kein Auto mieten. Vielleicht wäre auch ein Bus gefahren, aber der Busfahrplan ist in Neapel eine Lotterie. Zumal im Sommer, wenn die städtischen Angestellten gern krank machen. Von Chiaia im Stadtzentrum bis nach Posillipo waren es laut Karte sechs Kilometer, was in eineinhalb Stunden zu bewerkstelligen sein sollte, auch wenn Posillipo und die Hochzeitsvilla, in der das Casting stattfand, auf einem Hügel liegen.

In Wahrheit ging ich zu Fuß, weil ich die Gelegenheit wahrnehmen wollte, in der Via Capece an jenem Mehrfamilienhaus vorbeizugehen, in dem Diego Maradona während seiner Zeit in Neapel gewohnt hatte. Er hatte mit seiner Sippe den ganzen dritten Stock besetzt. Über ihm wohnte Ciro Ferrara, sein Mitspieler während der Spielzeit, in der Napoli zum zweiten Mal Meister wurde. In Ciros Wohnung war am Abend des 29. April 1990 auch der Liedermacher Pino

Daniele zur Meisterfeier eingeladen. Es gibt auf Youtube einen Amateurfilm, gedreht hinter diesen Mauern, in Ciros Wohnung. Man erkennt etliche Spieler der Meistermannschaft, nur Maradona steht für sich, abseits, an eine Wand gelehnt. Er summt und wippt zum Lied *I so pazzo,* das Pino Daniele, begleitet auf seiner Gitarre, im Wohnzimmer singt.

Später an diesem Abend soll Maradona Pino Daniele gefragt haben, wer dieser Masaniello sei, den er da besinge. Daniele habe geantwortet: »Masaniello war ein Anführer unseres Volkes, wie du.« »Nein«, habe Maradona geantwortet. »Ich komme von weit her. Man hat mir erzählt, wer du bist, was du singst, was du den Menschen hier bedeutest. Du bist Masaniello.«

Pino habe widersprochen, Diego den Kopf geschüttelt. Schließlich hätten sie sich geeinigt: »Wir sind zwei Rebellen des Südens!« und darauf angestoßen.

Von der Straße aus sieht man nur den oberen Teil des sandgelben Gebäudes, weil eine drei Meter hohe Mauer den Komplex umgibt. Die Tafel, die ortsunkundigen Reisenden seit Jahren versprochen wird, fehlt immer noch. Früher hieß es, der Besitzer des Hauses suche nach dem richtigen Zitat Maradonas für die Gedenktafel. *Ich bin ein Rebell des Südens* würde gut passen, fand ich. Hinter heruntergelassenen Rollläden vermutete ich die Garagen, damals Maradonas private Trainingsräume, in denen er sich mithilfe seines persönlichen Fitnesstrainers nach seinen Kokain-Eskapaden wieder fit trimmte.

Inzwischen fühlte ich mich verschwitzt und ausgepumpt wie nach einem Spiel mit Verlängerung, dabei lag das anstrengendere Wegstück noch vor mir. Es war einfach zu heiß. Also gab ich meine Wanderpläne auf und rief ein Taxi. Die

Adresse sagte der Zentrale nichts, aber als ich anfügte: »Casa di Maradona«, war der Fall klar.

Am Ende der Via Tito Lucrezia, auf dem äußersten, höchstgelegenen Punkt von Posillipo, steht der Hochzeitstempel Villa Palace. Hier werden in der Saison an einem Tag auch mal drei, vier Hochzeitsgesellschaften parallel bedient. Das Taxi hielt auf dem gut besetzten Parkplatz. Ich folgte den Schildern *Provino,* Vorsprechen, ging durch eine elektrische Glastür, dann eine Treppe hinauf, die zu einer Terrasse mit einem nierenförmigen, tiefblau schimmernden Pool führte, der zur Straße hin mit Kübelpalmen, Oleander und Bougainvillea geschützt war. *Bitte nicht stehen bleiben,* stand auf mit vielen Ausrufezeichen versehenen Zetteln. Ich ging durch mehrere blütenweiße, zum Schutz vor der brennenden Sonne aufgestellte Zelte, dann erneut durch eine elektrische Schiebetür und kam wieder ins Gebäude. Dort fand ich endlich die Anmeldung. An einem langen Tisch, umringt von bewaffnetem Security-Personal, saßen zwei junge Frauen mit auffällig hohen Absätzen und auffällig kurzen Röcken. In der Schlange davor standen ungeduldige Erwachsene mit ihren Kindern, die auf Handys herumdrückten oder gelangweilt in die Luft starrten.

Die Empfangsdamen ließen durch ein Kopfnicken in Richtung der Security jeweils die nächsten Personen vor sich hin treten. Die eine der beiden Frauen studierte die Papiere, die andere machte eine Webcamaufnahme des Kindes, worauf die Erste der erwachsenen Begleitperson einen Zettel mit einer Nummer überreichte. Ich sah, wie eine kaugummikauende Mutter in sehr engen Jeans mit ihrem vielleicht elfjährigen Sohn im Tenü des SSC Neapel an der Hand die Nummer 49 ausgehändigt bekam. Eine der Empfangsdamen zeigte auf die Leuchttafel und erklärte den beiden, hier werde ihre Nummer aufleuchten und dann müssten sie links diesen Gang entlang den Schildern folgen. Gerade prangte eine große 19 auf der Leuchttafel. Es werde bestimmt noch drei Stunden dauern, bis sie drankämen, sie sollten einfach drüben in der Erlebniswelt, hier rechts diesen Schildern nach, warten. Auch dort würden die Nummern aufleuchten.

Es war bei dem Trubel sinnlos, sich bei Matteo anzumelden. Also ging ich rechts in die Erlebniswelt, wo schwitzende Pädagoginnen an verschiedenen Stationen standen: Schminkatelier, Zauberecke, Trampolin und eine Bühne mit Videoprojektionen für Karaoke-Einlagen. Insgesamt war die Stimmung wie an einem Kindergeburtstag und eigentlich zu kindisch für Pubertierende, die trotzdem enthusiastisch bei allem mitmachten, als gehöre das bereits zur Bewerbung.

In einem mit Glastüren abgetrennten Bereich war es ruhiger. In Kabinen, die Telefonzellen ähnelten, sah ich, wie einzelne Jugendliche sich für das Vorsprechen vorbereiteten und ihre Dialoge einstudierten. Gestenreich, expressiv und lautlos. Die Erwachsenen waren von außen per Kopfhörer mit ihren Kindern verbunden und kommentierten, korrigierten.

Ich ging weiter in Richtung Hotelbar. Dort saßen sie, die Veteranen der Paranza: Genni, Maxi, Cerotto, Coviello, Clementino, Vischiè und 'Ntò. In einer schweren Ledersitzgruppe unterhielten sie sich mit den Agenten der potenziellen Darsteller. Jeder von ihnen trug ein kleines Plastikschild auf der Brust, auf dem, neben dem jeweiligen Vornamen, stand: *Membro della vera Paranza dei bambini,* Mitglied der echten Kindergang.

Einzig Lello war umringt von Kindern. »Mach's noch mal«, hörte ich den Knaben rufen, der auf seinem Knie saß. Die anderen stimmten lachend ein. Lello legte eine Hand über sein linkes Auge, schwups, war es weg und die Augenhöhle leer. Ich sah den kleinen Finger des Jungen das Loch abtasten. Lello drehte sich weg, fuhr mit der Hand übers Gesicht, kniff das Lid zu, zwinkerte, streckte den Kopf in Richtung des Lichtstrahls, der durch die Jalousien drang, und öffnete das Lid. Das Glasauge war wieder da und funkelte in allen Farben.

Lellos Vater war bei einem Hinterhalt von einem Killerkommando niedergestreckt worden, als er Lello im Rione Esposito spazieren führte. Eine irrläufige Kugel, hatte Antonella mir erzählt, hatte den Kinderwagen getroffen und Lellos Kopf durch das linke Auge durchschlagen. Dank der Fontanelle hatte er keine Hirn- und Schädelverletzungen davongetragen, einzig das Auge war verloren. Er bekam ein Glasauge, das jedes halbe Jahr ersetzt werden musste.

»Iiiih«, schrien die Kinder und klatschten. »Noch mal«, rief eines, »bitte!«, und alle johlten wieder.

Ich holte mir an der Bar ein Glas Wasser, ging von Sitzgruppe zu Sitzgruppe und hörte mal hier, mal da zu. Die ehemaligen Bandenmitglieder schienen mir in dem eigenartigen Männeralter, in dem man nicht mehr als jung und doch noch nicht als erwachsen gilt. Sie trugen der Mode entsprechende gepflegte Bärte und *street fashion.* Wenn ich Matteo richtig verstanden hatte, lebte nur noch Lello im Rione Esposito. Keiner, vermutete ich, hatte Frau und Kinder oder eine geregelte Arbeit. Für den Auftritt hier wurden sie bescheiden entschädigt, wusste ich von Matteo.

'Ntò und Coviello erzählten von ihrer Ultras-Fraktion des SSC Neapel, wo sie die Chefs waren. Ihre Vergangenheit und ihr Vorstrafenregister kamen ihnen dabei zupass. Ich verstand nach und nach, dass dieses Fan-Sein kein Hobby war, sondern ihr Beruf: Sie entwarfen und bastelten die Transparente, die zu Spielbeginn in der *Curva B* des Stadions San Paolo entrollt wurden. Sie tüftelten an neuen Fangesängen. In erster Linie waren sie das Sprachrohr der Ultras gegenüber der Klubleitung, führten Verhandlungen, verhinderten Fanstreiks oder Sitzblockaden. Sie wurden dafür von der Klubleitung mit Eintrittskarten entlohnt, die sie weiterverkauften und davon gut lebten.

Maxi hatte offenbar einige Semester Soziologie studiert. Er organisiere, erzählte er seinem Publikum, Busausflüge nach Scampia zu den berüchtigten Vele, den Sozialbauten, einem der Nährbecken der Camorra. Er schilderte das doppelte Schauspiel: auf der einen Seite die Bewohner der Vele, die entlang ihrer Balkone ein Transparent gespannt hatten mit der Aufschrift »Wir sind nicht Gomorrha«, auf der anderen Seite der offene Bus, auf dessen Deck die Touristen mit Kameras im Anschlag wie auf einer Safari fotografierten.

»Wie hat das eigentlich mit eurer Paranza angefangen?«, fragte ein junger Vater, dessen Kind gerade mit Lello herumtobte.

»Die Geschichte mit Renato …«, sagte Maxi.

Cerotto, der noch kein Wort gesprochen hatte, nickte.

»Renato, dieser talentierte Fußballer aus dem Rione. Spielte in der Jugendauswahl des SSC Neapel. Wir vergötterten ihn, weil er der Erste aus dem Rione war, der es im Fußball zu etwas gebracht hatte.«

Am Nachwuchsturnier in Livorno hatte er das entscheidende Tor geschossen. Er war nicht zu bremsen, wenn er auf der rechten Seite nach vorne preschte. Fast wie der Brasilianer Dani Alves. Ein Hammer. Aber er arbeitete zu wenig nach hinten, wie seine Trainer sagten, und so haben sie ihn bei Neapel ausgemustert. Er spielte dann zwei Saisons bei Sfarzanese, einem Viertligaklub, hatte Pech mit Verletzungen, schließlich hörte er ganz auf.

Man munkelte später, dass er deale, im Aufrag der Mastranesi, und vermutlich auch auf eigene Rechnung, so genau konnte das niemand sagen.

Es geschah kurz vor Mittag, direkt vor ihren Augen: Antonio, Massimo, Ntò, Careca, Visciè und alle anderen sitzen vor Susettos Bar, ein Roller biegt um die Ecke, darauf zwei Typen in Vollmontur, Helm mit geschlossenem Visier, Lederkluft, Handschuhe, Lederstiefel. Der auf dem Sozius hat eine Kalaschnikow in der Hand und beginnt zu ballern. Okay, eine *stesa,* reines Imponiergehabe, sagen sich die Jungs, werfen sich aufs Pflaster, die Arme über den Köpfen verschränkt. Renato sitzt auf seinem Motorrad über sein Handy gebeugt, vermutlich wartet er auf einen Kunden. Er hat sofort begriffen, dass das mehr ist als eine *stesa,* dass sie ihn meinen. Er schiebt sein Motorrad an, versucht den Anlasser zu kicken. Ein Schuss trifft sein Bein. Er lässt sein Motorrad fallen, humpelt weg. Der Roller schneidet ihm den Weg ab. Renato stolpert, fällt hin. Der Typ auf dem Sozius hat eine Pistole gezückt. Er wirkt wie eine Playmobilfigur in seiner Verkleidung, mit seinen steifen Bewegungen. Zwei Schüsse. Dann zischt der Roller ab.

Antonio und Massimo springen zu Renato. Er liegt da, mit starren Augen, mit offenem Mund, als wolle er etwas sagen.

Auf seinem eng anliegenden weißen Hemd bilden sich kleine rote Punkte. Um die linke Brust ist einer bereits handballengroß und zerfließt weiter. Massimo beginnt, wie verrückt zu schreien. Sirenen dröhnen, erst die der Polizei, dann die des Rettungswagens. Außer den Jungs ist niemand mehr da, die Straße hat sich mit einem Schlag geleert. Der Sanitäter fühlt Renatos Puls. Massimo, Antonio, Careca, 'Ntò, Visciè, Genni, Maxi, Lello, Cerotto, Coviello, Clementino treten zurück und halten sich gegenseitig fest. Der Sanitäter schaut hoch, schüttelt den Kopf. Die Carabinieri ziehen eine Absperrung und schieben die Jungs hinter das rot-weiße Band.

»Wir haben sie gesehen, zwei Typen auf einem Scooter«, schreit Massimo einen Carabiniere an. »Wir sind Augenzeugen, wir wollen vernommen werden!«

»Verschwindet«, sagt der Carabiniere, ohne einen der Jugendlichen anzuschauen.

Inzwischen hat Susetto die Bar zugesperrt, sogar die Rollläden sind heruntergelassen.

Der zweite Carabiniere zeichnet mit Kreide die Umrisse von Renato auf dem Asphalt nach.

»Ihr kennt das Opfer?«, fragt der Maresciallo. Sie nennen Namen und Vornamen. Der Maresciallo befiehlt einem seiner Männer, Renatos Personalien zu überprüfen. Einer der Polizisten geht zum Streifenwagen, beugt sich über den Sitz und tippt.

»Ist er im System?«, ruft der Maresciallo. Der Polizist im Auto hebt den Daumen. Der andere Polizist lächelt, vermutlich als Anerkennung für den geistreichen Doppelsinn des Maresciallo.

»Er war einundzwanzig!« ruft Massimo. »Er wurde vor unseren Augen umgebracht und ihr fragt: Hat er etwas ausgefressen? Werdet ihr dafür bezahlt? Ist es okay in dieser

Stadt, wenn man mit einundzwanzig am helllichten Tag auf offener Straße umgebracht wird?«

Der Maresciallo legt den Zeigefinger auf den Mund: »*Zitto!* Sei still! Was schreist du hier so rum? Ist es unsere Schuld, wenn ihr nicht zur Schule geht? Wenn ihr den ganzen Tag herumlungert, auf euren Motorrollern herumkurvt und herumballert? Wenn ihr aufs schnelle Geld aus seid? Ruhe! Oder wir nehmen euch mit. Dann könnt ihr das Wochenende auf Nisida verbringen und darüber nachdenken, ob ihr wie dieser arme Junge enden wollt.«

Ich hatte mich hingesetzt, das Glas auf den Tisch gestellt, mein Notizbuch gezückt und notierte, was die Mitglieder der Paranza an nostalgischen Erinnerungen in der Hotelbar des Villa Palace zum Besten gaben.

Genni: »Massimo war die treibende Kraft.«

Vischié: »Massimo gab uns das Gefühl, wir könnten eine Paranza bilden. Wir könnten jemand sein. Wir könnten bewundert und gefürchtet werden. Er war es, der sagte: Wir müssen uns bewaffnen und die Mastranesi aus dem Rione vertreiben.«

Clementino: »Antonio wurde später wichtig. Er hat uns organisiert. Er sagte, wir brauchen ein Business, wir müssen Geld verdienen. Nur wenn wir Geld haben, sind wir wer! Einfach Angst und Schrecken verbreiten reicht nicht.«

Genni: »Massimo und Antonio ergänzten sich. Die beiden Cousins hatten den Namen und die Beziehungen. Ohne die Familie Esposito hätten wir niemals ins Drogengeschäft einsteigen und unser eigenes Business aufziehen können.«

Vischié: »Es gab Tage, da verdienten wir tausend Euro. Pro Kopf. Klar, einen Teil mussten wir Rosetta Esposito abgeben, aber was uns blieb, war immer noch unendlich viel. Und alles gaben wir in Lokalen in Posillipo aus, Lokalen wie diesem hier.«

Vischié: »Irgendwann war absehbar geworden, dass es nicht so weitergehen konnte, dass die Nuova Famiglia Organizzata der Espositos zu reich und zu mächtig geworden war. Und für die anderen Clans zu einer Bedrohung. Wir wussten: Sollte es zum offenen Konflikt kommen, müsste unsere Paranza zuerst den Kopf hinhalten. Auf einmal war uns klar, nun würde es gefährlich, nun würde es nicht länger ohne Krieg, ohne Tote abgehen. Und diese Angst ertränkten wir in Hummer, Kaviar, Austern und Strömen von Champagner. Und Mädchen, vielen Mädchen …«

Während ich Vischiés Aussage notierte, sprang Genni auf den Salontisch und schrie: »Ehre oder Verrat!«

Er war nicht gleich mit seiner Stimme durchgedrungen, aber beim zweiten Ruf standen alle Veteranen von ihren Polstersesseln auf und skandierten: »Ehre oder Verrat!«

»Verschwiegenheit und Treue bis in den Tod!«

»Verschwiegenheit und Treue bis in den Tod!«

»Das Brot werde Blei, der Wein werde Gift für den Verräter!«

»Das Brot werde Blei, der Wein werde Gift für den Verräter!«

Genni erhob das Glas: »Auf die Blutsbrüder! Auf die Espositos!«

Auch ich hob mein Wasserglas. Es war leer. Während alle im Raum Versammelten applaudierten und Fotos schossen, bestellte ich mir an der Bar einen Gin Fizz und trat auf die Terrasse. Die Sonne stand inzwischen tief. Mir stockte der Atem beim Blick auf das Meer, den Golf, den Vulkan. Das ist eines jener Lokale, dachte ich, in dem du dem Gast hinstellen kannst, was du willst, ihn behandeln, wie du willst, er wird die Rechnung begleichen, glücklich, für eine Stunde ein solches Panorama genossen zu haben.

Ich erinnerte mich an ein Zitat von Goethe aus seiner *Italienischen Reise*. Kurz nach seiner Ankunft in Neapel hatten seine Gastgeber ihn hierher, nach Posillipo, gebracht:

»Neapel, 27. Februar 1787. Ich verzieh es allen, die in Neapel von Sinnen kommen, und erinnerte mich mit Rührung meines Vaters, der einen unauslöschlichen Eindruck besonders von den Gegenständen, die ich heute erstmals sah, erhalten hatte. Und wie man sagt, dass einer, dem ein Gespenst erschienen, nicht wieder froh wird, so konnte man umgekehrt von ihm sagen, dass er nie ganz unglücklich werden konnte, weil er sich immer wieder nach Neapel dachte.«

Da ich diesen Ort, der angenehm im Schatten lag, nicht verlassen wollte und ich mein Notizbuch ohnehin vor mir aufgeschlagen hatte, begann ich zu notieren. Mich beschäftigte die Frage eines Agenten, eines Kenners offensichtlich, was die Paranza denn für Waffen besessen habe. Clementino hatte aufgezählt: eine halb automatische Franchi Kaliber 12, ein Maschinengewehr Scorpion, Kaliber 7,65, umgebaut und mit Schalldämpfer versehen, eine Winchester, zwei Pistolen – und während ich mir die Waffennamen zu merken versuchte, sagte Clementino: »Wir haben gar nie schießen gelernt. Das war ein Problem. Du kannst nicht einfach eine Pistole in die Hand nehmen und abdrücken. In den Filmen geht das vielleicht, aber nicht, wenn du wirklich unter Druck ein Ziel treffen sollst. Wir fuhren manchmal irgendwo auf einen einsamen Strand und ballerten da rum. Aber das bringt nichts. Die Einzigen, die eine richtige Schießausbildung hatten, waren Massimo und der Nirone. Der Avvocato hatte das organisiert. Vier Wochen waren sie in der Schweiz, und danach konnten sie mit Waffen umgehen wie die Götter.«

Antonio und Massimo lernen in Frauenfeld das Schießen (August 2006)

Es herrschte anhaltend gute Stimmung, seit Italien in Deutschland völlig überraschend Fußballweltmeister geworden war. Es schien also ein guter Moment für den ersten Auslandaufenthalt von Antonio und Massimo. Am Flughafen in Zürich – sie kamen sich vor wie junge Könige auf Reisen – wurden sie von Maurizio Solimbeni abgeholt, einem Neffen von Nonna Anna. Maurizio kümmerte sich um die Esposito-Finanzen in der Schweiz und lebte normalerweise in Lugano. Er sollte die beiden sicher zu Don Raffaele bringen. Antonio schien das nicht nötig, er hoffte, seine Fremdsprachenkenntnisse, auf die er so stolz war, anwenden zu können und den darin unbedarften Massimo zu beeindrucken.

Doch dann verschlug es ihm die Sprache, als sie durch die Zollschranke ins Flughafengebäude schritten. Die Halle wirkte wie ein ultramoderner Supermarkt, voll klimatisiert, lichtdurchflutet und ausgeklügelt beschallt. Die Leute rannten in alle Richtungen davon, als sei eben ein Bombenalarm ausgelöst worden. Antonio wollte sich schon vorsichtshalber auf den blitzblanken Steinboden werfen, der sauberer war als die Restauranttische bei ihnen im Rione. Maurizio hielt ihn fest. »Keine Panik, die Leute in Zürich rennen immer so herum.« In diesem Stil ging es weiter. Maurizio sagte: »Da, die Rolltreppe runter geht's zum Bahnhof.« Sie sollten also im Ernst in die Eisenbahn steigen. In der Schweiz, klärte Maurizio sie auf, würden selbst Minister Eisenbahn fahren, die Züge seien edel, sauber und genauso pünktlich wie die Uhren. Ihr Ziel sei ein Ort, den Maurizio *Campo delle donne* nannte. Was für ein Name! In Neapel gab es Weizen- und Tomatenfelder, aber was durften sie von einem Ort namens Frauenfeld erwarten?

Der Name blieb leider das Schönste, wie Antonio bald feststellen musste. Frauenfeld war wie ausgestorben, und es sollte jeden Tag bei maximal siebzehn Grad regnen.

Don Raffaele war Kalabrese und schon seit vielen Jahren mit dem Avvocato geschäftlich verbunden. Antonio nahm an, dass es sich bei diesen Geschäften um Geldwäscherei handelte. Don Raffaele lebte mit seiner gesamten Sippschaft, geschätzten sechs Familien, in drei aneinandergebauten Mehrfamilienhäusern am Rand der Altstadt von Frauenfeld. Als Antonio und Massimo ankamen, waren nur Don Raffaele, seine Frau Donna Giada und eine alte Zia zu Hause. Der Rest der Sippschaft verbrachte noch die Sommerferien in Kalabrien. Ihm und seiner Frau sei es im Sommer im Heimatdorf zu heiß und an der Küste zu schwül, erklärte Don Raffaele. Massimo und Antonio durften ihr Gepäck in einer möblierten Wohnung deponieren. Maurizio Solimbeni und Don Raffaele hatten noch Geschäftliches zu besprechen, sie würden die Jungs später im Bocciaklub treffen, zwei Häuser weiter.

Dafür, dass Don Raffaele stinkreich sein musste, lebte er äußerst bescheiden. Alles sah nach Arbeiterwohnung aus, nach geringem Wohlstand, vom Mund abgespart und wohlverdient nach einem langen, beschwerlichen Arbeitsleben in der Migration. Das mit der eigenen Wohnung gefiel den beiden Jungs, die Küche weniger. »Der Kühlschrank funktioniert«, sagte Massimo trocken, als er sie inspizierte. Aber seine Sorge war unbegründet. Die beiden mussten nicht selber kochen. Der Bocciaklub war ein Restaurant im Besitz von Don Raffaele. Dort aßen Antonio und Massimo, wenn sie nicht bei Donna Giada anklopften.

Don Raffaele hatte Kalabrien vor Jahrzehnten verlassen. Er war vom gleichen Schlag wie der Avvocato, auch er fühlte sich in erster Linie als Unternehmer. Offiziell hatte er ein

Fuhr- und ein Taxiunternehmen gegründet und erfolgreich geführt. Stundenlang versuchte er, die beiden Sechzehnjährigen mit Anekdoten zu beeindrucken, die alle belegen sollten, warum die 'Ndrangheta die Camorra längst überflügelt habe. Die beiden hörten artig zu, während sie sich an diesen dicken, weißen Würsten erfreuten, die man hier offenbar bei jeder Gelegenheit auf den Grill warf und die beim Braten aufplatzten und eine knusprige braune Kruste bildeten. Die Schweiz, erzählte Don Raffaele, sei das anständigste Land der Welt, deshalb sei er auch Schweizer geworden. »Hier sind alle ehrlich und fleißig. Jeder vertraut jedem. Alle sind gleich. Der Arbeiter und der Direktor. *La Svizzera è un paese unico.* Die Schweiz ist ein einmaliges Land. Der Staat zum Beispiel ist nicht dein Feind! Du bist der Staat!«

Maurizio Solimbeni nickte und doppelte nach: »Jede Parkbank, jede Unterführung gehört dir, und es tut dir in der Seele weh, wenn sie jemand verschmiert.«

»Wenn du einen Fetzen Papier auf dem Gehsteig siehst, hebst du ihn auf und wirfst ihn zu Hause in den Abfall.«

»Auf Werbesäulen steht: *Die Polizei, dein Freund und Helfer.*«

Das war nun wirklich zu viel. Massimo fiel, wie einem Hund, der nach Luft schnappt, ein Happen Wurst aus dem Mund.

»Steuern zahlen die Schweizer freiwillig: Jeder kann angeben, wieviel er im Jahr verdient. Und dann zahlt er. Kontrolliert werden die Unterlagen, die du einreichst, nicht. Die Behörden stellen keine Steuerkontrolleure ein. Das wäre reine Geldverschwendung, hier sind alle so ehrlich.«

»Die Steuerbeamten kontrollieren nur, ob du nicht zu viel Steuern zahlst. Falls du vergisst, einen Abzug zu machen, der dir zusteht, erstatten dir die Steuerbehörden das zu viel bezahlte Geld zurück. Mit Zinsen!« Dazu komme, dass die Bewohner an Gemeindeversammlungen selbst bestimmten, wie viel Steuern der Staat bekommen solle.

»Die Schweizer zahlen freiwillig Steuern?«, fragte Antonio, denn er spürte, dass Don Raffaele diese Frage gestellt haben wollte.

»Genau, mein Junge! Und zwar mit Inbrunst, so wie die alten Frauen in Kalabrien zur Kirche gehen, als hinge ihr Seelenheil davon ab«, sagte er lachend und fügte, wieder ganz ernst, hinzu: »Ich könnte nicht mehr in Italien leben. Zu viel Kriminalität, zu viel Unordnung, zu viel Verlogenheit.«

Nach dem Essen – Maurizio Solimbeni verabschiedete sich, sein Zug, der ihn nach Lugano brachte, fuhr bald ab – zeigte Don Raffaele Massimo und Antonio seinen hochmodernen, vollelektronischen Schießkeller, den er unterirdisch, auf der Länge der ganzen Wohnanlage, eingerichtet hatte. In der Regel sei es hier abends voll, nur eben jetzt nicht, Ferienzeit. Er stellte ihnen Dragan vor, einen Hünen mit stahlblauen Augen. Früher sei Dragan Sozialarbeiter bei der Caritas gewesen, erzählte Don Raffaele. Er habe jemanden mit natürlicher Autorität gebraucht. Denn leider ziehe ein Schießkeller auch zwielichtige Personen an. Manche glaubten sich in einer gesetzesfreien Zone, es brauche daher einen Mann mit Sozialkompetenz. Dragan ließ zum Spaß seine Muskeln spielen. Er sprach sehr gut Italienisch, weil er jahrelang im Tessin als Flüchtlingshelfer tätig gewesen war. Er sei naturalisierter Schweizer. Sonst hätte er nämlich nicht im Schießkeller arbeiten dürfen. Die Schweiz habe offenbar Gesetze, die Angehörigen gewisser Nationalitäten den Umgang mit Waffen verbieten. »Umgekehrt«, erzählte Don Raffaele, »dürfen alle Schweizer ab zehn Jahren einen Schützenkurs mit einem Armee-Sturmgewehr absolvieren. Der Kurs kostet ein paar

Franken, und die Kosten für die Munition übernimmt die Schweizer Armee. Ja, staunt nur über dieses Land. Jeden Sonntag packt der Schweizer sein Gewehr ein, das ihm die Armee überlassen hat, und geht damit zum Schießstand.«

»Jeder Schweizer hat ein Gewehr zu Hause?«

Dragan nickte. »Schätzungsweise eine Million Maschinengewehre gehören den Bürgern.«

»Das gibt sicher Tausende Tote jährlich«, schloss Massimo.

»Ach wo. Alle fünf Jahre knallt ein eifersüchtiger Ehemann seine Frau samt Geliebtem ab, und dann fragen ein paar Kommunisten, ob man nicht die Waffen einziehen und die Praxis verschärfen sollte. Ihr könnt euch bestimmt vorstellen, was der Schweizer davon hält.« Don Raffaele reichte Dragan die Schlüssel für den Waffenschrank. Dieser holte eine Waffe nach der anderen hervor, legte sie vor Antonio und Massimo auf eine Theke, während Don Raffaele sie vorführte, als wären es Kunstwerke vor einer Auktion: Kalaschnikow. Walther. Beretta. Plus Modellbezeichnung und Kaliber. Zum Schluss kündigte er die beste Pistole der Welt an. »SIG P210. Ihre außergewöhnliche Zuverlässigkeit und Präzision sind unerreicht.«

Massimos Augen leuchteten, er fragte Don Raffaele, ob er die Waffen in die Hand nehmen dürfe, während er schon andächtig die Holzgriffschale der SIG streichelte.

»In einem Monat werdet ihr mit diesen Waffen umgehen können – das habe ich dem Avvocato, meinem alten Freund, versprochen. Nicht wahr, Dragan? Der Unterricht beginnt morgen früh, pünktlich um 8 Uhr, ausgeruht und ausgeschissen.«

»Im Trainingsanzug!«, ergänzte Dragan.

Donna Giada weckte sie am nächsten Tag um sieben. Dragan legte Wert darauf, dass die Jugendlichen den Respekt vor der Waffe behielten, gleichzeitig aber alle Scheu ablegten. Für ihn waren Waffen Sportgeräte und der Schießkeller eine Art Gymnastikstudio. Deshalb der Trainingsanzug. Als Erstes mussten sie eine Runde joggen. Auch Krafttraining und Gleichgewichtsübungen gehörten zur Ausbildung. Sie arbeiteten durch bis 12 Uhr, nachmittags wieder von 13.30 Uhr bis 17 Uhr. Den Abschluss bildete ein ausgiebiger Waldlauf, um 18 Uhr gab es Abendessen, um 21 Uhr waren Massimo und Antonio so kaputt, dass sie sich gerne ins Bett legten. Noch ein paar Runden Mario Kart und die Augen fielen ihnen zu.

Mitte des Monats kehrte nach und nach der Rest der Sippschaft aus dem Urlaub zurück. Interessant für Antonio und Massimo wären die Gleichaltrigen gewesen, Viola und Ernesto. Die beiden hatten jedoch weder Zeit noch Lust, sich um die Gäste aus Neapel zu kümmern. Mit ihnen zu reden, war fast unmöglich: Italienisch sprachen sie so, dass man sich das Lachen verkneifen musste, und untereinander redeten sie ein Deutsch, das absolut nichts zu tun hatte mit dem, was Antonios Lehrer ihm beigebracht hatten und das in den Büchern stand, die seine Mamma ihm schickte.

Eines Abends, als Antonio und Massimo wie immer im Bocciaklub scharfe Peperoni, gedünstete *cima di rapa* und Grillfleisch aßen und vor Müdigkeit und Krämpfen vom vielen Schießen die Gabel kaum in den Händen halten konnten, erzählte Don Raffaele, wie der Avvocato damals auf der Flucht vor der italienischen Polizei zu ihm gekommen sei. Die Jungs versuchten wie immer, Don Raffaeles Ausführungen so andächtig wie möglich zu lauschen. Leider, holte Don Raffaele aus, verliere sich im Ausland der Bezug zur Heimat. Für ihn seien die Ehre und die Familie immer das Wichtigste gewesen, doch die nächste Generation interessiere sich nur noch fürs Geschäft und die Generation der Enkel nicht einmal mehr dafür. »Wie schön, dass es noch Familien wie die Espositos gibt. Familien mit Tradition, Familien mit Ehre, Familien mit Nachwuchs.« Er schaute Massimo und Antonio an, bekam auf einmal einen seltsamen Silberblick, und Antonio war es, als versuche Don Raffaele, ihn aus seinem Bild der Familie Esposito wegzuretuschieren. »Wenn mein Freund Salvatore sich damals, als er bei uns Unterschlupf fand, nicht durchgerungen hätte, heimzukehren und sich zu stellen, es würde die Familie Esposito heute nicht mehr geben.«

»Erzählt, wie Ihr ihm das Schießen beigebracht habt«, sagte Antonio.

»Ach, das war doch Nebensache. Wichtig waren unsere Gespräche über die Bedeutung der Familie und insbesondere einer Familie wie die Espositos.« Don Raffaele schloss die Augen, als könne er sich so besser erinnern.

»Zio Raffaele, Ihr wisst, was damals geschehen ist, warum er fliehen musste. Uns hat er es nie erzählt«, fuhr Antonio fort, »niemand hat es uns erzählt. Ich glaube, er will, dass wir es von Euch erfahren, deshalb hat er uns zu Euch geschickt.«

Massimo schaute Antonio mit einem Gesicht an, das zu fragen schien: Was soll das? Aber Antonio wusste, solange Don Raffaele die Augen geschlossen hielt und er auf den alten Mann einredete, bestand die Chance, dass er tief in seine Erinnerungen eintauchen würde.

Und tatsächlich: Raffaele nickte, und als er die Augen wieder öffnete, glänzten sie lebhaft. »Euer Urgroßvater Francesco«, sagte er, »stellte sich für Don Salvatore eine Zukunft als Rechtsanwalt vor. Ein Avvocato. Einer, der über der Sache und den Leidenschaften steht. Einer, der sich mit Paragrafen und nicht mit einer Waffe Recht verschafft. Aber was geschah? Don Salvatore *musste* einen Mord rächen. Das hatte niemand so gewollt. Ich erinnere mich, er saß hier, wo ihr jetzt sitzt, verzweifelt. Und er hasste seine Familie und den Namen Esposito. Versteht ihr?«

Massimo nickte teilnahmslos, er war müde, er wollte sich schlafen legen oder zumindest an seinen Gameboy.

»Zio Vittorio!« Antonio sprach diesen Namen wie ein Losungswort aus. Zio Vittorio war ein Geist und ein Tabu in der Familie, sein Grab auf dem Friedhof von Poggioreale bedeckte man zu Allerseelen mit Blumen, über sein Leben legte man ganzjährig den Schleier des Schweigens. »Seinen Tod musste der Avvocato rächen, richtig?«

»Vittorio war der Älteste eures Urgroßvaters Francesco. Er hatte eine Affäre mit einer verheirateten Frau aus einer anderen Familie. Und er wurde dafür bestraft.«

»Von wem?«

»Von einem jungen Mann, der mit deiner Tante verlobt ...«

»Nein!«, rief Antonio entsetzt dazwischen.

»Den Verlobten deiner Tante, den Mörder Vittorios, ihn musste Don Salvatore töten«, sagte Don Raffaele dramatisch. Antonio sah Zia Rosetta vor sich, wie sie ihre Aussteuer häkelte, und er verspürte Sehnsucht nach ihr, nach ihrer Wohnung im Rione, wo Rosetta jetzt an ihrem Esstisch saß und ihn, Antonio, bestimmt ebenso vermisste.

Don Raffaele nickte finster. »Es ging um die Ehre, und nur ein Familienmitglied konnte sie wiederherstellen. Außer Salvatore kam niemand dafür infrage. Mit dem Traum, Rechtsanwalt zu werden, war es für ihn vorbei. Er hätte in der Schweiz untertauchen können, das wäre kein Problem gewesen. Er sprach auch davon, nach Deutschland oder nach Amerika auszuwandern. Don Salvatore war damals einundzwanzig Jahre alt, er hatte das Leben noch vor sich ...« Don Raffaele räusperte sich. »Könnt ihr euch diese Verzweiflung vorstellen? Und doch hat er sich für die Rückkehr nach Neapel entschieden und sich der Polizei gestellt.«

»Hatte der Avvocato denn eine Wahl?«

»Es freut mich, es freut mich wirklich«, sagte Don Raffaele zu Antonio, »dass du so ein aufgeweckter Junge bist.«

Als Antonio und Massimo die Grundausbildung an den verschiedenen Waffentypen zu Dragans Zufriedenheit, das heißt mit dem Erreichen der festgelegten Zielwerte, erfüllt hatten, durften sie endlich ins Schießkino. Mit Video-Einspielungen werden dort Überfälle, Entführungen, Geiselnahmen, Schießereien simuliert. Hundertprozent echt, mit Adrenalin. Wer einen Moment unaufmerksam ist, den erwischt es. Das Schießkino war in den Augen der Sechzehnjährigen top. Aber es gab etwas, das noch mehr Spaß versprach. Es gehörte nicht eigentlich zur Schießausbildung. Doch weil sie so eifrige Schüler gewesen seien und es zeitlich passe, nehme er sie als Belohnung zu einem sogenannten Bekämpfungsschießen mit, verkündete Dragan.

Es war das letzte Augustwochenende, und die Temperaturen stiegen endlich über zwanzig Grad. Treffpunkt war ein ehemaliger Steinbruch, umgeben von Wald, abgelegen und für Antonio und Massimo gefühlt im Hochgebirge. Um die dreißig wirklich schwere Jungs kamen dort zusammen. Zuerst begrüßten sich alle überschwänglich und tranken zusammen ordentlich Bier und Schnaps. Dann befahl der Spielleiter, man nannte ihn den Adjutanten, anzutreten. Antonio und Massimo wurden einer Sechsermannschaft unter Dragans Führung zugeteilt, mussten Militärklamotten, Helme und Lederstiefel anziehen und sich in Reihen, sogenannten Positionen, aufstellen. Dann wurden die Waffen verteilt. Als sie so dastanden, begannen sich die Gruppen gegenseitig wüst zu beschimpfen. Als alle, die vorher noch friedlich zusammen gelacht und getrunken, sich mit Hasstiraden in Rage geredet hatten, erklang ein Böllerschuss des Adjutanten und die Schlacht begann. Massimo und Antonio rannten Dragan hinterher. »Da, da, da!« Dragan zeigte auf die Scheiben, zog seine Waffe und schoss. Es galt, auf die im Kampfgelände aufgestellten Klappscheiben zu schießen. Dragan war wie verwandelt. Keine Scheibe durfte stehen bleiben. Wenn Antonio vorbeischoss, feuerte Dragan ihn verbissen an: »Noch mal, Idiot! Du musst treffen. Treffen. Schneller! Was habe ich dir beigebracht?« Das Gelände war unübersichtlich, und immer, wenn Antonio dachte, der Parcours sei zu Ende, galt es noch eine Hecke zu überwinden, Wälder, Bäche zu durchqueren und weitere Ziele zu treffen. Man hörte die Schüsse der anderen, und jeder Schuss bedeutete, dass der Gegner noch nicht besiegt war. Erst als es dunkel war und man die Hand vor den Augen nicht mehr sah, sagte Dragan, es genüge für heute. Sie bauten mit Zweigen und Blättern ein notdürftiges Schlaflager. Es gab nichts zu essen, sie froren, weil in den Rucksäcken, die sie mitgeschleppt hatten, nur ein bisschen Wasser, Waffen und Munition war. Bei Tagesanbruch ging es sofort mit dem sogenannten Multi-Gun-Schießen weiter. Parallel mit Pistole, Schrotflinte und Gewehr mussten sie auf Mannscheiben schießen.

Als am Nachmittag endlich der Böller des Adjutanten das Ende des Wettkampfs markierte, waren Massimo und Antonio hungrig, durstig, durchfroren und am Ende ihrer Kräfte. Dieser ganze Wettkampf ergab für sie überhaupt keinen Sinn, aber sie hatten sich vom Fieber und vom Wahn anstecken lassen, hatten bis fast zur Besinnungslosigkeit geschossen, überzeugt davon, dass jeder Treffer, jede umgekippte Menschensilhouette sie dem Sieg näher bringe.

Alle versammelten sich dort, wo sie tags zuvor zusammengekommen waren. Der Adjutant trug sämtliche Patronen, die an diesen beiden Tagen verschossen worden waren, zu einem großen Haufen zusammen. Die Männer standen in ihren Kampfanzügen um diesen Haufen herum und betrachteten ihn stumm, mit hängenden Schultern. Antonio verstand: zehntausend Patronen, Tausende Tote. Und er begriff nun endlich, woher die Männer sich kannten: Sie waren Veteranen des Jugoslawienkriegs und hatten in unterschiedlichen Armeen gegeneinander gekämpft. Einer nach dem anderen drehte sich von dem Kugelhaufen ab und weinte. Jeder für sich.

Antonio hatte vom Schießen so ziemlich die Nase voll, als er und Massimo endlich in Capodichino aus dem Flugzeug stiegen und wieder einmal in einen Sonnentag mit dreißig Grad hinaustraten. Antonio wollte die nächste Zeit keinen einzigen Knall mehr hören. Für ihn war das Schießen etwas Derbes, das er lieber andere bewerkstelligen ließ. Für Massimo war das Schießen in erster Linie ein Spiel, wie Feuerwerksraketen hochgehen zu lassen. Je lauter es knallte und je spektakulärer geschossen wurde, desto mehr Spaß hatte er. Und doch hatte sogar er fürs Erste genug.

Am Vortag waren Antonio und Massimo in aller Früh mit Don Raffaele Richtung Bodensee gefahren und hatten auf einer Waldlichtung, tief im Nebel, Weinbergschnecken gesammelt, mehrere Körbe voll. Donna Giada hatte die Viecher den ganzen Nachmittag geschält und geputzt und in einer scharfen Tomatensauce gekocht. Beim Abschied gab Don Raffaele ihnen eine Vorratsdose voller *lumache alla calabrese* für den Avvocato mit, Schnecken nach kalabresischer Art, das sei stets eines seiner Lieblingsgerichte gewesen, wenn er nach Kalabrien gekommen sei. »Oder ist er im strengen Regime?« Das strenge Regime bedeutete, dass dem Avvocato in Poggioreale hin und wieder aus politischer Opportunität ein paar Privilegien gestrichen wurden, was unter anderem hieß, dass man ihm von auswärts kein Essen bringen durfte. Antonio verneinte. »Ausgezeichnet. Bringt ihm die *lumachelle* mit besten Grüßen von Don Raffaele.«

Massimo war äußerst guter Laune. Allerdings nicht wie Antonio, weil sie aus einem verrückten Land endlich wieder in sichere heimische Gefilde zurückgekehrt waren. Erst als Zio Mario, der sie abgeholt hatte, sie vor ihrem Hauseingang im Rione aussteigen ließ, begriff Antonio, weshalb. Massimo verlangte nach der Vorratsdose mit den Schnecken für den Avvocato. Er nahm den Deckel ab, wühlte mit den Fingern in den Schnecken und zog grinsend einen triefenden Metallgegenstand aus der Sauce: eine SIG P210. »Die behalten wir für uns«, sagte er, »als Erinnerung an Don Raffaele.«

Das Eis in meinem Glas war längst geschmolzen, der Gin Fizz lauwarm. Ich ließ ihn stehen und stieg über eine Außentreppe auf eine der unteren Aussichtsplattformen. Von hier überblickte man Baia, Bacoli, Capo Miseno und die Inseln Nisida, Procida und Ischia. Die Sonne neigte sich langsam dem Horizont zu. Im Sommer scheint es vom ersten Dämmern bis zum vollständigen Sonnenuntergang ewig zu dauern

Die Halbinseln und Inseln rund um den Golf sind in einem Kreis angelegt. Sie sind nichts anderes als der Rand eines Vulkankraters, gefüllt mit Meer. Forscher der ETH Zürich zählen den Golf von Neapel zu den Supervulkanen und wollen in einer Studie festgestellt haben, dass dieser Krater sich zunehmend mit Magma füllt, was in einer gewaltigen Eruption kulminieren werde. Diese Eruption sei allerdings kaum in den nächsten zwanzigtausend Jahren zu erwarten. Wissenschaftler des Osservatorio Vesuviano widersprechen und meinen, der Entgasungsdruck sei bald erreicht. Schlimmstenfalls löse der Ausbruch dieses Supervulkans einen Tsunami von über hundert Meter Höhe aus, der nicht nur die Küsten rund ums Mittelmeer zerstören, sondern auch weite Gebiete entlang der Rhone und die gesamte Oberrheinische Tiefebene überschwemmen werde. In diesem größeren Kontext wäre eine weitere Explosion des Vesuvs, die ja auch jederzeit eintreffen könne, geradezu harmlos.

Ich wandte mich wieder dem sichtbaren Vulkan zu, der in gelassener Anmut dahindämmerte, wie scheinbar alles hier.

Es hatte mich berührt, als Vischié gestand, wie oft sie im Versteck der Paranza gemeinsam geweint hätten. Als das mit Bell'Ambriana geschah. Oder an jenem Morgen, als sie Gigino, den Jungen mit Down-Syndrom, wie einen zum Trocknen aufgehängten Schinken an einem Laternenpfahl am Ende der Via Giordano Bruno fanden. Und erst recht nachdem Massimo vor ihren Augen getötet worden war. Sie hätten dagesessen und geweint, bis es sie geschüttelt habe, sie, kräftige junge Männer, Mitglieder einer der brutalsten Jugendbanden Neapels. »Wenn du nicht weißt, was das alles soll und ob das Leben überhaupt irgendeinen Sinn hat, dann gibst du dich der Verzweiflung hin. Wir weinten uns aus, drückten und umarmten uns. Dann begannen wir zu fluchen, spuckten auf den Boden, verdammten die Baranos, die Mastranesi, unseren Rione, die Familie Esposito, den Avvocato, unsere ganze Scheißexistenz. Und ein paar Minuten später ist es dann auch wieder gut und das Leben geht weiter. An anderen Orten mögen die Menschen mit Katastrophen anders umgehen, weil sie am Monatsende ein Gehalt aufs Konto überwiesen bekommen, das sie ruhig und zuversichtlich leben lässt. Hier gibt es keine Sicherheit, nie. Es kommt bestenfalls weniger schlimm, als es kommen musste. Der Vesuv dampft? Explodieren wird er erst morgen! Nur so lässt es sich hier leben.«

Ich stieg von der Aussichtsterrasse hinunter in den mit Kamelien bepflanzten Garten. Ich hoffte, vielleicht irgendwo Matteo zu entdecken. Ich wollte mich bedanken und mich auch verabschieden. Schnell musste ich jedoch feststellen, dass ich mich im Komplex des Villa Palace verirrt hatte. Ich machte mich also auf die Suche nach dem Ausgang und kam an einer Fensterfront vorbei, hinter der ich einen festlich geschmückten Saal sah. Vorne auf der Bühne, im Scheinwerferlicht, stand Bud Spencer. Es konnte natürlich nicht Bud Spencer sein, der war seit ein paar Jahren tot. Ich fasste mir ein Herz und ging hinein. Eine Frau kam mir entgegen, flüsterte. Sie war die Assistentin der *Wedding Plannerin,* verstand ich. Ich bat sie, bleiben zu dürfen, ich sei ein Fan von Bud Spencer und würde keinen Mucks machen.

Bud stimmte verschiedene Lieder an, er sang Playback, schüttelte immer wieder den Kopf und rief der Frau am Mischpult zu, der Ton müsse besser abgestimmt werden. Sie beruhigte ihn, er klinge bestens. Bud fragte, ob er immer optimal im Licht stehe. Auch das Licht wurde über das Mischpult eingestellt. Das war etwas knifflig, weil im Hintergrund, während Bud Spencer sang, Prügelszenen aus seinen Filmen gezeigt wurden. Wie habe ich mich als Kind darüber amüsiert! Zuzuschauen, wie die Bösen verdroschen werden, einer nach dem anderen, war ein Mordsspaß. Bud, das arglose Instrument des Guten, das sich durch das Böse nicht aus der Ruhe bringen lässt.

Das Saallicht ging an, die Assistentin ermahnte Bud: »Der Schluss ist dem Brautpaar besonders wichtig. Können wir den noch mal machen?«

»Die Rede?«

»Ja. Vor dem letzten Lied, wenn du ...«

»Klar«, unterbrach Bud.

Stille.

Bud räusperte sich. »Liebes Publikum, als waschechter Neapolitaner, der ich bin, habe ich zwei Lebensmotti. Das erste lautet: Ich esse, also bin ich! Weil wir sind, was wir essen, und weil wir weder sein noch denken können, wenn wir nicht essen. Und das zweite, das ebenso wichtig ist, kennt ihr alle auch: *Futtetenne!* Scheiß drauf! Wenn ich in meinem Leben einen schwierigen Moment habe, schaue ich mich im Spiegel an und sage zu mir: *Futtetenne!* Und es geht vorbei.

Leider konnte ich dieses Lied zu meinen Lebzeiten nie vor Publikum singen, denn es wurde erst kurz vor meinem Tod auf CD veröffentlicht.«

Bud machte ein Zeichen. Das Licht wechselte, die Melodie wurde eingespielt und Bud sang:

»Se t'hanno rubato o core,
e stai morenno d'ammore,
perché se ne'nniute con nado,
e t'à lassato solo,
futtetenne,
senta a me futtetenne, futtetenne,
senta a me futtetenne …«

Wenn das Herz sticht,
vor Liebeskummer bricht,
weil sie dich verlassen
und dich allein gelassen,
scheiß drauf,
hör auf mich, scheiß drauf, scheiß drauf,
hör auf mich, scheiß drauf …

Nach der ersten Strophe stand ich auf, schlich mich zur Verandatür und steckte, bevor ich ging, eine der signierten Autogrammkarten ein, die für die Hochzeitsgäste bereitlagen: Bud Spencer.

6.

Ich hatte mich bei der Zusammenkunft der ehemaligen Paranza in der Bar des Villa Palace gefragt, ob ich mich einem der Gang-Kumpel von Antonio zu erkennen geben sollte. Wenn, dann müsste die Wahl auf Lello fallen. Er stand ihm unter den Bandenmitgliedern am nächsten, die beiden waren ja schon als Kinder gemeinsam im Rione unterwegs gewesen.

Die Gelegenheit kam, als Lello sich mit einem Glas Whisky auf einen Sessel in einer dunklen Ecke zurückzog. Er hatte sein Glasauge ins Whiskyglas gleiten lassen, sich eine Sonnenbrille aufgesetzt und seine Füße auf dem Salontisch ausgestreckt. Den Kopf auf die Rückenlehne des Sessels gestützt, schien er zu dösen.

Die Schlange fürs Vorsprechen wurde nicht kleiner. Inzwischen war die Nummer 32 an der Reihe. Ich spürte einen stechenden Druck auf der Schläfe. Vielleicht lag es daran, dass ich wegen der Hitze schlecht geschlafen hatte, vielleicht auch an der Klimaanlage, die unüberhörbar surrte. Ich setzte mich zu Lello. Er war der Kleinste in der Paranza gewesen, keine eins siebzig und schmächtig. Als er so vor mir lag, mit offenem Mund, den Kopf nach hinten gekippt, das körperbetonte Hemd straff in die enge Hose gesteckt, die geschnürten Schuhe an seinen Füßen ordentlich nebeneinander auf dem Tischchen, wirkte er wie in einer Leichenhalle aufgebahrt. Kurz bevor ich ihn, einem Impuls folgend, an der Schulter schütteln wollte, bewegte sich sein Arm, tastete er nach dem Glas, in dem sein Glasauge in einem schräg einfallenden Lichtstreifen wie ein Eiswürfel schimmerte, führte es zum Mund und nahm einen Schluck.

Ob ich ihn stören dürfe?

»Dieser Trubel«, sagte er. »Ich halte das fast nicht aus.«

»Das Auge schmerzt?«

Oft spüre er einen Reiz, als habe er ein Staubkorn im Auge. Das sei fast nicht auszuhalten. Er versuche es mit Meditation. Der Arzt sage, gegen Phantomschmerzen könne man nichts tun. »Der Kopf ist das Schlimmste. Fürchterliche Kopfschmerzen. Ich kann mich nicht konzentrieren. Und dann werde ich müde, so müde.« Er lehnte sich wieder zurück.

Ich stellte mich vor, erzählte, dass ich im Rione gewesen sei und Antonella kennengelernt habe. Sie habe mir von seinem Unglück erzählt. Antonio sei ja sein Freund gewesen.

»Ein Freund?«, wiederholte Lello zerstreut.

Ob er noch Kontakt zu ihm habe?

Er schüttelte den Kopf.

»Wie lange nicht mehr?«

Lello richtete sich auf. »Warum interessieren Sie sich für den Nirone? Kann man damit Geld verdienen?«

Um Geld gehe es mir ganz sicher nicht, sagte ich fast empört. Irgendwie fühlte ich mich ertappt.

»Aha«, sagte Lello und wurde aufmerksamer. »Geld spielt für Sie keine Rolle? Sie sind aus Hirpinien, sagten Sie?«

»Meine Familie. Ich lebe in der Schweiz …«

»Ein Schweizer, sieh mal an.« Was man in der Schweiz im Schnitt verdiene, wenn er fragen dürfe. Als Kellner zum Beispiel. »Das ist jetzt aber nicht wahr!«, rief Lello auf meine Antwort aus, »pro Monat?«

Ich sagte, das Preisniveau sei viel höher. Die Steuern, Krankenkasse, Lebenshaltungskosten … Eigentlich könne man das nicht vergleichen.

»Warum nicht?« Lello schüttelte entschieden den Kopf. »Man kann alles vergleichen.«

»Stimmt es«, fuhr ich fort, »dass er in den Rione zurückkehren wollte?«

Lello verzog den Mund. »Ciro, sein angeblich verschollener Onkel, war auf einmal wieder aufgetaucht. Es hieß, Ciro, Rosetta und der Nirone würden die Familie wiederaufbauen, unterstützt vom Avvocato, der aus dem Gefängnis heraus neue Geschäfte ankurbeln wollte.«

»Sie klingen skeptisch.«

»Im Gegensatz zu allen anderen im Rione. Klammern sich an jeden Strohhalm.«

»Sie glauben nicht, dass Antonio zurückkehren wollte?«

»Haben Sie als Schweizer eine Ahnung davon, wie das Leben eines Camorrista aussieht?«

Lello richtete sich auf. Er setzte seine Brille ab, nahm den letzten Schluck Whisky, ließ dann sein Auge in ein Taschentuch fallen und steckte es ein. »Ich sollte mich gründlich von einem Fachmann untersuchen lassen. Wie funktioniert das in der Schweiz, wenn man einen Spezialisten braucht?«

»Darf ich Ihnen noch etwas zu trinken holen? Noch mal einen Whisky?«, fragte ich ausweichend.

Als ich zurückkehrte, hatte Lello seine Brille wieder aufgesetzt, und als hätte er mich mit großer Ungeduld erwartet, begann er auf mich einzureden: »Ich habe nachgedacht. Ich habe etwas für Sie, das Sie bestimmt interessieren wird. Als Antonio zum letzten Mal im Rione war, sprach er von einer bevorstehenden Afrikareise. Eine wichtige Sache, die alles verändern werde. Dann habe ich nichts mehr von ihm gehört. Bis ich einen Anruf von ihm bekam. Er habe einen Auftrag für mich, sagte er da. Er werde mir Mails schicken mit Texten, die müsse ich ausdrucken und dem Avvocato zukommen lassen.«

»Sie haben Antonios Mailadresse?«, sagte ich überrascht und reichte ihm das Glas. Er stellte es auf den Salontisch.

»Inzwischen eine tote Adresse.«

»Und die Telefonnummer?«

»Auch tot.«

»Woher hat er Ihnen die Mails geschrieben?«

»Aus einem Gefängnis. Ich habe die Mails noch, vielleicht nicht mehr alle …«

Ob er sie mir weiterleiten könne? Ich schrieb meine Mailadresse auf eine freie Seite meines Notizbuchs, riss sie heraus und reichte ihm den Zettel.

Er seufzte. »Ich kann das nicht lesen. Mein Gott, ich habe so fürchterliche Kopfschmerzen. Haben Sie keine Karte?«

»Eine Karte?«

»Eine Visitenkarte. Ich kann Ihnen die Mails per Post schicken. Ich bin mir sicher, dass ich sie aufbewahrt habe. Einen Teil wenigstens. Auf dem Computer habe ich sie nicht mehr. Ist zu lange her …«

»Wie lange?«

»Drei Jahre? Vielleicht auch länger …«

Ich schaute in meiner Brieftasche nach. Tatsächlich, zwischen alten Fotos meiner Frau und unserer Kinder fand ich eine abgenutzte Visitenkarte.

Lello legte seine Brille ab und studierte die Karte aufmerksam. Er wollte wissen, warum ich zwei Adressen habe. Ich erklärte ihm, die eine sei die Büroadresse und die andere die private. Er wollte wissen, wie man die Namen der Ortschaften und Straßen ausspreche. »Das ist die private? Mail- und Wohnadresse?« Er schob meine Karte in sein Täschchen, das er an einem Gürtel um den Bauch trug. Darin hatte er auch sein Glasauge verstaut.

»Sie werden von mir hören. Es wird Ihnen gefallen, was ich Ihnen schicke. Wir werden in Kontakt bleiben … Wollen wir uns nicht duzen?« Er griff nach seinem Whiskyglas und prostete mir zu. Ich spürte, wie Lello neuen Mut geschöpft zu haben schien. In meiner Naivität freute ich mich darüber.

»Sind die Schmerzen Spätfolgen des Kopfschusses, Lello?«, fragte ich.

Er nickte. »Je länger der Unfall her ist, desto unerträglicher die Schmerzen.« Er leide außerdem an Depressionen, eine noch spätere Spätfolge. Und das Unglaublichste: Er gelte nicht als behindert. Alle seine Anträge seien abgeschmettert worden. Er kriege keinen Cent Rente! »Was braucht es denn mehr als einen Kopfschuss, um nicht als Simulant zu gelten? Wäre so etwas in der Schweiz möglich? Sag ehrlich. Die Schweiz ist doch ein zivilisiertes Land!«

Ich zuckte mit den Schultern.

»Meinst du, ich könnte mich in der Schweiz untersuchen lassen? Ihr habt doch die viel besseren Ärzte. Mit einem Schweizer Gutachten, das mein Leiden beweist, könnte ich die Behörden hier einklagen. Irgendwie muss ich doch zu meinem Recht kommen!«

Warum vergaß ich immer wieder Vaters Ermahnungen? Warum hatte ich Lello meine Adressen gegeben? Ich rechnete in den ersten Tagen nach meiner Rückkehr jederzeit damit, dass er auftauchen würde. Ich überlegte, ob ich meiner Frau alles beichten sollte: »Du, Liebling, es könnte sein, dass in nächster Zeit ein Mafioso bei uns an der Haustür klingelt…«

Einige Wochen später lag ein Couvert im Briefkasten. Den zerknitterten, schon leicht angegrauten Textseiten lag ein Brief in einer zackigen Handschrift bei:

Carissimo amico svizzero

Das ist, was ich von Antonios Mails und Texten auf die Schnelle gefunden habe. Ich druckte sie damals aus, sie waren für den Avvocato in Poggioreale bestimmt. Ich konnte ihm die Blätter nicht übergeben, weil er bereits ins Hochsicherheitsgefängnis Parma überstellt worden war, und dort konnte man ihm keine Botschaften mehr zukommen lassen.

Es waren viel mehr Seiten. Elektronisch habe ich die Mails nicht mehr. Sie waren auf einem alten Computer gespeichert. Aber ich bin sicher, dass ich noch mehr finde. Ich werde mich auf jeden Fall wieder bei dir melden.

Ich küsse und umarme dich.
Lello

PS: Ich habe recherchiert. Bei euch heißt das Invaliditätsbemessung. Kannst du vielleicht mal abklären, ob ich einen Termin bei einem Arzt kriegen könnte?

Auf den Blättern, die Lello mir geschickt hatte, waren jeweils ein paar Zeilen pro Seite, ohne Absender, Betreff, Anrede. Waren sie echt? Wie sollte ich das überprüfen?

Mir war klar, warum Lello mir nicht alles auf einmal geschickt hatte. Also antwortete ich ihm, dass ich kein Interesse an weiteren Unterlagen hätte. Gleichzeitig vermittelte ich ihm mit deutlichen Worten, dass es für seinen Rentenanspruch absolut zwecklos sei, in die Schweiz zu kommen.

Ich überlegte, ob ich ihm wenigstens einen Scheck beilegen sollte. Besser nicht, sagte ich mir. Geld würde ihn nur motivieren, sich doch wieder bei mir zu melden.

Briefe aus dem Gefängnis (2017)

Im Hof riecht die Luft nach Salz. Man spürt eine Brise, die von weiter unten heraufweht. Das Gefängnis liegt also auf einem Hügel und ist gegen das Meer gerichtet. Unten höre ich manchmal Schiffssirenen und ständig Lärm. Kräne, bilde ich mir ein, die Container löschen. Erst war ich überzeugt, dass ich in Kalabrien, in Gioia Tauro, bin. Aber da kann es kein Gefängnis geben, das nicht unter der Kontrolle der 'Ndrangheta ist. Prüf das mal nach!

Ich glaube, dass man mich nach Spanien gebracht hat. Malaga? Bitte, Lello. Geh zum Avvocato. Er soll mich hier rausholen!

*

Ein Frontex-Schiff hatte unseren Kahn aufgespürt. Zu unserem Glück. Seit Tagen irrten wir auf hoher See, ohne Kapitän, ohne Motor. Es gab kaum etwas zu essen. Schlimmer war der Durst. Unter Deck sind jeden Tag Menschen gestorben. Dann wurden sie nach oben geschoben und über Bord geworfen. Es kam zu Streitereien, Blut floss. Ich hatte mich auf dem Oberdeck unter einer Plane verschanzt, die geladene Pistole griffbereit, um mir die Horde vom Leib zu halten. Auch ich hatte mit dem Leben abgeschlossen und wartete auf den Moment, in dem ich das Bewusstsein verlieren würde.

Die Polizisten, die an Bord kamen, waren geschockt. Es waren junge deutsche Beamte, die so etwas noch nie gesehen hatten. »Wo ist der Kapitän? Wer ist hier verantwortlich?«, fragten sie auf Englisch. Alle zeigten auf mich. Die armen Schweine, die für einen Schluck Wasser gemeuchelt hatten, waren sich sofort einig, wer der Böse auf dem Schiff war. Ich habe mich nicht gegen die Anschuldigungen gewehrt, im Gegenteil: Ich habe die Hände erhoben und die Waffe auf den Boden fallen lassen. Verhaftet zu werden, ist nie der schlechteste Ausgang einer Operation, das wissen wir, nicht wahr, Lello? In dieser Situation erst recht nicht. Die Polizisten haben mir Handschellen angelegt, eine Kapuze über den Kopf gestülpt und mich aufs Frontex-Schiff geschoben. Dann wurden die Leichen herübergetragen. Inzwischen war ein anderes Schiff eingetroffen, eine Korvette der Kriegsmarine. Sie schleppte unter den wütendsten Protesten, zu denen die armen Schweine noch fähig waren, ihren Kahn zurück nach Afrika.

*

Die ersten Tage sah ich nur Wärter, die mir Essen brachten. Sie sprachen kein Wort mit mir. Dann kamen Geschniegelte. Untersuchungsrichter, nehme ich an. Sie waren höflich, stellten sich vor und wollten, dass ich Fragen beantworte. Der erste war ein Pole, der zweite ein Belgier. Der Pole hat es mit Englisch versucht. Der Belgier mit Französisch. Dann schickten sie einen Herrn vorbei, der aussah wie Mahatma Gandhi. Der sprach arabisch. Ich habe weiter auf stummen Fisch gemacht. Sie kamen zum Schluss, dass ich Afrikaner sei. Ein schwarzer Dolmetscher nach dem anderen kreuzte in meiner Zelle auf. Sie versuchten es mit allen Idiomen zwischen Senegal und Kamerun.

Irgendwann habe ich mir gesagt, das hat keinen Sinn, ich muss meine Strategie ändern.

»*Brother*«, habe ich in meinem besten Englisch zum nächsten schwarzen Dolmetscher gesagt, »was willst du von mir? Ich verstehe kein Wort. Ich bin Italiener.«

»Italy? Which part?«

»Naples.«

»Oh! I have some kinsmen nearby. Do you know Castel Volturno?«

*

Heute, Lello, präsentierte sich in meiner Zelle ein als Berufsjugendlicher verkleideter Sozialarbeiter.

»Du sprichst ja nicht mal richtig Italienisch«, machte er mich an.

»Was meinen Sie damit, Dottore?«

»Was macht ein Neapolitaner auf einem Flüchtlingsschiff vor der libyschen Küste?«

»Heimkehren nach Neapel?«

»Du findest dich wohl witzig?«

»Ich will einen Anwalt sprechen. Und ich will wissen, wo ich hier bin.«

»Ich werde es ausrichten.« Bevor er ging, schaute er mir tief in die Augen und murmelte: »Sie wollen ein Extra-Tribunal für Schlepper einrichten. In Den Haag. Aber sie sind noch nicht so weit. So lange werden sie dich hier festhalten. Tut mir leid. Es sieht nicht gut aus für dich. Du wirst Geduld brauchen. Ich fürchte, sie wollen an dir ein Exempel statuieren, und rate dir, mit den Behörden zusammenzuarbeiten. Wenn du die Hintermänner nennst, kannst du dich vielleicht retten.«

Hintermänner? Was für Hintermänner? Stell dir vor, Lello, ich ein Menschenschlepper! So ein Schwachsinn. Der Avvocato hat mich immer gewarnt: »Wenn sie unsereinen schnappen, wirst du nicht für das bestraft, was du getan hast, sondern für das Böse, das du verkörperst.« Kann man sich Niederträchtigeres vorstellen als Menschenschlepper, die wehrlose Flüchtlinge ausbeuten und mit ihnen Europa überfluten?

*

Ich bin in einer Zelle, drei Quadratmeter. Einzelhaft. Kein Grund, sich zu beklagen. Ich habe genug Gefängnisse gesehen, dieses hier ist nicht besonders unkomfortabel. Ich bin ungestört, man bringt mir mein Essen, ich kann zweimal täglich eine Dreiviertelstunde in den Hof. Meine Wärter behandeln mich korrekt. Auch die Polizisten, die mich zum Untersuchungsrichter ins Nebengebäude bringen. Der Untersuchungsrichter stellt fest, dass ich nicht vernehmungsfähig bin, sprich, dass er nicht mit mir reden kann. Er macht einen Eintrag in die Akte, und ich werde wieder zurück in die Zelle gebracht. Es ist offensichtlich, dass sie nur Zeit schinden.

Der Sozialarbeiter kommt jeden zweiten, dritten Tag vorbei. Er soll mich bei Laune halten. Bei ihm darf ich mich beklagen, dass ich noch immer keinen Anwalt sprechen konnte, dass man mir jeglichen Kontakt verweigert. Nützen tut es nichts. Nicht einmal der Arzt, nach dem ich verlangt habe, wurde bewilligt. Ob es überhaupt andere Häftlinge in diesem Gefängnis gibt, kann ich nicht sagen. Ich habe keine Kontakte zu Insassen. Man hört keine Stimmen. Das Essen wird mir in die Zelle gebracht. Die Zeit im Hof verbringe ich allein mit den Wärtern. Der Sozialarbeiter sagt, die Behörden würden sich auf Artikel 416 des Codice Penale berufen: verschärfte Haftbedingungen bei Mitgliedschaft in einer kriminellen Organisation mit mafiöser Struktur. Das bedeutet: totale Isolationshaft, Beschränkung der Rechte. Wenigstens droht keine Gefahr durch Mithäftlinge.

*

Hat sich Rudaj beim Avvocato gemeldet, Lello? Rudaj, du weißt, wer das ist? Seine Familie beliefert Zio Ciro. Er findet es gut, dass ich plane zurückzukehren. Er wollte wissen, ob Ciro mit der Ware aus Kolumbien zufrieden sei. Rudaj will transgenetische Cocapflanzen, die ein gemäßigteres Klima aushalten, in Albanien anpflanzen. Er hat schon erfolgreich Probefelder im Norden Kosovos angelegt. Der Stoff, den die Pflanzen liefern, sei optimal. Sein Projekt sei bahnbrechend. Weltbeste Biologen und Chemiker arbeiteten für ihn. Er werde bei sich zu Hause Kokain in großem Stil anbauen. Der Kosovo werde das Kolumbien Europas. Wichtig sei, rechtzeitig sichere Schmuggelrouten anzulegen. Von der albanischen zur italienischen Küste. Für uns ein Kinderspiel! Ich erinnerte ihn an die Milliarden Zigaretten, die in den siebziger und achtziger Jahren via Montenegro geschmuggelt wurden. Und an die florierende Drogenroute der Nuova Famiglia Organizzata über die Adria. Ich sagte ihm, wenn ich aus Afrika zurück sei, könnten wir darüber reden.

Stell dir vor, was das bedeutet: Wo Wein wächst, wachsen auch diese Cocapflanzen. Also auch an den Hängen des Vesuvs und praktisch überall in Europa. Wenn wir das Zeug in unsere Hände kriegen!

Meine Frau war das schon gewohnt: Ich organisierte Herbstferien auf einem Gut in Umbrien, ganz in der Nähe der wunderschönen Stadt Orvieto, und kaum waren wir da, stellte sie fest, dass das Gut Marilina Miranda gehörte, der ehemaligen Verlobten von Antonio Esposito. Das sei vollkommen nebensächlich, höchstens ein paar Worte würde ich mit ihr wechseln, rechtfertigte ich mich. Ich versprach ihr, dass wir Tagesausflüge zu den Kulturstätten Umbriens machen würden. Assisi. Perugia. Spoleto. Gubbio. Eindrucksvolle Wanderungen rund um den Lago di Bolsena und durch die römische Campagna. Jeden Abend Aperitif trinken in einer Bar vor der spektakulären Fassade des Doms von Orvieto.

»Keine Sorge, du wirst froh sein, wenn du mich mal eine halbe Stunde nicht siehst!«

»Du und deine Vorstellungen von Urlaub«, sagte meine Frau resigniert. »Immer dasselbe.«

Der aufwendig renovierte Gutshof wirkte gleichzeitig bäuerlich-rustikal und gediegen: Im früheren Bauernhaus wohnte Marilina mit ihrer Familie, die Stallungen waren in komfortable Ferienwohnungen umgebaut worden.

Hohe Eisengitter umzäunten das weite, flache Gelände rund um die Wohnhäuser. Bei der Einfahrt waren Bewegungsmelder für eine Flutlichtanlage installiert, zudem schützte eine Alarmanlage das ganze Anwesen vor Einbrechern. Leider gebe es viel Kriminaltourismus, rechtfertigte sich Marilina, man sei gezwungen, vorsichtig zu sein.

Meine Frau störte es, dass das Feriendomizil so abgelegen war. Zu Fuß konnte man gar nichts unternehmen, der Hügel von Orvieto, den wir direkt vor uns sahen, war über dreißig, die nächsten Geschäfte waren zehn Autominuten entfernt. Zudem führte die stark befahrene Superstrada direkt am Anwesen vorbei. Die Lage erinnerte mich an das Haus meiner Eltern in Hirpinien. Es war überdies ein windreicher, eher kühler Oktober, sodass wir abends nicht mehr draußen essen konnten.

»Was für tolle Steinpilze!«, beglückwünschte ich Andelora, Marilinas Mutter. Sie war im Morgengrauen losgezogen, zu Fuß, und brachte Körbe voller Steinpilze zurück. Jeden Abend rief sie mich zu sich, ich solle mich an den Pilzen bedienen. Auch an den selbst gemachten Teigwaren. Und an ihren eingemachten Pelati, am Gemüse, dem Salat aus ihrem *orto*. Es waren herzliche Gesten, doch sie halfen nur wenig. Alles, was meiner Frau nicht passte, selbst das Wetter, passte ihr nicht, weil die Wahl dieser Ferienwohnung den Ursprung in meinen geheim gehaltenen Plänen hatte.

»Was wollen Sie denn von mir wissen?«, fragte Marilina. Ich hatte es für ein Zeichen der Fairness gehalten, Marilina bei meiner Mietanfrage den Grund zu nennen, warum ich auf ihrem Gut die Ferien verbringen wollte.

»Antonio Esposito ist angeblich spurlos verschwunden …«

Dazu könne sie mir nichts sagen, sie habe keinen Kontakt mehr zum Rione oder zu Neapel. Und als Staatsanwältin habe sie mit den Dossiers in Neapel nichts zu tun, sie arbeite ausschließlich für die Staatsanwaltschaft der Region Latium.

Ich hatte Marilina wegen der Steuernummer angerufen, die sie von mir verlangt hatte. Was das sei, fragte ich, und seit wann man so etwas brauche.

Wenn ich tatsächlich einen italienischen Pass besäße, wie ich bei der Anmeldung angegeben hätte, dann müsse ich auch eine Steuernummer haben. Sie werde jedem italienischen Staatsbürger bei der Geburt oder der Erteilung der Bürgerrechte zugewiesen.

Ich fand heraus, dass es die Geburts-Steuernummer erst seit 1973 für alle Bürgerinnen und Bürger gab. Ich konnte also im *anagrafe,* im Einwohnermeldeamt des Heimatdorfs meiner Eltern, registriert sein und trotzdem keine Steuernummer besitzen.

Ob ich die Miete nicht einfach so überweisen könne, schlug ich vor.

Nein, das gelte als Schwarzmiete.

»Ich miete seit Jahren Ferienwohnungen in Italien, und noch nie hat mich jemand nach meiner Steuernummer gefragt.«

»Tja, da können Sie mal sehen ...«, sagte Marilina.

Ich konnte während unserer Ferienwoche nicht so oft ungestört mit Marilina sprechen, wie ich mir gewünscht hatte, obwohl ich fast jeden Abend unter irgendeinem Vorwand drüben im Haupthaus war. Marilinas Mann hatte mir bei unserer Ankunft nur kurz die Hand geschüttelt, und als ich ihn fragte, wo wir das Auto stehen lassen sollten, schaute er sofort zu Marilina. Die Zuständigkeiten waren also klar verteilt: Um die Feriengäste kümmerte sich Marilina.

»Warum ist es so schwierig, die Mafia zu bekämpfen?«, fragte ich sie eines Abends ohne Umschweife. Als Staatsanwältin musste sie sich bestimmt mit dieser Frage beschäftigen. Marilina schaute mich an, ohne dass ihr Blick mir verraten hätte, was sie von mir dachte. Ich fand sie hübsch. An Antonios Stelle hätte ich mich auch sofort in sie verliebt.

»Welchen Einfluss hatte das Erdbeben von 1980 auf die Familie Esposito? Auf die Camorra insgesamt? Die Frage des Erdbebens ist sehr wichtig für mich.«

Marilina lächelte professionell.

»Stimmt es«, fragte ich weiter, »dass das Erdbeben die Stunde null für die Nuova Famiglia Organizzata des Avvocato gewesen ist? Können Sie bestätigen, dass am 23. November 1980 um 19.35 Uhr, als im Gefängnis von Poggioreale die Wände einstürzten, die meisten Gefangenen die Situation ausnutzen und rebellieren wollten? Aber der Avvocato hatte sofort begriffen, was diese Ausgangslage für Chancen bot, und schlug die Rebellion mit seinen Getreuen kurzerhand nieder. Kein einziger Gefangene entwich! War es nicht so?«

Marilina schaute mich immer noch so an, wie sie wahrscheinlich bei Einvernehmungen die Angeklagten anschaute.

»Würden Sie mir denn zustimmen, dass das Erdbeben der Anfang der sogenannten *Camorra im Anzug* war? Der Avvocato verdiente bald mehr Geld mit seinen Bauunternehmungen als mit Drogen, Schmuggel und Schutzgeldern zusammen. Vor allem hat er es ausgenutzt, dass durch die vielen Hilfsgelder die Geldflüsse undurchsichtig geworden waren. Dank eines Schweizer Hilfsfonds, gesteuert von seinem Banker Salimbeni, wusch er sicherlich Milliarden von Lire. Es hat Jahre gedauert, bis ihm die neapolitanische Staatsanwaltschaft auf die Schliche gekommen ist. Stimmen Sie mir so weit zu?«

Aber je mehr ich sprach, desto eiserner schwieg Marilina.

Im Gegensatz zu ihrer Tochter hatte mich Andelora fest ins Herz geschlossen, nachdem ich ihr erzählt hatte, dass ich im Rione Esposito gewesen sei. Sie vermisse ihren Rione, sie vermisse ihre Freundinnen, sie vermisse ihre Arbeit als Schneiderin. Das Leben in Umbrien sei einsam und trist. Marilina reagierte nicht, als ihre Mutter sich lautstark bei mir beklagte, aber der Ärger stand ihr ins Gesicht geschrieben.

Was sie für Erinnerungen an Antonio habe, fragte ich Andelora.

»Ein guter Junge … Er war oft bei mir im Nähatelier, auch später noch. Er nannte mich Zia. Er kam einfach vorbei und umarmte mich.«

»Sie waren mit Antonio verlobt?«, fragte ich etwas lauter und schaute zu Marilina, die bei der Spüle stand und ohne den Blick zu heben Salatblätter wusch und zerpflückte.

»Er hätte sie geheiratet«, antwortete Andelora spitz. »Aber sie hatte ja schon immer Höheres im Sinn.«

Eigentlich war ich nur gekommen, um ein paar Tomaten zu holen, aber Andelora kam richtig in Fahrt. Wir sollten unbedingt einmal zum Essen kommen, sie würde frische *orecchiette alle cime di rapa* machen. Jetzt stünden die letzten im *orto* zur Ernte bereit.

Ich lehnte dankend ab, meine Frau könne nicht so gut Italienisch.

»Sie wissen, dass man in Neapel keine Einladung ablehnen darf! Das ist eine große Beleidigung«, sagte Andelora streng.

»Wir sind aber hier nicht in Neapel, zum Glück, Mamma«, intervenierte Marilina endlich. »Du sollst die Gäste nicht bedrängen, das habe ich dir schon oft gesagt.« Und zu mir sagte sie seufzend: »Haben Sie das schon einmal gehört, eine Mutter, die sich wünscht, dass ihre Tochter einen Mafioso geheiratet hätte?«

Gemeinsam mit vier seiner Freunde kam Antonio im September 2001 in die erste Klasse der Oberstufe: mit Lello, Massimo, Marilina und Cinzia, die später Massimos Frau wurde. Die neue Schule war nicht zu vergleichen mit dem Istituto Comprensivo Luigi Vanvitelli auf dem Nobelhügel Vomero. Sie lag im Centro Direzionale, dem in den neunziger Jahren gebauten Verwaltungszentrum hinter dem Hauptbahnhof. Das Centro Direzionale, das einzige seiner Art in Südeuropa, sollte ein urbanes Vorzeigeprojekt mit weltweiter Ausstrahlung werden. Der gefeierte Japaner Kenzo Tange hatte die Projektleitung, weitere berühmte Architekten wie Renzo Piano beteiligten sich am Bau dieses gigantischen Ensembles von Wolkenkratzern. Doch schon wenige Jahre nach Inbetriebnahme beklagte man den miserablen Unterhalt der Fußgängerzonen, der Brunnen und Rolltreppen, die schlechte Beschilderung, die inexistente Beleuchtung, die stetig wachsenden Müllberge, die Omnipräsenz von Obdachlosen und Prostituierten auch tagsüber. Niemand hielt sich hier freiwillig auf.

Täglich mussten die Schüler zwanzig Minuten zu Fuß zurücklegen, einen Bus vom Rione ins Centro Direzionale gab es nicht. Obwohl kaum zehn Jahre alt, war ihr Schulgebäude arg heruntergekommen. Im Winter fror, im Frühling und im Herbst erstickte man darin. Rätselhaft, wozu ein Hauswart angestellt war, denn nie wurde geputzt, nichts wurde instand gesetzt. Die Fenster waren verzogen und ließen sich nicht öffnen. Die Wasserspülung hatte vermutlich nie richtig funktioniert. Die jungen Benutzer trugen auch nichts dazu bei, dass die Schule wohnlicher wurde. Kaum gab es einmal Klopapier, wurde die ganze Rolle in den Ablauf der WC-Schüssel gestopft.

Von den Schulzimmern sah man auf Dutzende von Gleisen, auf stehende Züge, die auf die Einfahrt in den Hauptbahnhof von Neapel warteten. Rauch stieg zwischen den Gleisen auf, als würde ständig etwas verbrannt. Der säuerliche Geruch drang durch die verschlossenen Fenster.

Der Unterricht, würde Antonio sagen, »war eigentlich nicht schlecht«, die Lehrer waren motiviert, meist gut vorbereitet, streng. Antonio würde sagen »eigentlich«, weil er kaum am Unterricht teilnahm. Antonio und Massimo, die beiden Esposito-Cousins, taten, wenn sie überhaupt anwesend waren, was ihnen passte, und keiner konnte sie zu irgendetwas zwingen. Ob sie Mitschüler schikanierten? Es ist anzunehmen, und nicht zu zimperlich. Anzunehmen ist auch, dass sich Antonio, außer an die Sage des Castello von Viviano, an keinen Schulstoff erinnern konnte. Auch nicht an Prüfungen oder Arbeiten, die sie schreiben mussten, denn für Massimo und Antonio war ein Durchfallen ausgeschlossen: Im Sommer wurden beide trotz bescheidenster Leistungen in allen Fächern versetzt. Und weder Antonio noch Massimo hatten in den Ferien Zeit oder Lust, in irgendeinem Fach ein *rimandato,* also eine ungenügende Leistung, aufzuholen. Wagten die Lehrer gegen sie eine Strafe auszusprechen, standen tags darauf Zia Rosetta oder Nicoletta, Massimos Mutter, auf der Matte, und die Lehrer nahmen alles zurück. Die Jungs waren eben Espositos. Stigmatisierte, Unberührbare. Die Lehrer ließen alles durchgehen, kümmerten sich nicht weiter um sie. Fehlten sie, interessierte es niemanden, erschienen oder gingen sie nach der ersten Pause, auch nicht. Das war ein *arrangiamento,* eine stille Abmachung, mit der alle gut leben konnten, die die beiden aber zu Außenseitern machte. In den Augen der Lehrerinnen und jener Schülerinnen wie Marilina, die den Wert der Bildung hochhielten, waren sie Verlierer, *perdenti.* Nie wären

Antonio oder Massimo von einer Lehrerin zum Tee eingeladen worden, kein Lehrer schenkte ihnen je ein Buch, keine Lehrerin forderte sie auf, am Astronomieleistungskurs teilzunehmen oder sich der Schultheatergruppe anzuschließen. Marilina und Cinzia waren im Gegensatz zu Antonio und Massimo erwachsen, körperlich und geistig. Sie redeten anders, Dialekt war bei ihnen verpönt, während Antonio und Massimo auch in der Schule demonstrativ Mundart sprachen. Die Mädchen hatten einen anderen Umgang untereinander, nahmen die Schule sehr ernst und wollten mit diesen Kindsköpfen nichts zu tun haben. Denn nur die Schule bot den Mädchen die Möglichkeit, dereinst aus Neapel und aus dem Rione wegzukommen.

Antonio bekümmerte die offen gezeigte Verachtung Marilinas in diesen ersten Oberstufenjahren nicht. Mädchen interessierten ihn noch nicht. Mehr noch: Sie schüchterten ihn ein. Marilina war mit zwölf schon eine Signorina, wie man im Rione sagte, hatte einen spitzen, straffen Busen, runde Hüften. Antonio war verliebt in sie, und er wusste, dass sie ihm versprochen war, auch wenn sie ihn wie Luft behandelte und von Männern schwärmte, die hundert Jahre älter waren und hunderttausend Kilometer weit weg lebten. Ihre Mutter Andelora, die Antonio täglich in ihrem Basso besuchte, und auch Zia Rosetta ließen durchblicken, dass er sich keine Sorgen zu machen brauche. Antonio bleibe alle Zeit, Marilinas Flausen würde man ihr schon noch austreiben.

Am letzten Abend unseres Ferienaufenthalts schenkte ich Marilina die Neuausgabe der Gedichte des Avvocato. Dass man so etwas drucken und verkaufen könne, kommentierte sie kopfschüttelnd.

Marilina schien mir gelassener als die Tage zuvor, als hätte sie sich damit abgefunden, mit ihrer Vergangenheit konfrontiert zu werden. Also versuchte ich noch einmal, mit ihr über den Nirone zu sprechen.

»Sie haben sich auf Antonio eingelassen, Marilina, obwohl Sie wussten, dass er eine Paranza gegründet hatte.«

»Nach dem Busunfall. Ich bin jeden Tag zu Antonio ins Spital gegangen. Wir hätten alle sterben sollen an jenem Ostermontag.«

»Unfall?« Wir standen im Flur, der in die große Wohnküche führte. Ich hörte, wie die beiden Kinder sich zankten, eine Ermahnung von Andelora, dann war Ruhe.

»Die Paranza hatte einen Überfall auf einen angeblichen Drogentransporter verübt, der sich dann aber als gewöhnlicher Hotel-Shuttlebus erwies. So besaßen die Jungs auf einmal einen Bus, mit dem sie nichts anzufangen wussten. Sie kamen darauf, Busreisen zu organisieren. Tolle Camorrabande, die Wallfahrten organisiert, finden Sie nicht? Cinzia und ich lachten uns krumm! An Ostern fuhren wir dennoch mit auf einen ihrer Ausflüge, und es war wirklich ein überraschend schöner Tag. Aber dann, auf der Rückfahrt, die Serpentinen hinunter, wurde es ernst. Offensichtlich waren die Bremsen des Busses manipuliert worden. Eine der

Frauen aus dem religiösen Kreis Rosettas starb. Massimo und Antonio, die ganz vorne saßen, wurden schwer verletzt. Wir anderen kamen mit Brüchen, Schürfungen und mit dem Schrecken davon. Klar war es eine Falle gewesen.«

»Wie lange waren Sie mit Antonio zusammen?«

»Bis ich zum Studium nach Brüssel ging. Nachher haben wir es noch mal versucht. Aber es war vorbei.«

»Wie ist Antonio, Marilina?« Ich wollte ihre sentimentale Stimmung ausnutzen. Es war meine letzte Chance, ich musste aufs Ganze gehen. Sie schaute mich an. Ihre rechte Braue zuckte zwei-, dreimal, während sie sprach: »Er ist ein spezieller Mensch. Er erwidert die Gefühle der anderen immer. Er liebt, wenn er Liebe spürt. Er hasst, wenn man ihm Hass vorlebt, und so konnte er schießen oder küssen, je nachdem, wie die Umwelt ihm begegnete. Ich glaube, das ist so, weil er ein Mensch ohne Urvertrauen ist. Solche Menschen können keine eigenständigen Gefühle entwickeln.«

»Wie sind Sie ihm denn begegnet? Haben Sie Antonio geliebt?«

»Natürlich habe ich ihn geliebt. Ich habe ihn sehr geliebt, sonst wäre ich nicht mit ihm zusammen gewesen. Aber ihm war nicht zu helfen.«

Marilina drehte sich ab. Während sie ein Taschentuch hervorkramte und sich schnäuzte, fragte ich mich: Wer war dieser schwarze Junge wirklich? Ein Unschuldiger, den man zu einem Esposito machen wollte? Ein Wesen von einem anderen Stern? Ein nicht gelüftetes Geheimnis? Marilina hätte nicht nur sich, sie hätte auch ihn retten müssen. Aber wie?

Marilina war sofort wieder gefasst, sagte, sie wolle sich von meiner Frau verabschieden, und machte einen Schritt in Richtung Tür. Sie müsse morgen früh raus. Wir seien auch Frühaufsteher, wir würden uns morgen bestimmt noch eimal sehen, antwortete ich und stellte mich ihr in den Weg, um zu verhindern, dass sie mir weglief. »Wissen Sie wirklich nicht, was aus Antonio geworden ist?«, insistierte ich.

»Ich habe nichts mehr von ihm gehört.«

»Es gibt Hinweise darauf, dass er im Gefängnis ist. Können Sie als Staatsanwältin überprüfen, ob das stimmt?«

»Nein, das mache ich nicht. Dazu fehlt mir die Ermächtigung.«

Marilinas Brauen bewegten sich wieder, wahrscheinlich, dachte ich, geschah das immer dann, wenn etwas sie berührte.

»Wenn Antonio hier erscheinen und Ihnen sagen würde: Marilina, ich will mit der Camorra nichts mehr zu tun haben, wie würden Sie reagieren?«

»Hören Sie auf, mir mit solchen Horrorvisionen Angst zu machen! Ich möchte das alles hinter mir lassen. Ich habe einen Mann und zwei Kinder! Ich will nichts mehr mit dem Rione Esposito und mit Neapel zu tun haben. Ich habe damit abgeschlossen. Ein für alle Mal!«

Malafemmena (2009)

Im Jahr nach dem Abitur kündigte Marilina Antonio ihre Absicht an, im Ausland zu studieren und nach Brüssel zu ziehen.

Marilina ging, kehrte nach zwei Semestern zurück, sie begegneten sich im Treppenhaus oder auf der Straße, ohne sich anzusprechen, und wenn sie sich auf einer Party im *Posillipo Night* über den Weg liefen, zeigte sie ihm die kalte Schulter, und auch Antonio sah keine Notwendigkeit, sie anzusprechen.

Antonio schaute oft im Basso, im Nähatelier von Andelora, vorbei, setzte sich auf einen der für Besucherinnen bereitstehenden Korbstühle und hörte den Gesprächen der Frauen zu. Andelora ließ für Antonio einen Kaffee bei Susetto holen, und während sie vor ihren Kundinnen kniete, die Stecknadeln im Mund, um einen Rock zu kürzen, murmelte sie, dass ihre Tochter drüben am Lernen sei, immer am Lernen, ach, sie habe nur das Studium im Kopf, nie gehe sie unter Leute.

Andelora hatte viele Aufträge, seit es dem Viertel wieder besser ging, und das verdankte sie Antonio, seiner Paranza, den Espositos. Antonio fragte sie zu ihrem Bedauern nicht nach Marilina, er kam ja auch wirklich nicht wegen der Tochter vorbei, sondern wegen ihr, der Mutter. Bei Andelora konnte Antonio sich besser entspannen als bei Zia Rosetta, wo wieder ein Kommen und Gehen war, seit der Clan neues Geld hatte und Rosetta dauernd Kredite vergab oder Renten auszahlte. Für Antonio war Andelora die Mutter, die er sich anstelle der abgehobenen Pianistin Bernarda oder der abgehärteten Kassiererin Rosetta gewünscht hätte. Hier zu sitzen und Andelora bei ihrer Handarbeit zusehen zu können, dabei dem immer gleichen, um Wetter, körperliche Gebrechen und Nachbarschaftsklatsch kursierenden Geplauder der Frauen zuzuhören, war für ihn Erholung pur.

Auch für Andelora, die trotz vieler Verehrer nie mehr geheiratet hatte, war Antonio der Sohn, den sie nie gehabt hatte, weil ihr Mann kurz nach der Geburt von Marilina im Bandenkrieg nach der zweiten Inhaftierung des Avvocato umgekommen war. »Marilina geht wirklich nie aus«, klagte Andelora ihren Kundinnen und ihren Freundinnen. »Das geht doch nicht, immer über den Büchern! Das ist doch nicht gesund!« Und Andelora, ihre Kundinnen, ihre Freundinnen, alle Frauen, die sich im Basso um die Zukunft eines jungen, hübschen, gescheiten Mädchens Sorgen machten, richteten ihre Augen auf ihn, Antonio, einen geachteten jungen Mann, der noch immer nicht offiziell Marilinas Verlobter geworden war, obwohl er das schon immer hatte werden sollen.

»Meinst du, Marilina würde mit mir ausgehen?«, fragte Antonio Andelora eines Tages fast spöttisch und schlürfte das bisschen Flüssigkeit, das übrig bleibt, wenn man ein Löffelchen Zucker in einen richtigen neapolitanischen Espresso schüttet, aus seiner Tasse.

»Ach!«, riefen die Damen im Chor und klatschten, sobald sie die Hände frei hatten, und Andelora antwortete ihm mit bebender Stimme: »Sicher, mein Sohn. Nächsten Samstag, 20 Uhr, holst du sie hier vor dem Basso ab!«

Sie brauchten diesen äußerlichen Zwang, beide, Marilina genauso wie Antonio. Sie wären niemals freiwillig wieder aufeinander zugegangen, dafür waren die gegenseitigen Erwartungen und die erlittenen Enttäuschungen zu groß. Marilina galt im Rione als einfaches Mädchen, *acqua e sapone,* Wasser und Seife, auf natürliche Weise gesund und schön. Gleichzeitig hatte sie jene Entschlossenheit und Resolutheit, die man von einer Neapolitanerin erwartet.

Auch Cinzia ließ sich von Massimo nichts vormachen, beschimpfte ihn, stellte ihn bloß, verlangte, auf Händen getragen zu werden, und lebte ihre Launen ihm gegenüber in aller Öffentlichkeit aus. Massimo lachte, ertrug alles stoisch und gehorchte. Wenn Cinzia unter der Sonnenbrille und der dicken Schminke ein blaues Auge zu verstecken versuchte, wusste jeder, dass es Massimo den Hut gelupft hatte. Alle dachten, die Tracht Prügel stehe ihr längst zu, Massimo dürfe zuschlagen, wenn sie sich so aufspiele, niemals hätte man ihn deshalb verurteilt. Cinzia zahlte es ihm ohnehin auf ihre Weise heim. Trotzdem stand nie infrage, dass Massimo und Cinzia sich innigst liebten und dass die beiden bald heiraten würden.

Es war für alle Mitglieder der Paranza, für jeden jungen Mann im System, eines der wichtigsten Ziele, früh zu heiraten, früh Kinder zu haben. Ein bisschen war das wie bei einem Fußballstar. Man träumt von der Familie als Oase der Ruhe und Geborgenheit, in die man sich vor der harten Realität rettet. Als Mann im System konnte man sich schon in jungen Jahren und nicht erst weit nach dreißig, wie die meisten Neapolitaner, die eigene kleine Familie innerhalb der großen Familie leisten. Und das war so wichtig für jeden von ihnen: Man wusste nie, wie lange die eigene Karriere dauerte, sprich, wie lange man sich frei bewegen konnte. Wenn man am Ende nicht Frau und Kinder gehabt hatte, blieb gar nichts.

Antonio hätte, wie alle Jungs der Paranza, auch bald heiraten wollen. Wen, wenn nicht Marilina? Er würde mit Marilina die Wohnung im obersten Stock ihres Hauses beziehen, wo Antonio einst mit Bernarda, seiner Mamma, aufgewachsen war. Es gab keinen Grund, vorher aus der Wohnung von Zia Rosetta auszuziehen. Sie würden Kinder haben, Marilina würde ein Leben als Signora, als angesehene Frau, führen. Wer könnte ihr mehr bieten?

Der entscheidende Unterschied zu den anderen Mädchen im Rione bestand darin, dass es für Marilina keine Sekunde infrage kam, den Rest ihres Lebens, und dann auch noch als Abhängige eines Mafiaclans, im Rione zu fristen. Antonio wusste das, vielleicht wussten es auch ihre Freundinnen Cinzia und Antonella, aber nicht ihre Mutter Andelora, nicht ihre Familie, nicht die Männer und Frauen im Viertel. Man hätte sie für vollkommen verrückt erklärt.

Als Antonio am darauffolgenden Samstag seinen Wagen auf einem von der Familie geführten, illegalen Parkplatz abholte, erinnerte er sich an eines ihrer Gespräche gleich nach dem Unfall, als Marilina bei ihm im Krankenhaus an seinem Bett saß, unter der Decke seine Hand und auch andere Teile seines Körpers streichelte und sie sich im Flüsterton ihre gemeinsame Zukunft ausmalten. Marilina insistierte, dass sie aus diesem Teufelskreis namens Rione Esposito, aus Neapel, ausbrechen mussten. Die Paranza, das kriminelle Geschäft sei falsch, lebensgefährlich. Neapel, diese Lebensweise, total überholt. Es gebe eine Welt da draußen, die den Jungen offenstehe. Ob er es denn noch nicht mitgekriegt habe: Alle, die etwas im Kopf hätten, würden die Stadt verlassen, *brain drain.* Ob er noch nie etwas davon gehört habe?

»*Infame.* Willst du eine Verräterin sein?«, fragte Antonio empört. Von welcher »Welt« sie da spreche? Wo »da draußen«? Sie seien hier aufgewachsen, in einer wunderbaren Stadt, sie hätten ihre Sitten, ihre Traditionen, um die sie die ganze Welt beneide. Wer möchte nicht in einer solchen Stadt leben! Sie hätten ihren Rione, ihre Familie, ihre Freunde, und sie hätten vor allem einander. Das sei Reichtum. Wahrer Reichtum!

»Aber dieses Leben ist …« Er erwartete, dass sie sich wiederholen würde, dass sie »eng, perspektivlos, gewalttätig, kriminell, langweilig, versklavt« sagen würde. Sie hätte viele Adjektive brauchen können.

Sie schaute ihn mit großen Augen an, als habe sie eine Erleuchtung: »Aber dieses Leben ist nicht nachhaltig!«

»Nicht was …?« Antonio lachte, lachte sie aus. Das war ihre verkopfte Art, das waren die Begriffe, die überhaupt nicht zu ihnen und zum Leben im Rione passten.

Marilina schaute weg, als würde ihre Enttäuschung sie sonst mitreißen. Antonio wusste genau, was sie dachte: Wie soll ich mit einem Mann zusammen sein, der mich nicht versteht? Mit dem ich nicht einmal reden kann, ohne dass er mich auslacht?

Antonio fuhr im Cabriolet mit offenem Deck vor dem Basso von Andelora vor. Er hupte, die Männer, die vor der Bar standen, kamen auf ihn zu, grüßten, redeten auf ihn ein, wollten dieses oder jenes, er wehrte ab, sagte, es sei Samstag, 20 Uhr, er arbeite nicht mehr. Kinder kletterten auf die Kühlerhaube, bettelten um eine Spritztour. Es war ein warmer und feuchter Juniabend. Andelora trat aus ihrem Geschäft, sie trug ihre bunte Arbeitsschürze mit vollgestopften Taschen. »Marilina kommt gleich.« Sie schien besorgt, vermutlich hatten die beiden gestritten.

Als Marilina endlich auf dem Beifahrersitz Platz nahm, war Antonio erstaunt, dass sie überhaupt gekommen war. Er verscheuchte die Leute, die um sein Auto herumstanden, und fuhr los, ohne sie anzuschauen, ohne zu grüßen.

»Schließt du bitte das Dach?«

Er tat es.

»Nicht dass du glaubst, dass ich mich schäme, wenn man mich mit dir im Auto sieht.«

»Natürlich nicht«, sagte er. Es würde ein komplizierter Abend werden, das war klar.

»Wo wolltest du hin?«, fragte Marilina.

»Ich dachte, wir fahren nach Mergellina, beim Molo Luise wartet ein Boot auf uns. Eine Tour auf dem Meer?«

»Ich habe aber keinen Badeanzug dabei«, sagte sie trotzig.

»Macht das was?«

»Natürlich nicht«, sagte Marilina.

Er musste wieder an das denken, was ihn die ganze Woche beschäftigt hatte: Wenn sie schon kein Paar sein, wenn sie schon keine Kinder haben würden, wollte er ihr wenigstens einmal näherkommen. Wenigstens ein einziges Mal. Ihr so nah sein wie überhaupt möglich. Dann könnte er vielleicht für immer von ihr lassen.

Marilina fand die Yacht, die Antonio in der Marina Molo Luise für sie hatte bereitstellen lassen, widerlich. Sie weigerte sich auszusteigen. Sie war nicht dazu zu bewegen. Antonio stieg wieder ein, machte in Mergellina kehrt, sie kurvten weiter herum, mit geschlossenem Dach, geschlossenen Fenstern. Den atemberaubenden Sonnenuntergang hätte man von jeder Terrasse einer beliebigen Fischerkneipe genießen können. Aber immer, wenn Antonio halten wollte, sagte Marilina: »Fahr weiter.« Wenn er ein Lokal vorschlug, sagte sie: »Ich habe keinen Hunger.«

Antonio ließ das Radio und die Klimaanlage in voller Stärke laufen, wippte zur Musik, trommelte auf das Lenkrad, sodass die beiden sich nicht unterhalten konnten.

Irgendwann schlug Antonio die Richtung Viviano ein. Im Autodrom von Gennaro Tuttoapposto durften sie auf der Rennstrecke, obwohl die Anlage längst geschlossen war, ein paar Runden drehen, mit Marilinas Einverständnis endlich auch mit offenem Dach. Antonio schrie Lieder in die Nacht hinaus. Er sang: *»Femmena, tu si na malafemmena … Chist'uocchie 'e fatto chiagnere, lacreme e 'nfamità.«*

Marilina lachte sogar darüber. Er sang weiter und musterte sie endlich: Sie war hinreißend. Sie trug ein schwarzes, trägerloses Top, bunte Shorts und war mit einem unendlichen Foulard bedeckt, beinahe so wie der tote Christus in der barocken Cappella Sansevero. Ihre Beine waren so regelmäßig braun und glatt, dass auch sie wie mit Stoff bedeckt wirkten. Ein Bein mit der schwarzen Lederstiefelette am Fuß hing über die Seitentür. Antonio sang weiter: *»Femmena, tu si a chiù bella femmena … Te voglio bene, e t'odio nun te pozzo scurda'.«*

Jetzt lachte sie laut auf, strahlte ihn an. Sie wühlte in den CDs herum und schob eine CD mit Liedern ein, von denen sie wusste, dass sie beide mitsingen konnten. So machten sie vier Runden im Autodrom, in die Nacht grölend. Dann fragte Antonio: »Hast du jetzt Hunger?« Und sie sagte: »Klar!«

Antonio parkte den Wagen vor der Pizzeria der Rennstrecke. In der Bar saßen zwei Angestellte vor einem Fernseh-Sportkanal. Er ließ eine Pizza aufwärmen und bestellte zwei große Cola-Pappbecher, gefüllt mit Aperol Spritz. Marilina und Antonio aßen im Auto auf dem Parkplatz, den Karton zwischen ihre Sitze geklemmt. Sie hatte ihren Schleier abgestreift, das trägerlose Top schnürte ihre Brust ein, sie tranken und schmatzten. Sie leckte sich die Schaumwein- und Tomatenspuren von den Lippen. Er küsste sie ohne Vorwarnung und sie jaulte theatralisch auf, lachte, verspritzte etwas Aperol. Im Hintergrund lief immer noch die Musik: Pino Daniele.

»Ich möchte dir etwas zeigen«, sagte Antonio. Sie fuhren die steilen Rampen zum Castello hoch. Das Tor war mit schweren Ketten verschlossen, Antonio wusste, wo der Schlüssel versteckt war, er hatte ja schon oft die in den Kellern deponierten Drogen und Schmuggelwaren abgeholt. Marilina stieß das Tor auf, damit er in den Hof fahren konnte. Eigentlich wollte er ihr die Aussicht zeigen, von der er ihr oft vorgeschwärmt hatte. Sie setzte sich wieder zu ihm ins Auto. Als er die Handbremse anzog, legte sie ihre Arme um seinen Hals. Es war stockfinster, man hörte Millionen von Grillen zirpen, man hörte den Abendwind rauschen, der vom Vesuv zum Meer zog.

Sie küssten sich. Es waren andere Küsse als mit den Mädchen in Posillipo, dachte Antonio. Schlechtere, ungewissere Küsse. Es waren keine Küsse, die darauf abzielten, die Lust zu steigern. Es waren gedankenvolle Küsse. Warum, fragte sich Antonio. Warum nur will sie mich nicht heiraten? Warum sollen wir nicht Kinder bekommen, die hier in diesem Garten spielen?

Er schob ihr Top nach unten. Sie knöpfte seine Hose auf. Ihre Zungen suchten und begegneten sich. Er tastete nach dem Knopf ihrer Shorts. Marilina stoppte seine Hand, verhinderte, dass er die Hose über ihren Po schieben konnte. Er streckte seine Hand in ihren Slip, das ließ sie zu, während sie sein Glied umfasste und massierte. Er versuchte wieder, sie auszuziehen. Sie hielt ihn erneut zurück, indem sie energisch auf seinen Handrücken schlug. Dann lösten sie sich aus ihrer Umarmung und blickten sich in die Augen.

Während meine Frau von Orvieto direkt nach Hause fuhr, wollte ich noch zwei Tage in Neapel anhängen. Mein zweiter Anzug war abholbereit und ich sollte bei Maestro Ippolito den Stoff für einen Mantel auswählen. Es sei das letzte Stück, das ich mir schneidern lasse, darauf hatte ich meiner Frau mein Ehrenwort gegeben.

Mit Donato hatte ich vereinbart, dass wir gemeinsam den Ort besichtigen würden, wo 2010 die große Schießerei stattgefunden hatte. Er hatte mich mit den Polizeiakten versorgt, die über die Bluttat in der Wohnung über der Bar Fratelli d'Italia erstellt worden waren. So hieß die Bar damals. Das Kommando der Baranos, stand in den Akten, hatte das sogenannte *Regenorchester* angewandt. Dabei schießen drei Schützen mit Scheibenwischerbewegungen ihre Maschinengewehrmagazine leer, während ein vierter auf einen bestimmten Punkt zielt. Dieser Punkt war Massimo gewesen. Die Baranos hatten es nur auf die Führung der Paranza abgesehen, auf Massimo und auf Antonio. Dass Jonathan, der seinerseits die Paranza der Baranos anführte, beide Espositos auf einen Schlag hatte auslöschen wollen und deshalb seine Flucht verzögerte, hat ihn schließlich das Leben gekostet. So hatten beide Familien, die Baranos und die Espositos, nach diesem Sonntag ihre *rampolli,* ihren vielversprechenden Nachwuchs, verloren. Wenn sich die Familien gegenseitig töten, gehen immer beide unter. Der Avvocato hat es in einem seiner Interviews später so umschrieben:

»Das Projekt Nuova Famiglia Organizzata war am Ende eines Zyklus angelangt.«

Ich rief noch einmal den »Möbelpacker« Maurizio an, den *capozona* des Viertels Arenella.

»Wer? Aus der Schweiz?« Maurizio erkannte mich nicht sofort. »Ah. Du hast es dir überlegt!«, sagte er dann. »Willst du ins Geschäft einsteigen?«

»Mach keine solchen Witze, bitte!«

»Du hast es geglaubt! Gib es zu!« Maurizio schüttelte sich vor Lachen. »Hundertfünfzigtausend pro Monat! Du hast bestimmt schon Pläne geschmiedet, was du mit dem kleinen Zusatzverdienst anstellen würdest. Ich fasse es nicht. Diese Schweizer! Aber es ist überall so: Wer nicht gierig nach Geld ist, verdient kein Geld.« Dann wurde er ernst: »Du hast dein Versprechen gehalten? Du hast Maestro Lodovico nichts verraten?«

Ich fragte, wie es seiner Tochter gehe, er dankte für die Nachfrage, so weit alles gut. Sie werde immer schwerer. Das sei vor allem für Bellamore ein Problem. Sie müssten unbedingt die Wohnung behindertengerecht einrichten. Was das wieder koste!

»Und die Geschäfte?«

»Schlecht, wie immer.«

»Du hättest mir sagen können, dass eure Bar an der Piazza Medaglie d'oro vorher den Espositos gehörte.«

»Was kümmern dich die Espositos? Die sind doch längst im MAN.«

MAN: Museo Archeologico di Napoli, nahm ich an.

»Ich will mit einem Freund den Tatort besichtigen. Da, wo die Schießerei war, wo Jonathan Barano und Massimo Esposito umkamen. Kannst du mir Zutritt verschaffen?«

Ich traf Donato auf der Piazza Dante. Er war ein paar Tage *zu Hause* gewesen, wie er sagte, in Hirpinien.

»Ich gehe kaum mehr ins Dorf meiner Eltern«, bekannte ich.

»Vor dem Erdbeben war Hirpinien einfach nur ein armer, abgelegener Landstrich. Heute, vierzig Jahre später, ist es eine absolut entvölkerte und vergessene Gegend.«

Donato schien ungewöhnlich niedergeschlagen. Vielleicht lag das aber auch an meinen ewig gleichen Fragen, die ihn inzwischen anöden mussten. In der U-Bahn wollte ich von ihm wissen, warum sich die Banden immer wieder gegenseitig töteten. Das sei doch sinnlos.

»Nein, das ist die Logik des Verbrechens, dem wiederum die Logik des Kapitalismus innewohnt: Entweder du wirst mächtiger und reicher – oder du verschwindest.«

Es war ein großes Gedränge in der U-Bahn, obwohl die Tageszeit keine hohe Frequenz hätte vermuten lassen. Offenbar waren die letzten vier fahrplanmäßigen Fahrten ausgefallen. Um uns herum standen vor allem Schwarze mit prall gefüllten Plastiktaschen. Meine Stirn war fast an Donatos Backe gepresst, als er mir unvermittelt eine Anekdote aus seinen Anfängen als Chronist erzählte: »In den frühen neunziger Jahren habe ich eine Reportage über drei streunende Jungs aus dem Problemviertel Quartieri Spagnoli geschrieben. Brüder, acht-, neun- und zehnjährig. Sie gingen nicht zur Schule, trieben sich bis weit nach Mitternacht auf der Straße herum, rauchten und hatten immer Geld. Nicht von Diebstählen. Sie waren jeden Tag am Hafen, warteten, bis die Soldaten von Bord kamen, und führten sie zu den Prostituierten in die Quartieri Spagnoli. Sie kriegten von den Soldaten jeweils einen Dollar und von den Puffmüttern pro Klienten tausend Lire. Die meisten Marines der in Neapel stationierten sechsten Flotte der US Navy waren Afroamerikaner. Sie trugen dunkle Uniformen, weiße Hüte mit schwarzer Krempe und hatten leuchtend goldene Knöpfe an der Uniform. Der Fotograf und ich sind den Jungs eine Nacht lang gefolgt, wie sie an den Händen der schwarzen Soldaten durch Neapel stolzierten. Die Neapolitaner blieben stehen, wenn sie die Gassen hochschritten, machten ehrfurchtsvoll Platz, viele applaudierten spontan. Die Soldaten standen für die Schutzmacht Amerika und für das Auswanderungsland, von dem alle träumten.«

Und während ich mir überlegte, was Donato mir mit dieser Anekdote sagen wollte – vielleicht dass Schwarze heute auf Afrika und nicht mehr auf Amerika verweisen –, waren wir endlich bei der U-Bahn-Haltestelle Piazza Medaglie d'oro angekommen. Es war gegen 4 Uhr. Dichter Verkehr auf der Kreuzung. Die Tische vor der Joy caffè bar und die Bar selbst waren leer. Die Auslage für das Gebäck und die Snacks auch. Maurizio hatte mir am Telefon gesagt, dass er vielleicht vorbeischauen würde. Er könne nichts versprechen. Aber ob ich am nächsten Abend zu ihm und Bellamore zum Essen kommen möchte. Da sei ich leider bereits wieder in der Schweiz, entschuldigte ich mich.

Die Bedienung, ein junger Mann, war noch unmotivierter bei der Sache als seine Kollegin Marcella beim letzten Mal. Wir bestellten zwei Kaffee, die so abscheulich schmeckten, dass Donato fragte: »Hat Neapel gestern verloren?« Der Barista antwortete humorfrei: »Warum? Die haben doch gar nicht gespielt?«

Der Plan des Avvocato sah vor, das Einflussgebiet der Baranos mit billigen Drogen zu überschwemmen und ihnen so die wirtschaftliche Basis zu entziehen. Die Bar sollte als Umschlagplatz dienen und von der Paranza vordergründig als

Treffpunkt für junge Leute betrieben werden. Coviello und Genni, die sich als besonders fähig im Aufschäumen von Cappuccino und Latte Macchiato, im Mixen von Gin Fizz und Aperol Spritz erwiesen hatten, standen am Tresen und wechselten sich mit den Schichten ab. Lello und Vischié wurden nach Bedarf zugeteilt. Gigino, der Junge mit Down-Syndrom, war ihr *munaciello,* ihr guter, aber auch unberechenbarer Hausgeist, dessen kaltblütige Ermordung die Jungs im Jahr darauf beweinten, wie Vischié mir in der Bar des Hochzeitstempels erzählt hatte. Der Nirone arbeitete derweil als Laufbursche im Hintergrund und wohnte, als Einziger der Paranza, vorübergehend unter der Bar, in einem der Keller zum Hinterhof.

Ich legte das Geld für die Konsumation auf den Tresen und sagte, dass Maurizio uns die Erlaubnis gegeben habe, die zur Bar gehörende Wohnung im ersten Stock, die Keller und Garagen im Hinterhof zu besichtigen. Die Schlüssel lägen bei der Kasse links hinter den Spielkarten. Er wisse schon, wo die Schlüssel seien, sagte der Barista.

Im ersten Stock angelangt, zogen Donato und ich Handschuhe an, bevor ich aufsperrte. Es war wohl klug, hier keine Fingerabdrücke zu hinterlassen. Die Wohnung war rudimentär eingerichtet: ein paar aufgereihte Tische, dahinter Stühle. Lampen auf jedem Tisch, daneben jeweils eine Küchenwaage aus Plastik mit orangem Deckel, wie sie meine Mamma in den siebziger Jahren benutzt hatte. Auf jedem Tisch stand zudem ein Computer. Die Vorstellung, dass sich Dealer und Junkies auf schummrigen Plätzen treffen, sei veraltet, meinte Donato. »Es gibt Dating-Plattformen. Manche Dealer nutzen sogar Ebay. Geliefert wird frei Haus mit Kurieren, ähnlich wie bei einem Pizzaservice.« Immer häufiger kämen auch Drohnen zum Einsatz. Das Geschäft sei weitgehend digitalisiert. Deals in erbärmlich pittoresker Kulisse gebe es nur noch in den Camorrafilmen.

»Damals«, fügte ich hinzu, »war diese Wohnung vermutlich mit Altar, Heiligenstatuen, Kerzen und Porzellan aus Capodimonte ausgestattet. Was Massimo eben so brauchte, wenn die Paranza sich für ihre Rituale versammelte, immer zur gleichen Zeit am gleichen Tag. Sonntags, wenn die Bar geschlossen war. Sonntag, der Ruhetag, den auch die ruchlosesten Camorristi heiligen …« Ich schmunzelte bei der Vorstellung: pure Räuberromantik. »Natürlich hatten es die Espositos darauf angelegt, dass die Baranos die Bar und die Wohnung entdeckten. Ein trojanisches Pferd mitten im Herrschaftsgebiet der Baranos. Das gefiel Antonio bestimmt!«

Wir stiegen die Außentreppen hinunter in den Innenhof. Wo hatte Antonio gewohnt? Im Polizeibericht stand, dass ein Feldbett in einer Garage aufgestellt war. Es gab verschiedene Abstellkammern, die infrage kamen. Hier irgendwo hatte Antonio geschlafen, zwischen seinen Kleidern und seinem Roller. Fließend Wasser gab es keines. Er rasierte sich über einer Schüssel mithilfe eines Handspiegels. Zur Toilette musste er über den Hof zur Bar.

Antonios Mord (25. April 2010)

Der Avvocato hatte analysiert, dass die Baranos, wie die meisten Drogenkartelle, zu viele verschiedene Drogen anboten und zu große Lager hielten. Ein Fehler. Ein breites Sortiment und große Lagerbestände bedeuten höhere Fixkosten und höheres Risiko. Beides erdrückt den Gewinn. Der Avvocato selbst setzte auf ein einziges Produkt: Kokain. Es wurde in Form von Kügelchen in Plastikröhrchen abgefüllt und liebevoll *globuli* genannt. Drogen müsse man sich jeden Tag leisten können, sinnierte er. So wie die Ahnen jeden Tag ihren Wein getrunken hätten, ohne dass er ihnen geschadet habe, setzte der Avvocato auf die tägliche Portion gutes Koks, die man zu sich nehmen solle, um morgens gestärkt in den Tag oder abends mit guter Laune in die Nacht zu kommen.

Die billigen *globuli* wurden ein Renner. Die Paranza überschwemmte damit den Vomero und die Arenella. Selbst in den Tabacchi zwischen denLottoscheinen und den Süßigkeiten wurden Röhrchen mit diesen neuartigen »homöopathischen« Kügelchen angepriesen, die sensationell gegen Müdigkeit und Niedergeschlagenheit wirkten und überdies appetitmindernd waren.

Die Baranos spürten die Konkurrenz, ihr Drogenumsatz nahm rapide ab. Sie wurden entsprechend nervös. Man sah die Paranza der Baranos immer häufiger patrouillieren, Leute befragen, drohen. Der Avvocato wusste, dass die Lage für das Kartell der Baranos ungemütlich wurde. Er erklärte Antonio, der ihn wöchentlich im Gefängnis von Poggioreale besuchte, dass die Baranos den Stoff, den sie im Golf von Neapel von den Schiffen der Sizilianer übernahmen, unmittelbar bezahlen mussten. Länger als ein halbes Jahr würden sie die fehlenden Einnahmen nicht kompensieren können – und ohne Geld keine weiteren Lieferungen. Und dann werde die NFO auf den Plan treten. Der Drogenhandel der ganzen Stadt werde über sie laufen. Zu ihren Konditionen!

»Wir werden die Stadt mit Stoff überschwemmen!«, rief Antonio triumphierend.

»Im Gegenteil. Wir werden die Preise anheben, sobald der Hauptkonkurrent vom Markt ist. Der Drogenkonsum in

Neapel wird zurückgehen. Die NFO wird mit weniger Verkauf, also mit geringerem Risiko, mehr Geld verdienen. Das ist Ökonomie, mein Sohn.«

Bald durchschauten die Baranos wie erhofft die Funktion der Bar Fratelli d'Italia und der darüberliegenden Wohnung. Die Gefahr, dass ein Kommando während der Öffnungszeiten in die Bar eindringen würde, schätzten Massimo und Antonio als gering ein. Die Baranos waren nicht an Schlagzeilen in ihrem eigenen Viertel interessiert, zumal wenn dabei auch Zivilisten gefährdet wurden. Ein Überfall auf ein Treffen der Paranza in der Wohnung im ersten Stock war sehr viel naheliegender. Bestimmt war ihnen inzwischen auch das Sonntagsritual bekannt. Die Aussicht, ihre Gegner schallgedämpft auf einen Schlag ausmerzen zu können, war zu appetitlich für die Baranos, sagte sich Antonio. Das Rollgitter der geschlossenen Bar zu knacken, war ein Kinderspiel. Dann von der Bar in den Hinterhof eindringen und die Feuerleiter hoch. Vier, fünf Maschinengewehrsalven mitten in die Versammlung der Espositos. Das wäre das Ende der Paranza.

Am 25. April feiert Italien den Tag der Befreiung. Die Espositos hatten klare Hinweise, dass die Baranos an diesem oder an einem der nächsten Sonntage zuschlagen wollten.

Antonio war der entscheidende Mosaikstein im Verteidigungskonzept der Espositos: Er sollte in seinem Hinterhofzimmer mit einem Gewehr mit Zielfernrohr lauern. Sobald Jonathan Barano sich zeigen würde, würde er ihn erschießen, nur ihn. Ein präziser Schuss in die Brust, aus sechs bis sieben Meter Entfernung. Falls die anderen Mitglieder der Paranza fliehen sollten, wäre das Ding gelaufen. Falls nicht, würden sie abgeknallt. Die Jungs oben, durch

Antonios Schuss alarmiert, stünden mit ihren Waffen an den Fenstern zum Hof bereit.

Antonio brachte sich früh in der Garage in Stellung. Es war ein langer, stiller Sonntagnachmittag. Kein Verkehr auf der Piazza Medaglie d'oro, keine Leute auf den Gehsteigen, überhaupt nichts war los im Viertel Arenella. Der SSC Neapel trug ein Heimspiel aus. Die Jungs der Paranza sahen sich wie immer das Spiel in einer Bar oder einem Spielsalon gemeinsam an. Antonio blieb derweil in seiner Abstellkammer und verfolgte am Radio die Direktübertragung *Tutto il calcio minuto per minuto.* Neapel spielte ein enttäuschendes 0:0 gegen Cagliari, die Qualifikation für die Champions League rückte in weite Ferne. Um 18 Uhr hörte er, wie Massimo und die anderen Jungs durchs Treppenhaus in die Wohnung stiegen. Er bereitete sein Gewehr vor. Die Tür zum Hof einen Spalt weit offen, überblickte er den Weg vom Hinterausgang der Bar zur Feuertreppe und hinauf zum Wohnzimmer im ersten Stock, wo bald die Kerzen angezündet wurden. Ganz leise hörte er am Radio die Spielanalysen der Experten, die Interviews *post partita* mit Trainern und Spielern.

Antonio wusste, was drüben in der Bar geschehen und wie es klingen musste: Das Rollgitter würde so weit nach oben geschoben, dass die Baranos die Tür aufbrechen und unten durchkriechen konnten. Als er die ersten Geräusche aus Richtung Bar hörte, war er erstaunt: Nach Rollgitter klangen sie nicht. Er horchte. Nichts war mehr zu hören. Er zögerte, die vorbereitete Warn-SMS an Massimo loszuschicken. Vielleicht doch nur ein Nachbar, der heimgekehrt war? Antonio war versucht, hinauszugehen und zu kontrollieren. Es könnte natürlich eine Falle sein: Wer sich zuerst rührt, wer zuerst die Geduld verliert, hat verloren. Darauf würde er nicht hereinfallen. Er wartete ab. Die Spannung stieg, er beschloss, die SMS loszuschicken: lieber ein falscher Alarm als ein verpasster.

Da stieg ein süßlicher Geruch in seine Nase. Er schnupperte, es roch angenehm, eine Mischung aus Benzin und Hefe. Im nächsten Augenblick spürte er einen stechenden Schmerz im Kopf, seine Hände begannen zu zittern. Er versuchte, die Nachricht loszuschicken, doch er hatte kein Gefühl mehr in seiner Hand, als sei sie eingeschlafen. Er spürte ein Zucken in den Muskeln, dann Krämpfe.

Seine Augen bissen qualvoll. Er ließ sich fallen, das Gewehr entglitt ihm. Im Hinterhof hatte sich ein nebliger Rauch ausgebreitet. Er erkannte blinzelnd, wie vier Gestalten mit Gasmasken die Feuertreppe hochstiegen. Die Beine konnte er noch am besten bewegen. Er kroch, die Waffe geschultert, aus der Garage. Er versuchte zu schreien, die anderen wenigstens so zu warnen. Mehr als ein Röcheln brachte er jedoch nicht über die Lippen. Einer der Typen stand plötzlich vor ihm und zielte auf ihn. Ein Zweiter zog ihm brüsk die Waffe herunter. Er gab ihm zu verstehen, ihm zu folgen und Antonio, der auch so außer Gefecht schien, nicht weiter zu beachten. Die vier stiegen vorsichtig die Treppe hoch, um keine Geräusche zu verursachen. Antonio war inzwischen über die Türschwelle in die Bar gekrochen. Dort hatte sich das Gas noch nicht so stark ausgebreitet. Er erinnerte sich, was sie bei Dragan in der Schweiz über chemische Kampfstoffe im Jugoslawienkrieg gelernt hatten. Er brauchte Milch aus der Kühltruhe. Wenn er sich damit die Augen ausreiben konnte, würde schnell Linderung eintreten. Antonio machte sich Vorwürfe. Was war er nur für ein Versager. Er hatte einfach keinen Killerinstinkt. Zu leicht hatte er sich außer Gefecht setzen lassen.

In der Kühltruhe stand eine Flasche mit Ziegenmilch. Er rieb sich die Augen damit aus, trank den Rest der Flasche leer. Er massierte seine Muskeln, band sich ein Abtrockentuch um Mund und Nase, packte das Gewehr, kontrollierte, ob es schussbereit war. Er robbte, so schnell es ihm möglich war, zurück zur Hinterhoftür. Aus dem oberen Stock ertönten Maschinengewehrsalven. Schreie. Schüsse als Antwort. Die vier Maskierten zogen sich auf die Feuertreppe zurück.

Der Vorderste stieg ein paar Stufen hinunter und schlug das Fenster zum Treppenhaus ein. Antonio legte sich mit dem Gewehr in Position und richtete das Zielfernrohr. Die ersten zwei waren durchs Fenster abgehauen. Der Dritte blieb zurück.

»Was machst du?«, rief der Letzte. »Los, weiter!« Der Hinterhof war wie ein Echoraum. Antonio erkannte die Stimme, die antwortete: »Der Neger. Wir müssen ihn erledigen.« Jonathan Barano hatte die Gasmaske über die Stirn geschoben. Der Rauch hatte sich verzogen. Er legte sein Maschinengewehr in Anschlag und feuerte in Richtung von Antonios Kammer. Schallgedämpft klangen die Schüsse wie das Klackern zweier Holzstäbe. Er ließ den Blick über den Hof schweifen. Antonio verzögerte seinen Schuss, steht in der Polizeiakte. Antonio wollte, dass Jonathan Barano ihn erkannte. Er wollte, dass Jonathan Barano das Gewehr, das auf sein Herz zielte, sah. Dann drückte er ab.

Antonio Esposito tötete Jonathan Barano.

Donato konnte nicht mit mir essen. Er musste zurück in die Redaktion. Ob wir uns nach der Arbeit zu einem Absacker treffen wollten? Um elf? Er werde mich bei meinem B&B abholen.

So verbrachte ich den Abend allein in meinem Zimmer.

Ich war enttäuscht. Es gefiel mir nicht, was ich in den Polizeiakten gelesen hatte. Worauf hatte ich gehofft? Auf einen Camorraboss, der Gewalt ablehnte?

Neapel ist eine brutale Stadt, selbst ohne Verbrechen. Eine Postkartenidylle, aber eigentlich unbewohnbar. Das Erdbeben, die Armut, die Korruption, das ganze Leid. Auch ich hätte das alles akzeptiert, wenn ich hier aufgewachsen wäre, bildete ich mir ein.

Ich war auf der Suche nach einer Biografie, und je mehr ich von ihr entdeckte, desto schrecklicher war sie. Desto mehr vermisste ich meine eigene, verpasste Biografie.

Es gab drei Dinge, die ich, im Gegensatz zu Donato, nur aus zweiter Hand erlebt hatte: Maradona als Fußballer, Pino Daniele als Musiker und Massimo Troisi als Schauspieler. Ich wagte gar nicht, Donato zu fragen, ob er einmal bei einer Vorstellung von Massimo Troisi gewesen sei. Das war er ganz bestimmt.

Ich hatte mir zweimal den Film *Il Postino* auf meinem Laptop angeschaut, und Donato hatte noch immer nicht geklingelt. Der Film bietet klischierte Landschaften, stereotype und oberflächliche Figuren. Die Moral wird mit dem Vorschlaghammer vorgetragen. Ein Film über ein Gedicht, das man nie hört. Und dann muss die Angebetete – ein Mädchen in den fünfziger Jahren in Süditalien – auch noch Beatrice heißen!

Das kann man alles kritsieren. Schreckliches Machwerk. Und doch: Der Film ist mehr als ein Film. Wegen Massimo Troisi. Troisi spielt nicht, er ist. In der Schlüsselszene spricht Troisi in der Rolle des Postboten zu Philippe Noiret, der den Dichter Neruda verkörpert: »Wenn ich Sie also richtig verstanden habe, dann ist die ganze Welt, mit dem Meer, dem Himmel, dem Regen, den Wolken ...«

»Jetzt kannst du sagen und so weiter«, unterbricht Neruda.

»Und so weiter, und so weiter ... Dann ist die ganze Welt die Metapher von etwas ...«

Neruda schaut verblüfft, zögert.

»Ho detto una stronzata«, sagt Mario, *»scusi, maestro.* Ich habe eine Dummheit gesagt, entschuldigen Sie, Maestro ...«

»Nein, nein«, sagt Neruda. »Das ist keine Dummheit. Ich werde darüber nachdenken ... Ich nehme jetzt ein Bad, und morgen werde ich dir eine Antwort geben.«

Ich telefonierte in die Schweiz, es war schon spät, doch zu meinem großen Trost ging meine Frau dran, und ich konnte mich bei ihr darüber beklagen, dass Neruda sein Versprechen nicht eingehalten habe.

»Aber Neruda hat dem Postboten doch ein Heft geschenkt für die Metaphern. Das war die Antwort«, sagte sie verschlafen.

»Es hat immer geheißen«, redete ich weiter, »der Film sei abgedreht gewesen, als Massimo Troisi starb. Aber das stimmt nicht, nur *seine* Szenen waren fertig. Die letzten Szenen des Films, wenn Neruda nach fünf Jahren zurückkommt, mussten sie noch drehen. Sie hätten die Arbeiten ständig unterbrechen müssen, weil sie nicht spielen konnten, hat Maria Grazia Cucinotta erzählt. Man sieht ganz deutlich Noirets gerötete Augen in diesen Szenen. Und weißt du, was Noiret in einem Interview gesagt hat? Troisi habe in diesem Film seine Seele gezeigt. Das sei viel mehr als Talent, als Genie. Es sei die absolute Hingabe: *Le don de soi.*«

Endlich, es war nach Mitternacht, klingelte Donato. Draußen war immer noch einiges los, wir gingen zusammen von der Piazza Carità über Spaccanapoli zur Piazza del Gesù und setzten uns auf den Sockel des Obelisken.

Donato fragte, was mit mir los sei.

Ich sagte ihm, es falle mir schwer, mir vorzustellen, dass Antonio einen Menschen getötet habe. Es sei beinahe, als hätte ich selber jemanden getötet.

Er verstehe, was ich meine, antwortete Donato nach einer Pause.

»Seine Biografie in einem fremden Leben zu suchen, ist kein harmloses Spiel.« Er habe, als er sein Buch über das Erdbeben schrieb, festgestellt: »Wer erzählt, wer wirklich erzählt, kann nur über sich erzählen.«

7.

In unserer Altbauwohnung gab es keine Zentralheizung, einzig den Ölofen in der Stube und einen Gasbrenner im Heimarbeitszimmer. Ich teilte mir ein Zimmer, das, außer im Sommer, wenn wir in Hirpinien waren, zu kalt war, mit meinem Bruder. Meine noch jüngere Schwester schlief bei ihnen.

Das WC ein Schlauch. Um zu spülen, muss man am Wasserhahn drehen. Ein durchdringender, quietschender Ton begleitet das Öffnen. Gegenüber der Kloschüssel hängt das Waschbecken an den kahlen Fliesen. Kaum Platz dazwischen, um sich beim Erbrechen über die Schüssel zu beugen. Ich stoße bei jeder Kontraktion des Magens mit dem Rücken heftig an das Becken. Einmal knalle ich mit dem Hinterkopf so stark dagegen, dass ich mir eine baumnussgroße Beule hole. Danach knie ich mich vor der Schüssel auf den Boden.

Sie wollen zurück. Der Kleine soll bald eingeschult werden. Sie sagen, das sei der ideale Zeitpunkt.

Alles wartet dort auf sie. Die großzügigen, gekachelten Räume im Erdgeschoss sind perfekt ausgestattet für die Produktion von Teigwaren, die sieben Privaträume im ersten Stock mit Zentralheizung sind vorbereitet, der Warmwasserboiler, das Badezimmer mit Badewanne, ein zweites Bad mit Dusche ebenfalls. Nach jahrelangen Bauarbeiten und sorgsamer Renovierung – zum Großteil in den Sommerferien abgeleistet – ist das komfortable Haus an der viel befahrenen Hauptstraße bezugsbereit. Was für eine Villa die beiden sich errichtet haben! Mit großer Genugtuung schreitet er durchs Dorf und nimmt die Komplimente der Dorfbewohner entgegen. Das hilft ihm dabei, die Mauscheleien der Handwerker zu ertragen.

Er werde zum 31. Dezember seine Stelle kündigen, sagt er einem Paesano, der internationale Umzüge organisiert und vorbeigekommen ist, um das Datum zu vereinbaren.

Ich liege im Nebenzimmer unter meiner Decke, friere trotzdem, und kriege alles mit. Man hat mich an diesem Abend noch früher als sonst mit meinem Bruder ins Bett geschickt.

Ich höre den gedämpften Stimmen der Erwachsenen zu und kann es nicht fassen.

Alles, nur das nicht.

Er gilt als tüchtig. Er hat sich, dem Süden einmal entronnen, alles, was er können musste, selbst beigebracht. Als Siebzehnjähriger lernte er pflügen, säen, ziehen, pflücken, dreschen, einfahren. Später war er Straßenbauer, lernte den Umgang mit dem Pressluftbohrer und der Teermaschine und kelterte aus geklauten Chasselas-Trauben bei der Villa von Charly Chaplin Wein. In Wolfsburg stand er zwei Saisons am Fließband. Die nächste Saison war er *muratore,* rührte Zement und Kalk an, zog Backsteinmauern hoch, verputzte sie.

Sie steht ihm in nichts nach. Heimarbeit im Akkord bis spätnachts und emsiges Haushalten bis zum Umfallen. Jede geschälte und eingemachte Tomate, die wir essen, geht durch ihre Hände. Fallobst aus den umliegenden Gärten wird gesammelt und zu Most verarbeitet. Eines Abends knallt einer der Korken weg und der gärende Saft spritzt wie ein Zuckerstock an die Küchendecke.

Dann, eines Tages, erhält er die gut bezahlte, pensionskassenberechtigte Schichtarbeitsstelle in der Textilfabrik. Jeden Morgen um halb fünf wird er nun vor der Wohnung vom Firmenbus abgeholt, nach Mitternacht, wenn er Spätschicht hat, wieder zu Hause abgestellt. Kein Schwitzen mehr unter der sengenden Sonne, kein Frieren mehr im Winternebel.

Was will er denn mehr?

Jedes Kind weiß, dass dort nichts ist wie hier. Wenn man dort kein Geld hat, dann bleibt das so. Denn wer Geld hat, der hatte entweder schon immer welches, oder er hat es sich genommen. Über den Fleiß führt kein Weg.

Sie will handgemachte Pasta am Straßenrand anbieten?

Niemand hält per Zufall vor eurem Haus, niemand kauft einfach so eure Fusilli oder Orecchiette. Wie wollt ihr Geschäfte machen ohne Beziehungen? Ihr werdet in null Komma nichts ausgenommen wie Weihnachtsgänse. Das kann nicht euer Ernst sein! Ihr seid blind vor Heimweh. Ich muss das verhindern, möchte ich ihnen ins Gesicht schreien. Koste es, was es wolle. Was es wolle.

Der Möbeltransporteur lobt den Amaro Averna, den sie ihm anbietet. »Signora, trinken Sie Ihren Sambuca nicht?«, fragt er. Sie stoßen an, bevor er geht.

Dann stehen die beiden wie jeden Abend, wenn er Frühschicht hat, am Ölofen in der Stube, reiben ihre Hände aneinander und tanken ein letztes bisschen Wärme. Er redet auf sie ein, bevor er sich, noch vor acht, mit meiner Schwester ins eiskalte Schlafzimmer zurückzieht, sie sich ins Heimarbeitszimmer setzt und von mir und meinem Bruder erwartet wird, dass wir keinen Mucks mehr machen.

»Es wird alles gut«, höre ich seine tiefe Stimme durch das Rohr, das über meinem Bett im Kamin verschwindet, flüstern. »Wir werden dort eine glückliche Familie sein.«

Das stimmt nicht. Niemand ist dort glücklich. Niemals hattest du es gut. Deine Mutter hat dich zur Arbeit geschickt, als du acht warst. Du hast Hunger gelitten. Du hast im Dreck gewühlt. Ihr hattet nichts. Nichts!

»Vertraue mir«, höre ich ihn weitersprechen. »Es wird ihm an nichts fehlen. Die Sommer wird er am Meer verbringen, die Winter in unserer Villa am Kaminfeuer sitzen. Sagen uns die Lehrer nicht, was er für ein intelligenter Junge ist? Dort wird er den ganzen Tag lesen können. Sich zu den Essenszeiten an den gedeckten Tisch setzen. In Italien wird er ein Signore sein. Hier macht er sich Illusionen, weil er ihre Sprache kann. Er sieht nicht, wie sie uns hier behandeln. Was sie von uns halten. Er versteht nicht, dass sie uns loswerden wollen. Alle.«

Ich fahre immer häufiger heimlich zu meiner früheren Tagesmutter, die für sie nur *la vecchia,* die Alte, ist. Als sie mich das erste Mal zu ihr brachten, war ich neun Monate alt, sie zweiundsechzig Jahre. Vorher sei ich bei einer anderen Schweizerin gewesen, da hätte ich es schlecht gehabt.

»Mir passiert nicht dasselbe wie Claudio aus der Parallelklasse. Ich werde bei dir bleiben.«

»Das geht nicht«, sagt sie. »Ich bin nicht deine Mutter.«

»Du bist genauso meine Mutter wie sie.«

Sie werde mir Päckchen mit meinen Lieblingspralinen schicken, sagt sie. Wir weinen. Ich öffne die Schachtel, die bei meinen Besuchen immer für mich bereitsteht, und stopfe die Pralinen in mich hinein. Die ganze Packung auf einmal.

Zu Hause setze ich mich an den Esstisch, starre auf den Pastateller und esse nicht. Es wird kein Wort gesprochen. Er tut, als würde er mein Verhalten gar nicht bemerken. Er ist sicher, dass ich das nicht lange durchhalten werde, so verfressen, wie ich bin. Sie dreht mir den Rücken zu, damit ich ihre verweinten Augen nicht sehe, und füttert meine Schwester.

Aber ich halte durch. Tage, Wochen. Ich esse mein Frühstück und von da an nichts mehr. Sie beklagt sich bei ihm. Er müsse etwas tun.

»Wollen wir doch sehen, ob der nicht isst.« Er zieht den Gürtel aus den Schlaufen seiner Hose, knallt damit wie mit einer Geißel auf den Steinboden der Küche.

Wir schauen uns herausfordernd in die Augen ... und ich beginne zu essen, eine Gabel nach der anderen. Er schaut, halb misstrauisch, halb ungläubig, dann schlauft er seinen Gürtel wieder ein und beugt sich über seinen Teller.

Nach dem Essen kotze ich auf der Toilette alles wieder aus. So mache ich es von da an immer. Jeden Mittag und jeden Abend, gut hörbar. Ins Klo. Oder in den Garten. Oder, als er beginnt, nach dem Essen Haustür und Klo zu versperren, in mein Bett.

Ich kehre mittags immer seltener heim. Verstecke mich im Gebüsch hinter dem Pausenplatz, wenn sie mich suchen kommt. Wenn ich lange Schule habe, will sie mir anschließend mein Essen warm machen.

»Ich habe keinen Hunger«, sage ich.

»Aber du musst doch etwas essen«, schluchzt sie und legt den Kopf in die zitternden Hände.

Heimlich fahre ich die zehn Kilometer mit dem Fahrrad und lasse mich verköstigen. Meine Tagesmutter gibt mir Pralinen mit, die ich zu Hause im Keller verstecke und bei denen ich mich bediene, wenn mir vor Hunger schwindlig wird.

Der April naht. An einem Freitagmittag packe ich meine Sachen zusammen und haue ab. Es ist klar, wo man mich zu suchen hat, meine Tagesmutter hätte gar nicht bei ihnen anzurufen brauchen. Er fährt mit dem Zug her, um mich abzuholen. Als er in der kleinen Wohnung auf mich zukommt, trete ich ihn, spucke ihn an. Er packt mich, zerrt mich hinaus. Er muss mich den ganzen Weg bis zum Bahnhof, dann in den Zug, schließlich den Weg vom Bahnhof nach Hause hinter sich herschleifen. Mein Fahrrad schiebt er im Zickzack mit der anderen Hand. Immer wieder bringe ich ihn aus dem Gleichgewicht und wir stolpern, fallen hin. Er ist so wütend, dass ich annehme, er werde mich, sobald er wieder beide Hände frei und keine Zuschauer mehr hat, zu Tode prügeln.

Zu Hause angekommen, lasse ich mich im Flur auf den Boden fallen, er sinkt erschöpft aufs Sofa.

Sie kommt zu mir. Als sie mich in den Arm nehmen will, beiße ich ihr in die Hand. Sie stolpert rückwärts gegen die Wand, jault auf: »Hör auf, bitte, hör endlich auf!« Und dann sagt sie so leise, dass ich es im ersten Moment nicht begreife: »Wir gehen nicht zurück.«

Sie hat ihn überredet. Und er ist zu seinem Arbeitgeber gegangen, hat um Aufhebung der Kündigung gebeten und den Umzugswagen abbestellt.

Doch kaum hat er die Rückkehr rückgängig gemacht, ist er wieder nervös, angespannt. Er redet mit heiserer Stimme auf sie ein, wenn sie am Abend vor dem Zubettgehen vor dem Ofen sitzen. »Das kann doch nicht sein. *Chi commanda in questa casa?«*, flucht er. »Er ist noch nicht mal vierzehn, er kann doch nicht über uns bestimmen.«

Ich habe inzwischen etliche Kilo abgenommen. Die habe ich jedoch bald wieder drauf und lege sogar weiter zu. Aber sie macht mir noch größere Portionen, und ich gebe mir Mühe, alles zu essen und immer mehr zu verlangen.

»Lo sviluppo, ha sempre fame.« Die Pubertät, klagt sie ihren Freundinnen am Telefon, ständig hat er Hunger. *»Ma lascialo mangiare, sta così bene.«* Lass ihn doch essen, er sieht so gut aus, entgegnen sie.

Ich bin bald wieder das fette Kalb, vor dem sich die Mädchen ekeln. Noch heute erinnern mich meine Senkfüße jeden Tag daran, was für eine Zumutung ich in dieser Zeit für mein Skelett gewesen bin.

Und er? Er beginnt erneut damit, Rückkehrpläne zu schmieden. Ich spüre, ich ahne, ich weiß es. Sie sind aufgeschoben, nicht fallen gelassen worden. Der nächste günstige Zeitpunkt, rechne ich mir aus, ist wohl die Einschulung meiner Schwester, Sommer in einem Jahr.

Kurz vor Weihnachten melde ich mich auf einen Aufruf des nationalen Radiosenders. Die Redaktion sucht zum UNO-Jahr der Jugend Gesprächsteilnehmer zwischen vierzehn und sechzehn Jahren für eine Talkshow. Die Sendung mit Livepublikum heißt *Persönlich.*

Alles geschieht, wie immer, hinter ihrem Rücken. Ich fahre also an einem Sonntag ins Radiostudio, bekenne während der Sendung mit erstickter Stimme, dass meine Eltern die Absicht haben, mich in ein rückständiges, mir fremdes Land zu verschleppen. Das Seufzen und Schluchzen des anwesenden Publikums sei zu Hause an den Geräten gut vernehmbar gewesen, lese ich in den Briefen, die mir nach der Sendung von der Redaktion weitergeleitet werden.

»Weinst du manchmal, wenn du daran denkst, dass du unser Land verlassen musst?«, fragt der Moderator.

»Ich glaube nicht, dass man sich dafür schämen muss«, antworte ich nach einer bedeutungsvollen Pause. Das Publikum applaudiert spontan, der Moderator wünscht mir mit bebender Stimme, mein Wunsch, in meiner Heimat zu bleiben, möge in Erfüllung gehen. Die Sendung, ausgestrahlt am Sonntagmorgen, ist populär, erreicht ein Millionenpublikum.

Es dauert ein paar Tage, bis er davon erfährt.

»Stimmt das? Du hast uns vor der ganzen Schweiz schlecht gemacht?« Er schäumt vor Wut. »Hast du gehört, was er getan hat?«, faucht er sie an. »Wir sind das Gesprächsthema in der Fabrik!«

»Ich habe nur die Wahrheit gesagt. Darüber, was du vorhast.«

Ich könnte ihm etliche Briefe von Schweizern vorlegen, die mich sofort bei sich aufnehmen würden. Ein Angebot gefällt mir besonders gut: Ein kinderloses Ehepaar – er Arzt, sie Gymnasiallehrerin – hat ein Foto ihrer Jugendstil-Backsteinvilla mit in das Couvert gelegt. Im Vergleich dazu ist der grün-braun getünchte Klotz an der Hauptstraße nach Neapel, in den er mich verschleppen will, ein Schuppen.

»Geh doch zurück«, schreie ich ihn an. »Geht! Aber lasst mich in Frieden.«

»Che vergogna mai vista! Was für eine Schande du über unsere Familie gebracht hast.«

Er packt mich, schüttelt mich. Doch sie stellt sich zwischen uns, fängt seine erhobene Hand noch in der Luft ab. Mehr als ein Faustschlag am Kinn erreicht mich nicht.

Er wird es nicht zulassen, und ich bin mir auch nicht sicher, ob ich das wirklich will. Ich muss freundliche Absagen schreiben. Für das Akademikerpaar verfasse ich einen besonders langen und herzlichen Brief. Ich würde meine Familie leider trotz allem zu sehr lieben, um das großzügige Angebot annehmen zu können. Entweder wir blieben alle hier, oder wir gingen gemeinsam.

Auch wenn ich weiterhin keine Beweise habe, bin ich sicher: Nächstes Jahr wollen sie zurück.

Während der Sommerferien schickt man mich mit einer meiner Tanten und ihren zwei Söhnen ans Meer, drei Wochen lang, während sie und meine Geschwister im Dorf bleiben. »Du wolltest doch immer ans Meer«, erklärt er heuchlerisch. »Du hast dich doch immer beklagt, dass du dich im Dorf so langweilst.«

Es stimmt, am Meer haben wir tatsächlich Spaß, Enzo, Luca und ich. Endlich Ferien, wie man sie sich in der Schweiz vorstellt. Damit würde ich prahlen können, wenn die Schule wieder losgeht: *passeggiate* am Lungomare, ab und zu unterbrochen von ein paar Runden Autoscooter. Die Jukebox auf der Piazza, wo die Verliebten eng umschlungen tanzen und immer wieder *Luna* von Gianni Togni ertönt. *Struggente,* herzergreifend, und auch ich verliebe mich. Im Freiluftkino unterm Sternenhimmel. In Tracy aus Woody Allens Film *Manhattan.* Wie unfassbar schön sie ist! Ihr letzter Satz im synchronisierten Film geht wie ein Stich ins Herz: *»Bisogna avere un po' di fiducia, sai, nella gente.«*

Man soll Vertrauen in die Menschen haben? Lachhaft. Ich weiß längst, sie haben alles eingefädelt. Dieses ausweichende »Nur Gott weiß« als Antwort auf die übliche Frage nach dem Zeitpunkt der Rückkehr. Das verräterische Leuchten in ihren Augen, als sie sich von Familie und Freunden verabschieden.

Ich bin noch wachsamer geworden. Nur noch ein halbes Jahr vor dem Termin, den ich mir ausgerechnet habe, und immer noch kein einziges Telefongespräch, kein Brief, der die Vorbereitungen und ihre Absichten beweist, der sie überführt.

Ich beginne erneut damit, mal das Essen zu verweigern, mal Unmengen in mich hineinzustopfen.

Sie telefoniert mit ihren Schwestern. Während dieser Gespräche geht es ausschließlich um mich. Das sei eine neumodische Krankheit, erzählen sie ihr, gebe es sogar in Italien. Aber, beteuern sie, kein Grund zur Sorge, ich hätte ja Polster. Doch müsse sie mich, wenn ich nicht aufhöre zu erbrechen, in eine Klinik einweisen. Auch Eltern in Italien müssten das tun.

Sie ist nach diesen Anrufen stets sehr gefasst. Mich habe da einfach eine Krankheit erwischt. Sie werde sich diesmal nicht so leicht erweichen lassen, gibt sie mir zu spüren, sie werde zu ihm halten, diesmal.

Die beiden machen auf einmal gemeinsame Spaziergänge am Samstag-, manchmal am Sonntagnachmittag, was noch nie vorgekommen ist. Sie zeigen sich einig wie nie zuvor.

Ich mache nachts kein Auge mehr zu.

Ich werde nicht aufgeben, sage ich mir. Nie. Aber mir fällt nichts mehr ein, was ich noch tun könnte. Außer zu beten. Das habe ich bisher noch nicht versucht.

Ich beschwöre den lieben Gott in ihrer Sprache. Es ist meine allerletzte Hoffnung. Ich bete jeden Abend, er möge mir helfen, ihnen ihren Wahn auszutreiben.

Und der liebe Gott erhört mich.
Er lässt die Erde neunzig Sekunden lang beben.

Ich erinnere mich sehr gut an den Augenblick, in dem er das Radio in der Küche einschaltet und mich ein unbeschreibliches Triumphgefühl erfasst.

Seither ahne ich, wie sich Olympiasieger fühlen müssen, wenn sie nach Jahren der Entbehrung und der Anstrengung als Erste durchs Ziel laufen.

Es ist geschafft. Ich habe gesiegt. Gewonnen. Ich! Ich!

Das Gefühl hält einige Augenblicke an.

»*Tremila tra morti e dispersi,* dreitausend Tote und Vermisste«, sagt die Stimme.

Sie schreit auf, beißt sich in den Handrücken, lamentiert: »*O Gesù mio!*« Er rennt zum Telefon, murmelt Unverständliches vor sich hin, greift zitternd nach dem Hörer.

Mein Gott, denke ich. Was ist geschehen? Was habe ich getan?

Ungläubig und beschämt betrachte ich am Abend die Bilder in der Tagesschau. Menschen, die mit bloßen Händen verzweifelt in Trümmerhaufen wühlen, weinen. Überall Staub, vereinzelt Blut.

Da alle direkten Verbindungen gekappt sind, hoffen sie, über Umwege an Informationen zu gelangen. Er ruft Verwandte in England, in Turin und Mailand an. »Habt ihr etwas gehört? Wisst ihr etwas?«

Das Erdbeben ist auch in der Schule das Thema. Unser Geografielehrer spricht von der verheerendsten Naturkatastrophe der Nachkriegsgeschichte. Das Mitgefühl ist noch größer als die Fassungslosigkeit. Ich muss spontan einen Vortrag über meine Heimat halten. Ich preise die Gegend in höchsten Tönen und fange an zu weinen, als ich meine Verwandten erwähne, von denen wir noch immer keine Nachricht haben.

Ich übernehme die Aufgabe, in regelmäßigen Abständen Nonnas Nummer auf der beigen Wählscheibe einzustellen. Ich kann sie noch heute auswendig: 003908256531 93.

»Pronto?«, tönt es nach etlichen Versuchen in einer wackligen, rauschenden Verbindung.

»Come stai, Nonna? Geht es dir gut?«

»Keine Sorge. *Non ti preoccupà, bell' i' nonna«*, sagt sie mit ihrer tiefen Stimme, kräftig wie immer.

Als er dran ist und sich davon überzeugt hat, dass sie unversehrt ist, stellt er schließlich die Frage aller Fragen: *»E la casa?* Und das Haus?«

Zerstört. Unbewohnbar. Innerhalb von neunzig Sekunden.

Hatte ich nicht erreicht, was ich wollte?

Tausende Tote, Verletzte, Obdachlose.

Aber es gibt kein Zurück.

Nicht einmal für den lieben Gott.

Nach Weihnachten fährt er runter, findet mehr Schutt als Haus vor. Dennoch setzt er alles daran, das Haus bereits für die kommenden Sommerferien bewohnbar zu machen. Er hat ganze Ladungen Sand, Zement und Kalk mitgenommen. Backsteine. Werkzeug. Sein Bruder, der im Dorf lebt, hilft ihm, aber zu zweit können sie die notwendigen Arbeiten nicht bewältigen. So viel ist zerstört worden, kein Handwerker ist abkömmlich. Als Erstes werden die Häuser jener Familien aufgebaut, die kein Zuhause in einem anderen Land haben, macht man ihm klar. Es gibt lediglich obskure Firmen, die ihre Dienste anpreisen. Immer wieder wird alles plötzlich viel teurer als vereinbart, die Arbeiten werden vom einen auf den anderen Tag eingestellt, sobald kein Geld mehr fließt. Er muss schmieren und zahlen ohne Ende. Der Wiederaufbau des Hauses kostet ihn alle erdenkliche Kraft, viel Geld und den letzten Nerv. Danach hat er vom Heimatdorf die Nase gestrichen voll, verzichtet immer rabiater auf die Erdbebengelder, die man ihm noch nach der Jahrtausendwende in Aussicht stellt. »Ich stelle keine Anträge mehr, damit andere mir mein Geld stehlen«, flucht er, will plötzlich nie mehr etwas von Rückkehr hören, nicht einmal in den Ferien fährt er mehr runter. Sie muss die langen, heißen Sommermonate ohne ihn im Dorf verbringen. Ein paar Mal fahre ich noch mit, dann ist auch für mich Schluss.

8.

Ich versuchte, Antonio zu vergessen. Meine laufenden Schreibaufträge, die mein Einkommen sicherten, waren eine gute Ablenkung. Es konnte mir doch egal sein, was mit Antonio geschehen war. So wie mir Neapel und alles Italienische an mir herzlich egal sein konnte. Wenn alles Erzählen, wie Donato sagte, autobiografisch war, was blieb dann einem wie mir noch zu erzählen übrig, dessen Leben seit der Kindheit darin bestand, die eigene Biografie zu verweigern? Am liebsten hätte ich das Wort Ich aus meinem Wortschatz gestrichen.

Mit solchen Grübeleien quälte ich mich durch die Sommer- und Herbstwochen, bis ich im November doch wieder zu planen begann.

Mein Mantel von Schneidermeister Ippolito sollte zwar erst im Mai abholbereit sein, aber ich wollte meinen Termin mit Gennaro früh vereinbaren und gleichzeitig versuchen, ein schon lange geplantes Treffen mit Sergio zu fixieren, einem Journalisten und Verfasser diverser Reportagebücher über die nigerianische Mafia in Neapel. Sergio meldete sich am Telefon mit: *»Sì«,* und als ich fragte: »Sergio?«, antwortete er mit: *»Al telefono!«* Vielleicht wäre das die richtige Weise, das Ich zu vermeiden. Keine Namen, keine Pronomen, nur *Ja. Am Telefon! Am Schreibtisch! Online!*

»Ich lebe in Rom. Ich kann dir im November nicht sagen, ob ich am 3. Mai unten bin«, antwortete Sergio, hörbar amüsiert über meine akribische Schweizer Planung.

Ich wollte vier Tage bleiben, vom 3. bis zum 6. Mai, davon einen in Neapel und drei in einer passenden Unterkunft an der Tyrrhenischen Küste, der Costiera casertana. Vielleicht in einem Hotel in Baia Verde, vielleicht im Villaggio Coppola. Aber Mai war zu früh für die Badesaison. Was buchbar war, schien eher zwielichtig.

Ich bat Sergio um die lange versprochenen Kontakte zu den beiden Kooperativen in Castel Volturno, die ich seiner Meinung nach unbedingt kennenlernen musste: die Kooperative Altri Orizzonti, die zahlreiche Projekte mit afrikanischen Migranten trage. Er empfahl mir einen Mann namens Alessio. Und die Vereinigung Terre libere della Mafia, die Büffelmozzarella produziere. Da nannte er mir als Konktaktperson einen gewissen Alberto.

»Gibt es keine Frauen, die du mir empfehlen kannst?«, fragte ich.

»Du willst, dass ich dir helfe, Frauen zu treffen?«

Er gab mir die Nummern. Ich rief beide an, verwies auf Sergio, bat um einen Termin. Es war immer noch November.

Alberto sagte, sie hätten einen Milchverarbeitungsbetrieb, sie seien eigentlich unter der Woche immer da, außer freitags, weil dann nicht produziert werde.

Alessio antwortete, ich solle einfach anrufen, wenn ich in Neapel sei, dann könnten wir uns spontan treffen.

»Also am 3. Mai anrufen? Und ein Treffen am 4. oder 5. Mai?«

»Einfach anrufen, wenn du da bist«, wiederholte er.

»Also gut«, sagte ich resigniert.

Ich folgte Sergio auf Instagram. Fast täglich postete er Bilder mit Sonnenunter- und Sonnenaufgängen aus Mondragone, einer Kleinstadt gut zehn Kilometer nördlich von Castel Volturno. Wie sollte ich daran denken, dass er tatsächlich anderswo lebte? Wie sah es aus, bei ihm in Rom? Ein *condominio,* ein Mehrfamilienhaus, von dem man auf den nächsten Balkon, auf Tag und Nacht geschlossene Fensterläden sah? Ab und zu postete Sergio einen Link zu einer Sendung oder einer Veranstaltung, in denen es um eines seiner Bücher ging. Oder er machte Werbung für die Produkte der Kooperativen seiner Heimat. Vor Weinachten bot die Kooperative Altri Orizzonti verschiedene Geschenkpackungen mit Produkten an, die auf ehemaligen Camorragütern hergestellt wurden, Gütern, die vom Staat konfisziert worden waren. Leider konnte man aus der Schweiz nicht bestellen.

Ich rief Sergio im Dezember noch einmal an und fragte, ob er mir einen Kontakt zum Clan Rea vermitteln könne. Es gehe immer noch um Antonio Esposito und um meine Reise im Mai.

Sergio verstand mein Anliegen nicht.

»Ich möchte einen Exponenten der Reas treffen. Antonio hat für sie gearbeitet. Und ich möchte wissen, was aus ihm geworden ist.«

»Du willst von mir eine Kontaktadresse des Rea-Clans?«

»Ist doch für dich kein Problem, an einen Rea heranzukommen …«

»Du meinst: am 4. Mai, um 17 Uhr einen Termin mit Gianni Rea, einem der meistgesuchten Bosse der Camorra?«

»Ist die Camorra nicht ganz anders als die ’Ndrangheta oder die Mafia? Ein Camorrista plaudert doch gerne aus dem Nähkästchen …«

»Nähkästchen? Einen Rea wirst du nie zu Gesicht bekommen. Nicht einmal einen gewöhnlichen *picciotto!*«

Ich schwieg beleidigt. Vielleicht wollte Sergio klarstellen, dass er der Investigativjournalist war, und nicht ich, was ja überhaupt nicht zu bestreiten war.

»Vielleicht kann dir die Staatsanwaltschaft von Santa Maria Capua Vetere weiterhelfen. Sie führen eine dicke Akte über den Clan«, sagte Sergio nach einer Weile versöhnlich. »Interessiert dich etwas Spezielles in Zusammenhang mit Antonio?«

»Ja«, sagte ich, »der Mozzarella-Skandal.«

Nach unserem Telefonat buchte ich für Mai eine Nacht in meinem B&B in Neapel. Meinen auf Maß geschneiderten Mantel wollte ich in jedem Fall abholen. Alles andere würde sich zeigen.

Man kann es eine Eingebung nennen. Oder einfach eine Erinnerung. Als ich in der neapolitanischen Zeitung, die ich täglich online lese, auf einen Artikel über den *Path of the Lemons* stieß, war ich mir plötzlich sicher, dass ich Antonio Esposito begegnet war.

The Path of the Lemons ist die Bezeichnung für eine Wanderung entlang der Zitronenhaine vom Dorf Minori zum Dorf Maiori an der Amalfiküste.

Meine Frau und ich waren einmal in den ersten Frühlingstagen, Mitte März, nach Amalfi gefahren. Ich hoffte, jeden Morgen auf der Piazza, vor den Stufen des Doms, einen Kaffee zu trinken und die byzantinische Atmosphäre zu genießen. Für die Zitronen-Wanderung fuhren wir an einem Sonnentag mit dem Bus wenige Kilometer Richtung Süden. In Minori muss man zuerst geschätzte tausend Treppenstufen den Hügel hochsteigen, bevor der Sentiero dei limoni beginnt. Ursprünglich, also bevor er für Wanderer befestigt und mit Stufen versehen wurde, war der Weg nicht mehr als ein schlichter Pfad für die Maulesel, die heute noch eingesetzt werden, um zu den überhängenden Zitronenplantagen zu gelangen.

Unterwegs sprach ich über einen Zaun hinweg einen Bauern an, der bereit war, uns seine Terrassen zu zeigen. Die Bäumchen, höchstens zwei Meter hoch, werden an Gerüsten festgebunden. Zitronen blühen hier viermal im Jahr und viermal wird geerntet. Aus einem Topf mit Wasser, der über einem Holzfeuer kochte, zog er ein Bündel Weidenruten. »Durch das Kochen werden die Ruten biegsam«, erklärte er. Er zeigte auf einen Gehilfen, der auf einer Leiter die Äste der Zitronenbäume an den Holzgerüsten festband. Über dem Blätterdach lagen Netze.

Die cremeweißen Blüten dufteten so süß und schwer, dass mir fast schwindlig wurde. Wie wenn man zu lange an einer Parfümdose riecht. Deshalb, vermutete ich, trug der Angestellte eine Maske über Mund und Nase. »Schauen Sie, die oberen Äste ziehen wir herunter und binden sie am Spalier fest. Darüber kommt dann das Netz. Die Äste bleiben unter dem Netz. Wenn Hagel direkt auf die Zitrone schlägt, bekommt sie hässliche Stellen und ist nicht mehr verkäuflich. Das ist viel Arbeit. Hier ist es nicht wie in Sizilien. Die haben dort nicht so viel Arbeit mit ihren Zitronenbäumen, die sie auf offenen Feldern anbauen. Ohne Netze, einfach so.«

Wir wanderten weiter. Die Steilküste ist spektakulär: Das Wasser hat, wegen des Meeresgrunds aus Felsen, eine tiefblaue Farbe. Unterwegs stehen Bänkchen, auf denen Goethes Gedicht *Mignon* zu lesen ist. Immer ein halber Vers pro Bänkchen: *Kennst du das Land* – dann: *wo die Zitronen blühn,* und so weiter, dreisprachig, deutsch, italienisch und englisch. Mit dem Ende der ersten Strophe: *o mein Geliebter, ziehn!* ist man oberhalb von Maiori. Der Rest des Gedichts fehlt, logisch, dachte ich, dafür hätte der Weg bis über den Gotthard führen müssen.

Maiori hat den einzigen Sandstrand der Amalfiküste, gesäumt von schmucklosen Wohnblöcken, keine Villen, keine teuren Boutiquen und, außer im Sommer, wenn die Italienerinnen und Italiener Urlaub machen, kaum Touristen. Da der Bus noch nicht fuhr, gingen wir die zwanzig Minuten auf der stark befahrenen Küstenstraße hinunter nach Maiori zu Fuß. Die Klippen fallen auf einer Seite der Straße steil ins Meer, auf der anderen Seite ragen die Bergwände senkrecht empor zu den Terrassen und Hügeln. Man kann als Fußgänger sozusagen zwischen Todessturz und Tod durch die Räder eines SITA-Busses wählen.

Im Zentrum von Minori, gleich neben der Kathedrale, hatten wir am Morgen eines unserer Ziele ausgelassen. Die von der Slow-Food-Bewegung hochgelobte Limoncello-Manufaktur war so früh noch geschlossen gewesen. Jetzt stand die Tür offen. Zwei Kunden waren im Gespräch mit dem Besitzer, und wir profitierten davon, dass sie mit ihm eine Führung durch seine Manufaktur vereinbart hatten. Wir durften uns anschließen. Der Zufall wollte es, dass die Kundin Deutsche war, ihr Begleiter Neapolitaner und dass er für die Frau alles auf Deutsch übersetzte, sodass meine Frau, die mit unserem Dialekt manchmal etwas Mühe hat, gerne zuhörte. Der Übersetzer schien den Besitzer zu kennen, sprach ihn freundschaftlich mit Don Totò an, fragte das eine oder andere nach oder fügte eine Bemerkung hinzu.

»Wir beziehen die Zitronen aus der Umgebung. Aber wir nehmen sie, wenn sie noch grün sind. Die grünen sind besser als die gelben, sie haben viel mehr Aroma. Wir waschen sie und schälen sie mit einem speziellen Schälmesser, das *credo* heißt. Es schält nur eine hauchdünne Schicht der Schale ab. Die Schalen legen wir zwei Tage lang in sechsundneunzigprozentigen Alkohol. Dann haben die Früchte uns ihr Aroma geschenkt. Das Fruchtfleisch benutzen wir nicht. Als Nächstes stellen wir einen Sirup aus Zucker und Wasser her, erhitzen ihn und geben ihn, wenn er abgekühlt ist, zum Alkohol, den die Zitronenschalen schon grün gefärbt haben. Zum Schluss wird das Gemisch noch zwei bis vier Tage in einem Gefäß langsam gerührt. So entsteht der Limoncello. Ganz einfach, ohne Filtrierung, ohne Farbstoffe, ohne Konservierungsmittel, alles natürlich.«

Stolz reichte uns Totò ein Gläschen seines Likörs. Ich versuchte mir nicht anmerken zu lassen, dass mir selbst dieser Edel-Limoncello zu süß und zu sauer war.

»Leider wird der Limoncello inzwischen auch in anderen Regionen hergestellt, aber das ist nicht der echte von der Amalfiküste. Sie müssen nur das Etikett lesen. Wenn darauf steht »hergestellt in der Emilia Romagna«, dann sind es nicht unsere Zitronen. Dann wurden sie nicht von Hand geschält, sondern maschinell. Den Limoncello machen wir nur für uns, für unsere Familien, für unsere Gäste. Wir stellen nur kleine Mengen her, vielleicht zehn oder zwölf Flaschen pro Ernte. Wir trinken ihn im Winter, zu den Festtagen, zu Weihnachten. Oder auch zu Ostern.«

Meine Frau unterhielt sich mit der Deutschen. Ich stand für mich, notierte minutiös, was ich auf der Führung gelernt hatte, und hörte, wie der Neapolitaner beiläufig zu Totò sagte: »Weißt du noch, wie Zio Mario und ich bei dir den Limoncello für das *giuramento* im Castello geholt haben? Eine ganze Kiste, zwölf Flaschen, und sie wurden an einem Abend geleert.«

»Wie alt warst du damals?«, fragte Totò.

»Zehn.«

»Ich hätte dich niemals wiedererkannt!«

Dank des Artikels über den *Path of the Lemons* war mir alles wieder eingefallen, Jahre später, der ganze Ausflug, die Manufaktur Acerri in Minori und wie da ein schwarzer junger Mann perfekt neapolitanisch sprach und den Vorgang der Limoncello-Produktion auf Deutsch übersetzte. Er sprach sehr gut, auch wenn er einen doppelten Akzent im

Deutschen hatte, den italienischen und einen leichten schwäbischen Einschlag wie seine Begleiterin.

Ich blätterte meine alten Notizbücher durch, es dauerte, bis ich die Einträge zum Sentiero dei limoni und die Aussagen von Totò wiederfand. Ich war erstaunt, weil ich nachträglich mit sauberer Handschrift das flüchtig Notierte noch einmal aufgeschrieben hatte.

Ich eilte zu meiner Frau. »Du hast doch damals in Minori mit dieser Deutschen gesprochen. Erinnerst du dich, worüber?«

Sie seufzte. Das sei jetzt wirklich zu viel verlangt.

»Wann war das denn?« Wir überlegten. März 14? Oder 13? Vielleicht auch 15. Später konnte es nicht gewesen sein.

»An etwas erinnere ich mich. Ich erzählte der Deutschen, dass wir gerne im Schwarzwald sind und auch die Ortenau gefalle uns. Sie sagte, sie führe dort eine Pizzeria. Wir sollten doch mal vorbeischauen. Warte, der Name des Orts war … Er fällt mir bestimmt gleich ein.«

Die Überzeugung, dass ich Antonio gesehen hatte, verleitete mich dazu, ihn mir nicht nur vorzustellen, sondern ihn ganz genau beschreiben zu wollen, eine Art Phantombild zu erstellen, was mir, wenn ich nach Castel Volturno gehen und ihn suchen würde, nur nützen konnte. Ich versuchte, sein Bild aus meinem Gedächtnis zu bergen. Ich hatte nicht die einzelnen Gestalten, sondern die ganze Szene im Kopf, wie sich in diesem winzigen Laden die beiden Männer und die beiden Frauen einander zuwandten.

Wenn du es nicht aus erster Hand schaffst, bedien dich einer bereits vorhandenen Beschreibung, sagte ich mir. Das macht die Polizei beim Erstellen eines Phantombilds auch so. Den Zeugen wird ein äußeres Merkmal nach dem anderen gezeigt und sie dürfen dazu Ja oder Nein sagen.

Also suchte ich nach Beschreibungen von schwarzen Männern. Die Stelle aus *Robinson Crusoe,* die als erste Beschreibung eines Schwarzen in der Weltliteratur gilt, kam meiner Erinnerung erstaunlicherweise am nächsten:

»Er war ein hübscher und ansehnlicher Bursche, von edler Statur, mit kräftigen, nicht zu langen Gliedmaßen, groß gewachsen, wohlgeformt und, wie ich schätzte, etwa sechsundzwanzig Jahre alt. Sein Gesichtsausdruck war sanft und ohne jeden Anflug von Schärfe oder Boshaftigkeit, strahlte aber etwas sehr Männliches aus, das gleichwohl mit der Sanftheit und Anmut eines Europäers gepaart war, vor allem, wenn er lächelte. Sein Haar war lang und schwarz, nicht so kraus wie Wolle, seine Stirn hoch und breit, und aus seinen Augen blitzten Lebhaftigkeit und Aufgewecktheit. Die Farbe seiner Haut war nicht schwarz, sondern lohfarben, aber nicht in jenes widerliche Gelb tendierend wie bei den Brasilianern, Virginiern und anderen Eingeborenen Amerikas, sondern zu einem satten dunklen Oliv, das etwas sehr Einnehmendes an sich hatte, jedoch nicht leicht zu beschreiben ist. Sein Gesicht war rund und füllig, die Nase klein, wenn auch nicht so flach wie bei Schwarzen, der Mund fein gezeichnet, mit schmalen Lippen und prächtigen Zähnen, die weiss wie Elfenbein waren.«

Ich las die Passage meiner Frau vor. »Wenn ich die rassistischen Äußerungen und die Frage nach der ›Schwarzheit‹ weglasse, kann ich diese Beschreibung für Antonio stehen lassen, oder?«

Sie schüttelte den Kopf. »Du willst die Beschreibung des Freitag aus *Robinson Crusoe* für Antonio verwenden?«, fragte sie zurück.

Wir überlegten gemeinsam. War der Mann, den wir in Minori gesehen hatten, groß, dünn, kräftig? Wir waren voller Unbehagen. Mit jedem biologischen Merkmal, das wir aufzählten, schienen wir eine Bewertung oder ein Urteil abzugeben. »Lass es doch einfach«, schlug meine Frau mir vor. »Er ist einfach da, er ist Antonio.«

Sie hatte recht. Er war wieder da, das genügte. Und nun sprach er sogar Deutsch und lebte mit einer Deutschen zusammen. Mein Interesse war neu entfacht. Ich schrieb der Staatsanwaltschaft von Santa Maria Capua Vetere, wie Sergio es mir empfohlen hatte, und bat um Auskunft über die Operation »Fake Mozzarella«. Ich kramte eine weitere Gerichtsakte hervor, die ich von Donato erhalten hatte. Sie enthielt Angaben zu Antonios Gefängnisaufenthalt in Cuneo und zu seiner Flucht. Offenbar war er auf den Listen des DDA, des Distretto Direzionale Antimafia, der Spezialeinheit für die Bekämpfung des organisierten Verbrechens, als Führungselement des Clans Esposito prominent aufgeführt. Man erachtete es als angezeigt, ihn in der Strafanstalt in Cuneo, im hintersten Piemont, während der Untersuchungshaft abzuschotten, in einer speziellen, den Mafiosi vorbehaltenen Abteilung. Er saß zwei Jahre, ohne dass es auch nur zu einem erstinstanzlichen Prozess gekommen wäre. Seit 2013 galt er als *lattitante,* als untergetaucht.

Antonio muss ein vorbildlicher Häftling gewesen sein. Er durfte nach einem Jahr Haft tagsüber im Agrarinstitut von Cuneo, einer Außenarbeitsstelle der Strafanstalt, arbeiten. Sein Betreuer hatte sich in einem Bericht, der in der Akte enthalten war, vehement für ihn eingesetzt. Antonio entstamme einer Familie von Landwirten, er sei auf dem Bauerngut seines Großvaters aufgewachsen und habe dort tatkräftig mitgeholfen. Eigentlich wäre er in der Lage, einen der Ausbildungsgänge des Istituto Agrario zu absolvieren. Dank seiner Mutter sei er durchaus gebildet und auch lernbegierig. Aber leider habe er die Schule ohne Abschluss verlassen, schrieb sein Betreuer, was ein Agrarstudium verunmögliche. Die Arbeit auf den Feldern würde seiner Resozialisation längerfristig sicherlich dienen, weshalb dem Ersuchen stattgegeben werden sollte.

Bernarda Maria Esposito, Pianistin, Klavierlehrerin in Bayern. Diese Frau musste sich doch ausfindig machen lassen! Doch ich fand keine Konzerthinweise, keine Kritiken und auch keine Musikschule, die eine Lehrerin dieses Namens beschäftigte. Ich überschlug: Es war beinahe dreißig Jahre her, dass sie in Neapel aufgetreten war – zu lange für das worldwideweb –, und zwanzig, dass sie ein russischer Impresario aus Neapel weggelockt hatte. Wenn Bernarda den Russen geheiratet und seinen Namen angenommen hatte, war ich chancenlos. Doch vielleicht lebte sie in Deutschland unter dem Namen ihres ersten, ermordeten Mannes, machte ich mir Hoffnungen. Ich gab also Bernarda Maria Lo Priesto in die Suchmaschine ein. Nichts. Irgendwann erschien die Meldung: *Damit du nur die relevantesten Ergebnisse erhältst, wurden einige Einträge ausgelassen, die den 180 angezeigten Treffern sehr ähnlich sind.* Ich bestand darauf, auch die übersprungenen Ergebnisse angezeigt zu bekommen, und fand, auf der 19. oder 20. Seite, die ich mechanisch durchklickte, eine Pianistin namens Maria Bernarda Schafbein. Sie war als Künstlerin aufgeführt in der Agentur Ilja Schafbein. Die Agentur gab es nicht mehr, aber eine Frau Schafbein unterrichtete an einer privaten Musikschule in Schwabing. Ich gelangte auf die Schulseite, klickte auf ihren Namen, ein Sofia-Loren-ähnliches Foto ploppte auf. Ich war mir sofort sicher: Das war die Nichte von Rosetta Esposito! Das war Bernarda Maria, wie man sie sich auf der Treppe der Vanvitelli-Schule an Antonios erstem Schultag vorzustellen hat. Ich hatte sie gefunden.

Ich rief in der Schule an. Bernardas Adresse oder sonstige Kontaktdaten waren nicht zu erfahren. Datenschutz. Da die Schule nur eine einzige Mailadresse hatte, schrieb ich Bernarda Maria Schafbein, Witwe Lo Priesto, geborene Esposito, eine Mail.

Sie antwortete nicht.

Ich schrieb noch einmal, ausführlich, erzählte ihr mit lockenden, schmeichelnden Worten, was ich von Antonio, aber auch von ihr, vom Avvocato, vom Rione, vom Castello und der Paranza in Erfahrung gebracht hatte. »Ich möchte wissen, was aus Antonio geworden ist«, schloss ich.

Es dauerte wieder Wochen, dann antwortete Bernarda endlich: Sie sei in Kontakt mit ihrem Sohn, sie werde ihm von mir berichten und sich, allenfalls, wieder melden. Bis dahin solle ich mich gedulden.

Antonios Begleiterin in Minori aufzuspüren, war nicht einfacher. Meiner Frau war der Name des Orts zwar wieder eingefallen, Schönach, und es gab dort auch tatsächlich ein italienisches Restaurant, eine Pizzeria namens Vesuvio, aber es wurde von einer türkischen Familie geführt.

Ich rief an.

Eine junge, weibliche Stimme meldete sich. Ich sagte, dass ich eine Frau suche, eine Deutsche, ungefähr Mitte vierzig. Vor fünf Jahren habe ihr das Vesuvio gehört. Sie sei mit einem viel jüngeren Mann liiert gewesen, einem schwarzen Italiener …

Über die Vorbesitzer wisse sie nichts, antwortete die Frau am Telefon. Ihr Schwager vielleicht, ihm gehöre das Lokal.

Schönach, das lag keine zwei Stunden von uns. Ich könnte auf gut Glück einfach hinfahren.

Ute war aschblond, füllig, hatte wache, graublaue Augen und ein Schicksal, das sie nicht verdiente. Ihre Schwächen waren ihre Nachgiebigkeit und ihre Liebe zu Italien. So war sie auf diesen Ernesto hereingefallen, einen Sorrentiner, der sie zur Mitarbeit in seinem Ristorante überredete, vom Abschluss ihres Studiums als Diplompädagogin abhielt, sie schwängerte und schließlich, nach einigen wilden Jahren, samt Schulden, Kind und Kneipe in Schönach sitzen ließ. Es war bewundernswert, wie tapfer Ute sich tagtäglich mit ihrer kapriziösen Teenager-Tochter Penelope herumschlug und mit einer Kneipe, die zu viel zum Sterben und zu wenig zum Leben abwarf.

Das Vesuvio war vorher eine Dorfwirtschaft gewesen und hatte Zum Schwabenhans geheißen. Geld für einen Umbau hatte Amalfi-Ernesto, wie er in Schönach genannt wurde, nicht gehabt. Tische, Wände, Stühle und auch die niedere Decke aus beschichteten Spanplatten behielten ihren alten, gelblichen Lack. Die kleinen Fenster blieben von dicken roten Wollvorhängen halb verdeckt. Weil von außen kein Licht durch das Buntglas drang und die Deckenlampen, Opferkerzen nachempfunden, kaum Licht spendeten, blieb es in der Gaststube immer schummrig. Im Holz war der Geruch jener Zeit imprägniert, als bei Bier und Brezeln noch Tag und Nacht geraucht wurde. Die einzige größere Investition von Amalfi-Ernesto waren die inzwischen ebenfalls vergilbten, dilettantischen Photoshop-Montagen mit Vulkanmotiven. Da der Vesuv keine spektakulären Bilder mit spuckender Lava liefert, prangte der Ätna am Golf von Neapel an der Wand, samt Schneekranz um den Krater, und sprühte Funken Richtung Sorrent, Capri, Ischia, Posillipo, Pozzuoli und ja, an der nördlichen Flanke, auch auf das Castello von Viviano.

Antonio lief mit gesenktem Kopf den vom heißen Sommer ausgetrockneten Uferweg entlang in Richtung Ortsausgang, einzig darauf achtend, überstehenden Wurzeln und kantigen Steinen auszuweichen.

Anfang 2013 hatte Antonio, einmal mehr dank einer ausgesprochen positiven Beurteilung seines Betreuers in der Strafanstalt von Cuneo, als Gast am Kongress der deutschen Gefangenengewerkschaft in Karlsruhe teilnehmen können. Zum Kongressprogramm gehörte ein Besuch in einem sanitärtechnischen Betrieb, der Designbrausen und Armaturen in die ganze Welt liefert. Die Familie Rea, alte »Geschäftsfreunde« des Avvocato aus Caserta, die über bedeutende Niederlassungen in Deutschland verfügten, befreiten Antonio während dieses Besuchs, versteckten ihn für ein paar Wochen und platzierten ihn danach, als Hilfsgelatiere getarnt, in der Eisdiele Venezia in Schönach. Gleich gegenüber der Gelateria befand sich das Ristorante Vesuvio. So lernte Antonio Ute kennen und schnell wurden sie ein Paar.

Antonio war irritiert, nervös. Er hatte sich mit Ute gestritten, aber das war es nicht. Vielmehr setzte ihm seine gesamte Situation zu: seine Position irgendwo zwischen Ute und Penelope, seine unqualifizierte Arbeit in der Gelateria, das schwierige Verhältnis zu Nando, dem mürrischen Meistergelatiere. Die Einsamkeit und Langeweile in seiner Einzimmerwohnung. Der Zwang, sich zu verstecken, ohne Internet, ohne Mobiltelefon zu leben, kaum Kontakte pflegen zu dürfen. Die Pistole, die zuunterst in seinem Koffer lag und die er manchmal hervornahm, um sie auf das Geäst im dicht belaubten Garten zu richten, als könne er damit seine Gespenster, vor allem das seines toten Cousins Massimo, vertreiben. Er würde sich nicht länger im Griff haben können.

»Ich bin schon zu lange untergetaucht, mir droht der Sauerstoff auszugehen.« Das war sein Problem. Er fühlte sich, wie so oft in Schönach, ausgehöhlt und nutzlos. Er wollte zurück, nicht in den Rione, dafür war es zu früh. Aber zurück zu seinen Unternehmungen, zu seinen Lebenszielen, die der Avvocato ihm eingeimpft hatte. Antonio war kein Gigolo, kein Gelatiere und kein Mann fürs Leben. Er war ein Krieger, er lechzte nach Taten, er wollte sich bei den Reas für höhere Aufgaben empfehlen. Sein vorübergehend gehegter Traum vom bürgerlichen Leben war eine Illusion.

Am Ortsausgang angekommen, entschloss sich Antonio, kehrtzumachen und bei der Gelateria Venezia vorbeizuschauen, wo, wenig überraschend, Nando auch an seinem freien Tag in der Küche am Eismachen war. Er sah in letzter Zeit noch fahler aus im Gesicht, fast grau, er schlief noch weniger, saß noch rastloser über seinen Bestellungen und vor allem: stand noch länger vor seinen Eismaschinen und probierte neue Sorten aus, die dann doch nie in den Verkauf gelangten.

»Ist was?«, fragte er über die Eismaschine gebeugt und schrubbte besonders hartnäckige Farbkrusten von der Trommel. Antonio sah seinen mit bunten Flecken beschmutzten Arbeitskittel. Vor einigen Tagen hatte er Nando und Diego Arm in Arm im Hinterhof überrascht. Diego flüstere Nando, der sich die tränenverhangenen Augen rieb, etwas ins Ohr. Dann küssten sie sich, beide mit brennenden Zigaretten zwischen den Fingern. Hatte sich Diego endlich in einen ihm intellektuell ebenbürtigen Mann verliebt, womit Nando schon so lange rechnete? Als die beiden Antonio bemerkten, richteten sie sich rasch auf, waren im Nu wieder gefasst und schickten ihn weg wie Eltern, die ihre unbedarften Kinder nicht mit den eigenen Sorgen belasten wollen.

»Ich werde gehen«, sagte Antonio, »zurück nach Italien.« Nando reagierte nicht, schrubbte weiter, ohne aufzusehen.

Nach einer Weile fragte Antonio: »Verkauft sich der Limoncello von Ute eigentlich gut?«

Nando ließ Wasser in die Trommel laufen. »Erstaunlicherweise. Vor allem bei den Frauen und den Jungen ist er sehr beliebt.«

»Ich glaube, es steckt Potenzial in dem Produkt. Man sollte den Vertrieb pushen. Ich werde mit Mimmo Rea darüber reden. Er wird doch wieder mal vorbeikommen? Ich muss ihn dringend sprechen.«

Nando zuckte mit der Schulter.

»Hast du eine neue Eissorte erfunden?« Im Abwaschwasser schimmerten zwischen den Schaumblasen rosa Farbreste.

»Willst du kosten?«, fragte Nando zurück, nachdem er die Trommel zum Abtropfen auf die gerippte Chromstahlabdeckung gestellt hatte. Er holte einen Becher gefüllt mit rosafarbenem Eis aus dem Kühlschrank. Das Eis war noch weich, Nando musste es frisch aus dem *mantecatore* herausgenommen, abgefüllt und im Kühlschrank verstaut haben. »Aber richtig degustieren!« Er streckte Antonio einen Löffel hin.

Antonio schaute sich um, spähte in den Abfallkübel, in den Kompost. Wo waren die leeren Tüten der Zutaten und die Reste der Früchte, die er verarbeitet hatte? Neben der Eismaschine standen lediglich ein paar Dosen. Sonst nichts, kein Indiz auf die verwendeten Ingredenzien. Antonio würde sich ganz auf seine Sinne verlassen müssen. Er nahm Becher und Löffel in die Hand und kehrte mit dem Löffel die unteren Schichten nach oben. Die Farbe war ansprechend, durchgängig rosa. Die Konsistenz war fest, so, dass die Masse sich, schwungvoll drapiert, ansehnlich in der

Vitrine präsentieren ließe. Sehr gut! Jetzt hielt er den Becher an die Nase, schwenkte ihn, blähte dazu die Nasenflügel. Er roch nichts. Das bedeutete bei Eis jedoch noch nicht viel. Er stieß den Löffel in die Creme, strich ihn sanft am Gaumen ab. Das Eis war kälter als üblich, stellte er fest, und trotzdem geschmeidig, ohne Eiskristalle. Ebenfalls gut! Nun konzentrierte er sich ganz auf den Geschmack, stellte erst einen angenehmen Schmelz fest (bedeutete viel Fett), dann eine dominante Süße (also viel Zucker), die geblockt wurde von einer spitzen Säure (vermutlich Apfel). Allerdings überlagerte die Säurenote alle anderen Empfindungen. Was war das? Wieder einmal so ein Experiment mit veganem Eis auf Sojabasis?

»Und?« Nando beobachtete gespannt Antonios Regungen.

»Schwierig. Keine Ahnung. Ich erkenne den Geschmack nicht.«

»Nicht so schnell aufgeben!«

Antonio kostete noch einen Löffel, schloss die Augen. Das half ihm dabei, gespeicherte Geschmacksempfindungen mit der aktuellen abzugleichen. Wieder: süß, sauer, fettig. Auch entschieden zu ölig, fand er beim zweiten Degustieren, und sicher zu sauer. Ein undefinierbares Aroma. Banane? Ja, am ehesten. Unreife. Aber rosa Banane?

»Kommst du nicht drauf!«, rief Nando.

Von der Farbe her könnte es Melone sein. Oder Granatapfel? Granatapfel wäre im Abgang etwas herber. Sicher eine Frucht mit wenig Eigengeschmack. Antonio wollte sich nicht blamieren, deshalb fragte er: »Haben wir etwas Ähnliches im Angebot?«

»Um Gottes willen!«, rief Nando.

»Na, also. Wie soll ich es dann erraten? Ich kenne nur dein Eis!«

»Wie findest du es?«

»Nichtssagend, aber nicht unangenehm. Vielleicht ein bisschen zu sauer?«

Er nickte. »Geschmacklich?«

»Keine Ahnung!«

»Du kannst nicht draufkommen, weil es keinen Geschmack hat.«

»Ja, aber wie schreibst du es an, wenn du es in die Eistheke stellst?«

»Himbeere«, sagte Nando endlich.

»Himbeere? Als Sahneeis?« Antonio war baff. Nando hatte ihm den Ehrenkodex der Gelatieri vermittelt, die Grundgesetze, an denen niemand rüttelte: Himbeere ist ein Fruchteis. Fruchteis braucht höchstens etwas Zucker, um den Eigengeschmack herauszuschälen, und vielleicht ein Gewürz, beispielsweise etwas Minze für eine raffinierte, Lavendel für eine waghalsige Note. Niemals jedoch Sahne! Das wäre, wie wenn man einem Neapolitaner Teigwaren mit Fleischsauce servieren würde.

»Ohne Früchte kannst du kein Sorbet machen«, meinte Nando.

»Wie, ohne Früchte?«

Er zeigte auf die Dosen im Regal. »Dieses Eis besteht aus Pulver. Und Wasser. Du hast recht, ich sollte nächstes Mal etwas weniger Säurepulver verwenden. Das Verhältnis stimmt nicht.«

»Die Masse bleibt geschmeidig, obwohl das Eis fast gefroren ist?«

»Das Eis muss so kalt sein, sonst dominiert der Zucker.«

»Und das Fett? Woher kommt dieser Schmelz?«

»Palmölpulver, nehme ich an. Kannst du chinesische Schriftzeichen lesen? Die Dosen werden aus Shaanxi, China, angeliefert.«

Antonio schleckte den Löffel noch mal ab. »Jetzt erinnere ich mich«, rief er aus. »Solches Eis gibt es in der Gelateria Venezia in Villingen!«

»In allen Eisdielen der Reas. Und künftig auch hier«, sagte Nando niedergeschlagen, beugte sich wieder über den Waschtrog und schrubbte weiter, wie ein geschlagener Held, der sich im Angesicht der unausweichlichen Tragödie bereits ergeben hat.

So wie gut zusammengestellte Zutaten im *mantecatore* sich zu einem kompakten Eis verwandelten, so verdichteten sich in den nächsten Wochen die Hinweise, die Antonio bisher zwar wahrgenommen hatte, aber nicht richtig einordnen konnte. Es waren ein paar simple Fragen, die ihn zur Erkenntnis führten, wie das Geschäftsmodell der Rea-Eisdielen funktionierte: Warum durfte Nando in der Schönacher Venezia Gelateria-Eis herstellen, während die anderen Rea-Betriebe billigste Massenware anboten? Warum kostete bei Susetto im Rione Esposito, wo die Menschen nun wirklich kein Geld hatten, das Eis doppelt so viel wie im Zentrum von Freiburg im Breisgau, einer Wohlstandsoase Deutschlands? Wie war es Nando möglich, viel besseres, teureres Eis herzustellen und es zum deutschlandüblichen Schleuderpreis zu verkaufen?

Die Antworten fand Antonio schließlich schwarz auf weiß in Nandos Bürounterlagen. Es war schnell kalkuliert, dass Nando, der bisher nur auserlesene Zutaten verwendet hatte, mit dem Endverkaufspreis nicht einmal die Produktionskosten decken konnte. Was Antonio in den Abrechnungen mit der Südwestmilch und den Steuerunterlagen entdeckte, war aber noch viel verblüffender: Mit den Mengen an Milch, Milchpulver und Sahne, die Nando für das Schönacher Venezia einkaufte, hätte er den ganzen mittleren Schwarzwald mit Milchprodukten versorgen können. Gemäß den Belegen belieferte das Venezia alle vierundvierzig Rea-Eisdielen in Süddeutschland mit hochwertigem Gelateria-Eis – hergestellt vom preisgekrönten Gelatiere-Maestro Albino Cocche, Nandos Künstlername.

Doch was geschah mit all den Rohprodukten, die sie bei der Südwestmilch einkauften, aber nicht verwendeten? Antonios erste Erklärung: wegwerfen, ausschütten. Das wäre ihm bestimmt nicht unbemerkt geblieben. Außerdem entsprachen die angelieferten Mengen exakt ihrem Verbrauch.

Es gab nur eine Lösung: Die Lieferbelege waren getürkt, die Steuerabrechnungen gewollt überrissen. Die Eisdielen dienten den Reas schlicht und einfach dazu, Geld zu waschen. Mit schmutzigem Geld aus Neapel wurde in Deutschland ein fantastischer Umsatz suggeriert, der versteuerte Gewinn daraus war behördlich sanktioniert, die deutschen Reas konnten dieses Geld absolut gefahrlos in neue Geschäfte investieren. Weitere hübsche Folgen waren, dass viel Geld ohne Gegenleistung an die Südwestmilch und an die Steuerbehörden floss, Nando seinen Berufsstolz ausleben und die Schönacher von der Mafia subventioniertes Qualitätseis zu den in Deutschland üblichen Schleuderpreisen bekamen. Nur die Eisdiele in Schönach funktionierte so, die anderen Filialen produzierten hundertprozentig legales Pulvereis. Die Reas hätten im Fall, dass ihr Geschäftsmodell entdeckt worden wäre, wohl alle Schuld Nando zugeschoben. Typisch war auch, dass Nandos Gelateria, wie jede Geldwaschanlage, irgendwann trockengelegt wurde. Sei es, weil die Südwestmilch oder die Behörden auf die Unregelmäßigkeiten aufmerksam geworden waren, sei es, weil der Clan eine bessere, also ertragreichere Variante gefunden hatte, um Geld zu waschen.

Wie Antonios Zeit schien auch die von Nandos Gourmet-Gelateria in Schönach abzulaufen.

Niemand in Schönach schätzte Nandos Weltklasse-Eis. In puncto Geschmack waren die Deutschen durch ihre Geiz-ist-geil-Mentalität degeneriert, stellte Antonio fest. Man konnte das beklagen oder, wie Mimmo Rea, daraus ein Geschäftsmodell machen. Mit Lebensmittelfälschungen verdient die Camorra inzwischen mehr Geld als mit Drogenhandel. Niemanden stört das, weil niemand es merkt. Zumindest nicht in Deutschland. Antonio hatte sich in den Discountern umgesehen. Was in Deutschland als Tomate verkauft wurde, ähnelte rot gefärbten Tennisbällen, war unempfindlich wie Tennisbälle und schmeckte wie Tennisbälle.

Utes Limoncello wäre ein Brechmittel gewesen, wenn sie ihn nicht gekühlt serviert hätte, was die Spiritus-Note des Gebräus übertünchte. Eiskalt schmeckte es einfach süß und sauer. Ute bezog den Limoncello für elf Euro pro Flasche über einen Vertreter, der einmal im Jahr vorbeikam, und sie verkaufte ihn für 19.90 weiter. Dieser Limoncello war bei der Kundschaft des Vesuvio beliebt, selbst Nando, naserümpfend allerdings, bot ihn in der Eisdiele Venezia auf Kommission an. Antonio fand heraus, dass man den Industrie-Limoncello direkt aus der Fabrik in der Emilia Romagna für zwei Euro den Liter kaufen konnte. Mit etwas edlerer Verpackung und etwas Gourmet-Lyrik auf der Etikette würde Ute die Flasche für fünfundzwanzig Euro verkaufen können, versprach er ihr. Wenn sie zehn Flaschen Limoncello pro Woche verkaufe, rechnete Antonio aus, werde sie netto mehr verdienen als mit den Einnahmen der Pizzeria.

Antonio wollte Ute wenigstens ein Mal einen richtigen Limoncello zu kosten geben, den von Totò Acerri in Minori. So fuhren Ute und Antonio im Frühling darauf nach Italien.

Es war so etwas wie ihre »Abschiedshochzeitsreise«. Antonio hatte sich entschlossen. Deutschland war nicht sein Land, er fremdelte.

Bald würde er für immer nach Italien zurückkehren.

9.

Das Hotel, das ich für meinen Aufenthalt in Castel Volturno ausgesucht hatte, sei im besten Fall ein Stundenhotel, warnte mich Sergio. Ich solle lieber jeden Abend nach Neapel zurückfahren, und er empfehle mir, vorsichtig zu sein und mich in Castel Volturno nicht alleine herumzutreiben.

Eine Verlängerung des Aufenthalts war in meinem B&B nicht möglich. Ich seufzte. Anfang Mai und die Stadt war schon voll! Ziemlich unbedacht mietete ich mich für zwei Nächte über Airbnb in einem Basso im Viertel Porto ein. Die Adresse war in unmittelbarer Nachbarschaft zur Universität, zwischen dem Kloster von Santa Chiara und der via Mezzocannone. Es wurde »echt neapolitanische Atmosphäre« versprochen.

Schon auf dem Weg vom Bahnhof Richtung Porto fand ich das abstoßende Flair der Stadt wieder: Dunkle, schmutzige Gassenschluchten, zu eng für Autos, dafür zischen andauernd stinkende Mofas an dir vorbei. Entlang der mit revolutionären Parolen verschmierten und mit Todesanzeigen vollgekleisterten Wände der Palazzi rieselt ab und an ein wenig der bröckelnden Fassade auf deinen Kopf. Vielleicht hat aber auch gerade jemand in einem der oberen Stockwerke den Balkon gewischt. Von der Wäsche, die zum Trocknen aufgehängt ist, tropft es auf deinen Kopf. Und wenn du Pech hast, ist es der Kot einer Taube.

Das Basso diente meinen Gastgebern, dem Straßenmusiker Angelo und der Schauspielerin Pina, als Rückzugsort und Eventlokal in einem. Pina war am Kochen, als ich ankam, Angelo schleppte Wein von einem Ape-Dreirad, das er vor dem Eingang abgestellt hatte, ins Basso. Er wusste nicht, wohin damit. Die Küchenabdeckung war mit Geschirr und Pfannen übersät, der übrige Raum mit Holztischen und geflochtenen Stühlen vollgestellt, auf denen Kostüme, Masken, Souvenirs und neapolitanische Devotionalien lagen.

Ich bahnte mir einen Weg zur Treppe, die auf die Empore führte, indem ich Stühle aufeinanderstapelte und das Gerümpel gegen die Wand rückte, an der diverse Zeitungsartikel mit Abbildungen der beiden hingen: Angelo als Pulcinella, Pina auf großer Bühne, abgebildet mit Pino Daniele und anderen, mir unbekannten Sängerinnen. Endlich war ich mit meinem Koffer zur Treppe vorgedrungen. Mein Schlafplatz auf der Empore war ausgestattet mit einer Pritsche, einem Stuhl, einer wackligen Nachttischlampe und, hinter einem Vorhang, einem primitiven Klo.

Pina und Angelo erzählten mir, nachdem ich meinen Koffer unter dem Bett verstaut hatte, dass sie thematische Stadtrundgänge und, hier im Basso, typisch neapolitanische Abende organisierten. *Macchiette,* Sketche, von Totò oder Edoardo de Filippo, und traditionelle Lieder. Ich wisse schon … Wie auf dem Profil stehe – ich hatte das offenbar überlesen –, würden sie den Raum tagsüber und abends brauchen. Ich sei sehr herzlich eingeladen, dabei zu sein: Morgen habe sich eine Gruppe Amerikaner, übermorgen eine Gruppe aus Köln angemeldet. Für mich sei die Vorführung natürlich gratis, inklusive Dinner. Pina fragte mich: *»Hai mangiato?«,* ob ich gegessen habe, hob den Deckel der Pfanne und schaute mich erwartungsvoll an. Sie würden morgen früh wiederkommen, wie lange ich gedenke zu schlafen.

Jetzt wusste ich, was ich mir unter den euphorischen Kommentaren meiner Vormieterinnen und Vormieter auf dem Profil vorzustellen hatte. Ich schüttelte nur noch den Kopf. Siebzig Euro pro Nacht für eine Pritsche im Tomatensugodunst war pure Halsabschneiderei. Ich verlangte wenigstens eine klare Abmachung, wie wir einander aus dem Weg gehen würden.

»*Tranquillo,* ganz ruhig«, versuchte Angelo mich zu beschwichtigen. Es werde nur spät, wenn alle wirklich Spaß hätten. Und morgens käme Pina nie vor 9 oder 10 Uhr. Für die Gruppe aus Köln könne ich ja als Übersetzer arbeiten, er würde mir im Gegenzug eine Nacht weniger berechnen.

Pina bot mir Reste von Wein, Brot und Käse an. Ich bin kein Tourist und auch kein Ausländer, wollte ich ausrufen, und Hunger habe ich auch nicht! Aber wie sollte ich richtigen Neapolitanern erklären, warum ich lieber nicht bei Verwandten und Bekannten übernachtete? Ich tue ihnen unrecht, dachte ich resigniert. Ich sagte Pina, ich hätte noch nichts gegessen, und ließ sie auftischen. Der Wein, ein Taurasi, der Käse, ein Pecorino, die Wurst, eine Bauern-Soppressata aus Hirpinien, und das Brot – es war *pane cafone,* ein Sauerteigbrot, das ich von meiner Nonna kenne und das nur die Bäcker im Umland backen –, alles, was sie mir hinstellte, war von vorzüglicher Qualität.

Angelo schätzte ich etwa auf mein Alter. Er erzählte von seiner Pino-Daniele-Tour. Pino sei gleich hier um die Ecke in eine vielköpfige Familie hineingeboren worden. Aufgewachsen sei er bei zwei alten Jungfern in der Nähe des Hafens, die ihm auch die musikalische Ausbildung finanziert hätten. Ich hätte gerne gefragt, warum er auf so vielen Bildern mit ihm abgelichtet sei, aber ich wollte nicht penetrant sein. Pina sagte vieldeutig: »Auch ein Genie braucht Förderung.« Pina kam ursprünglich aus dem Dorf meiner

Eltern, wie wir erfreut feststellten. Sie hatte Verwandte auf der Vitriera. Ich wusste natürlich, wo das ist und dass es dort einen Tabacchi und früher ein Restaurant namens Quagliarella gegeben hatte. Auch Angelo stammte aus dem Umland, aus Nola. Die beiden hatten sich beim gemeinsamen Theaterspielen kennengelernt.

Wir tranken den Wein aus Zahngläsern, die Angelo bis an den Rand füllte. Der Basso sei eine stinkige Abstellkammer gewesen, als sie ihn gekauft hätten, voller verfaulter Matratzen, eine Brutstätte für streunende Katzen. Das ganze Viertel sei tot gewesen. In den Häusern nur noch Alte, auf der Gasse Kleinkriminalität und Drogenhandel. Kurz: *Monnezza.* Dreck.

Wir sprachen über die Veränderungen der Stadt in den letzten dreißig, vierzig Jahren. Niemals hätte man sich früher abends in dieses Viertel getraut. Die ganze Innenstadt sei nach 20 Uhr wie leer gefegt gewesen. All diese Pizzerie, die es heute gibt! Damals konnte man sie an einer Hand abzählen und sie waren ohnehin nur mittags voll. Ich erzählte, wie ich Anfang der neunziger Jahre mit Schweizer Freundinnen und Freunden an einem Gianna-Nannini-Konzert im Palasport in Fuorigrotta gewesen war. Natürlich hatten wir danach zu Fuß durch die ab Mitternacht nicht mehr beleuchtete Stadt bis zum Bahnhof zurückkehren und dort bis morgens um 3 oder 4 Uhr auf den ersten Bus zurück ins Dorf warten müssen. Ich schilderte, wie wir entlang der finsteren Hauptstraßen keinem einzigen Menschen begegneten, wie in keinem der Häuser Licht brannte, nur ab und zu Autos und Motorräder an uns vorbeidonnerten, verfolgt von Streifenwagen mit Blaulicht und Sirenen. Um 3 Uhr seien wir von Müllmännern den Vigili gemeldet worden, und ich hätte den Polizeibeamten knapp begreifbar machen können, dass wir weder Penner noch übergeschnappt waren, sondern nur auf den ersten Bus nach Avellino warteten.

»Heute kannst du zu jeder Tages- und Nachtzeit durch Neapel gehen und triffst Leute an. Die Movida! Davon konnten wir als Junge nur träumen.«

Ich musste Pina und Angelo recht geben. Der Tourismus hatte Leben in die Stadt gebracht, neue Verdienstmöglichkeiten, und den Stolz der Bewohnerinnen und Bewohner auf ihr kulturelles Erbe wieder entfacht.

»Il turismo ci ha dato l'opportunità del riscatto. Der Tourismus hat uns die Möglichkeit zur Erneuerung gegeben«, sagte Angelo und öffnete eine weitere Flasche Taurasi.

Die Gefängnisakten aus Cuneo enthielten das Verzeichnis der Bücher, die nach Antonios Flucht in seiner Zelle gefunden worden waren. Bernarda hatte ihren Sohn schon immer mit fremdsprachiger Lektüre versorgt. Marilina und Lello hatten mir das beide bestätigt. Auch später, aus Deutschland, schickte sie ihm regelmäßig Bücher. Dass sich auf der Liste von Cuneo so viele Titel in Originalsprache fanden, interpretierte ich als Zeichen, dass Bernarda den Kontakt zu Antonio aufrechterhalten hatte, auch als er im Gefängnis saß.

Ich las jene Bücher auf der Liste, von denen ich annahm, dass Antonio sie nicht von seiner Mutter bekommen, sondern sich selbst besorgt hatte. Bücher wie *Storia della camorra* oder *La camorra e le sue storie* stellten die Geschichte der Kriminalität als alternative Geschichte Neapels dar. *Affari di camorra* war eine Reihe interdisziplinärer Studien, die das Geschäftsverhalten des organisierten Verbrechens in Kampanien jenseits von aufsehenerregenden »Crime Stories« nachzeichneten. Im Grunde waren es Vorlesungen über kriminelle Betriebswirtschaft.

Die Camorra, lernte ich in den historischen Abhandlungen, verstand sich immer schon als Kraft, die anstelle des Staats und nicht gegen den Staat operiert. Sie lebt, weil der Staat etwas fundamental Fremdes ist, ohne Bezug zu den Menschen. Die Gesetze des Staats sind aus Sicht der Camorra aufgezwungene Gesetze, während ihre eigenen Gesetze der Überlieferung entstammen.

Ich vertiefte mich, so wie es Antonio in meiner Vorstellung getan hatte, in die Geschichte Neapels. Neapel war während des gesamten Altertums eine hellenistische Hochburg. Zwar besiegten die Römer in Kampanien die Griechen, aber sie wagten es nicht, sie aus Neapel zu vertreiben. Neapel blieb griechisch und war bis zum Untergang des Römischen Reichs ein Lieblingsort der römischen Intelligenzija.

Schnell schlug das neugriechische Christentum in der Stadt Wurzeln. Schon im 2. Jahrhundert war Neapel Diözese. Petrus, selbst hellenistischer Jude, machte auf dem Weg nach Rom hier halt. Die Neapolitaner, zu jenem Zeitpunkt größtenteils griechische Christen, wurden von den Römern brutal verfolgt. Eine gläubige Adlige sammelte das Blut des zum Tode durch Enthauptung verurteilten Bischofs von Benevento, Bischof Gennaro, in zwei sogenannten *Tränensäcken,* den flaconartigen Ampullen, in denen die Damen damals ihre Parfums aufbewahrten. Als das Römische Reich das Christentum als Staatsreligion übernahm und die Überreste des Märtyrers in die Katakomben unter dem Hügel von Capodimonte überführt wurden, schenkte die Adlige dem Bischof von Neapel die Ampullen mit dem Blut Gennaros, und es ereignete sich zum ersten Mal, im Jahre 305, das große Wunder: Das längst geronnene Blut in den Ampullen verflüssigte sich, was, wenn es sich am Namenstag Gennaros wiederholt, ein gutes Omen für die Stadt darstellt. Das Ausbleiben der Verflüssigung hingegen, beispielsweise am 19. September 1980, kündigt eine Katstrophe an, wie das Erdbeben vom 23. November 1980 bewiesen hat. Dieses älteste Wunder der Christenheit wird bis heute von der katholischen Kirche nicht anerkannt. Warum, fragen sich die Neapolitanerinnen und Neapolitaner, wird jeder Hokuspokus von Rom geheiligt, das Wunder des San Gennaro dagegen als Volksglaube belächelt?

Und so liest sich die Geschichte Neapels in Antonios Bibliothek bis zum heutigen Tag als Missverständnis und als verpasste Chance. Was, wenn Neapel nicht seit dem 16. Jahrhundert durch die spanischen Eroberer vom restlichen Europa abgekapselt worden wäre? Was, wenn die Vereinigung Italiens nicht unter den Vorzeichen der Überlegenheit des Nordens gegenüber der angeblichen Rückständigkeit des Südens erfolgt wäre?

Unter Antonios Büchern befanden sich auch drei von Sergios Reportagesammlungen über die afrikanische Mafia in Castel Volturno. Antonio hatte sich also auch in dieser Hinsicht bestens informiert.

Ich rief Sergio an und versuchte ihn zu überzeugen, runterzukommen und mit mir nach Castel Volturno zu fahren. Er sei in Rom in den nächsten Wochen unabkömmlich. Immerhin wollte er sich noch mal bei den beiden Kooperativen, bei Alberto und bei Alessio, persönlich für mich einsetzen.

Ich erzählte Sergio, dass Antonio seine Bücher studiert habe. Er schien nicht überrascht. Wer sollte seine solide recherchierten Bücher lesen wollen, wenn nicht ihre Protagonisten? Man dürfe die Camorra nicht unterschätzen. Nie.

Ich hatte außerdem versucht, Matteo, den Produzenten der Mafiaserien, zu kontaktieren. Ich erinnerte mich an das, was er mir über Castel Volturno berichtet hatte, jenen Ort mit der unvorstellbaren Zahl illegaler Migranten. Die größte afrikanische Stadt auf europäischem Boden, wo Camorra und Migrantenmafia Hand in Hand arbeiteten. Und dann tauchte da, erzählte mir Matteo im Fischrestaurant in Baia, aufseiten der Camorra dieser erste schwarze Clanchef auf... Vielleicht hatte Matteo aus jener Zeit Dokumente über Antonio und die nigerianische Mafia aufbewahrt, die mir nützlich sein konnten. Doch Matteo ließ nichts mehr von sich hören.

Ich wäre gerne mit Donato die Liste von Antonios Gefängnislektüre durchgegangen. Jedes Buch, das wir lesen, wird ein Teil von uns. Deshalb lesen wir. Diesen Lese- und Lebensweg von Antonio zu rekonstruieren, wäre mindestens so wichtig, dachte ich, wie zu erfahren, was die Gerichtsakten über ihn festhalten oder was die Menschen, die ihn gekannt haben, über ihn berichten.

Donato hatte sich vorübergehend aus der Redaktion der Tageszeitung zurückgezogen. Ich erreichte ihn per Brief. Er genieße ein Sabbatical zu seinem Dienstjubiläum und verbringe den Frühling weit weg von Neapel in der Alta Irpinia, schrieb er mir zurück. Ohne Elektronik.

Ich bestieg den Zug um 8.31 Uhr in Napoli Centrale. Die Reise mit dem Regionalzug sollte vierzig Minuten dauern. Bis zu den ersten Stationen Casoria, Afragola und Frattamaggiore füllten noch Schülerinnen und Schüler den Zug. Danach war er leer und verlor, von Station zu Station, immer mehr Zeit auf den Fahrplan. Einsame Bahnhöfe mit leeren Perrons, an denen niemand ein- oder ausstieg. Ich hatte Sergios Reportagen eingesteckt und versuchte, mir ein genaueres Bild von Castel Volturno und der nigerianischen Mafia zu machen, eines, das dem nahe kommen könnte, was Antonio angetroffen hatte, als er aus dem Schwarzwald zurückkehrte.

Endstation Villa Literno. Ich packte meine Sachen in meinen Rucksack und schaute mich um. Hinter mir waren zwei junge Frauen ebenfalls aufgestanden. Ich sah durch die Fenster kein Bahnhofsgebäude, keine anderen Gäste, keinen Schaffner. Als ich vor der Tür stand, zischten die Bremsen, ein Ruck ging durch den Waggon und endlich stand der Zug still. Ich drückte auf den Knopf. Nichts bewegte sich, der Zug schien nicht unter Strom. Ich klopfte an die Tür, draußen war niemand. Ich schaute in den nächsten Waggon: leer. Ich eilte zurück. Da standen die beiden Frauen im Gang und versuchten, ihre riesigen, leuchtenden Hartschalenkoffer durch die Waggontür in den Vorraum zu schieben. Die eine Frau hatte es geschafft und hielt der hinteren umständlich die Tür auf. Ich sah, dass die Frau vor mir absurd hohe Absätze trug, sodass sie fast vornübergekippt wäre, hätte sie sich nicht an ihrem Koffer festhalten können. Die Frauen schauten auf. Sie hatten beide blondierte Dreadlocks, die mithilfe bunter Haartücher um ihre Köpfe drapiert waren. Ihre knalligen Kleider schienen alle zwei Nummern zu klein. Unter der starken Schminke war ihr Alter schwer zu schätzen.

Ich starrte auf die voluminösen Lippen der Frau, die mir das Gesicht zugewandt hatte, die Wimpern, die fast bis zu den gezupften Brauen reichten. Ihr Blick war feindselig. Der Zug war leer und ich musste ausgerechnet an ihrer Tür aussteigen? Sie nickte mit dem Kopf, wie um zu sagen: Na dann, drängle dich halt vor! Auf den Gepäckaufklebern las ich: Abflugort BNI, Benin City. In mir lief der Film ab, den ich eben in Sergios Buch beschrieben bekommen hatte. Gestern noch waren diese Mädchen vielleicht einem Juju- oder Voodoo-Ritual unterworfen worden, das ihren Verwandten Schaden zufügen würde, falls sie nicht kuschten. Und heute wurden sie in Castel Volturno bereits von den *Madames* erwartet, die sie in die Arbeit einführen sollten, auf dass sie alsbald anfangen konnten, ihre dreißigtausend Euro Schulden zu begleichen …

»Go on, please«, sagte jetzt die andere Frau, die sich aufgerichtet hatte und sich wegzudrehen versuchte, um mir Platz zu machen. Ich sagte, die Tür sei blockiert, wir kämen hier nicht mehr raus. *»La porta è bloccata, non c'è nessuno«*, wiederholte ich auf Italienisch, da sie nicht auf mich reagierten, sondern nur genervt wegschauten. Die Frau, die bei der Tür stand, beugte sich zum Knopf und drückte. Die Tür öffnete sich. Beide richteten sich auf, drehten mir den Rücken zu, die eine zog ihren gelben Pullover zurecht, die andere setzte sich eine Sonnenbrille auf.

Ich lief zurück zum anderen Ausgang. Auch hier öffnete sich jetzt die Tür. Ich stieg aus und sah, wie die Frau im gelben Pullover unter der Last des Koffers, den sie auf den Bahnsteig hieven wollte, zwischen die Gleise zu kippen drohte. Die andere schrie auf. Ich drehte mich ab und folgte dem Pfeil mit der Aufschrift *Uscita.* Ausgang.

Der Bahnhof musste an der Peripherie der Stadt liegen. Ich sah Lagerhallen im Dunst, offenbar hatte es hier bis vor kurzem geregnet. In den abgestellten Autos entlang der Bahnhofstraße saß niemand. Ich schaute nach, ob Alessio mir eine Nachricht geschickt hatte. Der Zug war zwanzig Minuten verspätet. Ich wollte ihm gerade schreiben, als ein Auto mit hoher Geschwindigkeit heranflitzte. Die Tür ging noch im Fahren auf: »Du bist …?«

Alessio gab mir gleich zu verstehen, dass er eigentlich keine Zeit habe und nur aus Höflichkeit, weil ich ein Bekannter von Sergio war, gekommen sei. Er müsse bis am Abend ein Projekt der Kooperative auf einer Plattform des Innenministeriums zuhanden eines Fonds der Europäischen Union hochladen. Mitternacht sei die Deadline. Er habe die ganze Nacht durchgearbeitet, müsse später noch einige Dokumente einscannen und sich dann mit dem Ausschuss der Kooperative treffen, der die Eingabe überwache. Ob ich schon gefrühstückt habe?

Ich wusste nicht recht, ob ich mich für die Umstände entschuldigen sollte oder für seine Großzügigkeit bedanken. Ich kramte eine Tüte mit Toblerone in verschiedenen Größen hervor und streckte sie ihm hin. Er warf die Tüte, ohne hineinzuschauen, auf die Rückbank.

Wir fuhren die schnurgerade Straße von Villa Literno Richtung Meer. Links und rechts sah ich Felder, zum Teil bereit für die Aussaat, zum Teil mit dünnen Pflanzen bestückt. Dann eine Kolonie Treibhäuser, bedeckt mit flatternden Plastikplanen. Ab und zu Büffelherden in der Ferne.

Dann wieder Bauernhöfe oder Lagerhallen, die die Sicht einschränkten. Ich sah in den rechts abgehenden Naturstraßen tiefe, mit Wasser gefüllte Fahrrinnen. Und immer wieder Rudel verwilderter Hunde.

Kaum auf der Domitiana, der alten Römerstraße, die am Meer entlang nach Pozzuoli führt, steuerte Alessio auf eine zurückversetzte Kaffeebar mit großem Parkplatz zu. Es war ein neues, blitzendes Gebäude. Wir traten ein und ein starker Duft nach Kaffee und süßem Brioche-Teig stieg mir angenehm in die Nase. Am langen Tresen standen viele Gäste. Die Vitrine mit Gebäck schien kein Ende zu nehmen. Alessio rief einen Gruß in den Raum. Ich hatte schon gefrühstückt, aber ich sollte wenigstens eine der zweiundzwanzig Cornetti-Sorten kosten und entschied mich, nach langem Hin und Her, für die mit Pistaziencremefüllung.

»*Cuore nero.* Schwarzes Herz … Herz der Finsternis … Das sind alles schöne Etiketten, schöne Titel für Bücher«, sagte Alessio.

»Du meinst, solche Bezeichnungen sind rassistisch?«

»Weißt du, was Rassismus ist? Ich nicht!«

Ich wollte ihm sagen, dass ich es vielleicht ein bisschen besser wisse als er. Ich sei in einer Zeit und an einem Ort aufgewachsen, an dem man als Italiener diskriminiert wurde. Ich schämte mich meine ganze Kindheit lang für meine Herkunft, und das bedeutete: für meine Eltern. Immer wieder wurde ich an meine Minderwertigkeit erinnert, vielleicht sogar, ohne dass diejenigen, die mir dieses Gefühl gaben, es gewollt hatten. Man grenzt aus, ohne ein Bewusstsein dafür, dass man es tut. Das ist Rassismus. Offen gezeigter Rassismus ist Fremdenhass. Das hätte ich ihm gerne gesagt.

Ich musste daran denken, dass die Männer meines Heimatkantons (Frauen durften damals noch nicht abstimmen) die sogenannte Schwarzenbach-Initiative angenommen hatten und mich und meine Eltern ausgewiesen hätten, wenn die anderen, die Welschen und die Städter, uns nicht gerettet hätten. Und um an einem solchen Ort zu bleiben, hatte ich meine Eltern bekämpft?

Ich sagte Alessio nicht, was ich dachte. Ich wollte mich nicht aufspielen. Er hatte sich die rosa Sporttageszeitung geschnappt und blätterte sie rasch durch.

»Nimmst du noch einen Cappuccino?«, fragte er und legte die Zeitung wieder weg. Ich nickte.

»Du sagst, dass fünftausend gemeldete Personen mit ausländischem Pass gemäß amtlichen Angaben in Castel Volturno leben?«

»Wir gehen davon aus, dass sich zusätzlich zwischen fünfzehntausend und zwanzigtausend illegale Migranten auf dem Gemeindegebiet aufhalten, je nach Jahreszeit. Ich gebe dir ein Beispiel, was das heißt: Ich trainiere einen Amateurfußballklub in Castel Volturno. Ich weiß nie, wer beim nächsten Spiel noch da ist.«

Wir fuhren die Domitiana weiter Richtung Süden. Immer wieder bog Alessio in eine der Stichstraßen ab, die durch die Pineta, den Pinienwald, zum Strand führen. Die Lidos waren im Winterschlaf. Es gab Bars, in denen vereinzelt Gäste an der Sonne Kaffee tranken. Manchmal endeten die Stichstraßen auch vor dampfenden Abfalldeponien oder vor eingefallenen Bauskeletten, ganzen Wohnblocks, die verfielen. Beim Villaggio Coppola fuhr Alessio durch mehrere Parallelstraßen, die aus lauter Bauruinen bestanden. In diesen Trümmern hausten Menschen. Ich sah nun mit eigenen Augen, was ich bei Sergio gelesen hatte. Castel Volturno sollte in den sechziger und siebziger Jahren das Rimini Neapels werden: Hotelanlagen, Appartements, Villen für

Hunderttausende Sommerurlauber entlang von fünfundzwanzig Kilometern Sandstrand. Man stelle sich vor! Und die Zement-Camorra hat gebaut und gebaut, illegal, ohne Pläne, ohne Anschlüsse, ohne Infrastruktur. Irgendwann schritten die Behörden ein, konfiszierten das Halbfertige, und heute leben in diesen Trümmern ohne Strom- und Wasseranschluss die illegalen Migranten.

Alessio redete so schnell, wie er fuhr. Er sagte immer: *»Mo ti spiego.* Jetzt erklär ich's dir.« Und dann redete er so hastig und undeutlich, dass ich unmöglich mitschreiben konnte. Ich klappte mein Notizbuch zu.

»Der Staat macht das einzig Richtige, um die Camorra zu bekämpfen. Er beschlagnahmt ihren Besitz. Wir haben mal zu erfassen versucht, was auf unseren siebzig Quadratkilometern Gemeindegebiet konfisziertes oder verlassenes Camorragut ist. Und totzdem: Die illegalen Migranten, die hier wohnen, zahlen Miete, irgendjemandem zahlen sie immer Miete.«

»Du bist im Gemeinderat von Castel Volturno, hat mir Sergio erzählt.«

»Nicht mehr. Ich habe demissioniert. Ich habe es nicht mehr ausgehalten. Man kann als Gemeinderat nichts ausrichten. Ich habe zum Beispiel angeregt, dass sich alle Ausländerinnen und Ausländer, die sich in Castel Volturno aufhalten, registrieren lassen. Einfach, damit man mal weiß, wie sie heißen und wie viele es sind. Davon ausgehend hätte man untersuchen können, wovon sie leben, was sie arbeiten. Man hätte dafür sorgen können, dass ihre Kinder zur Schule gehen. Und so weiter. Mein Vorstoß scheiterte. Keine Ressourcen. Zu kompliziert. Bringe nichts. Der Widerstand war heftig. Selbst von Leuten, die ich auf meiner Seite glaubte. Von den Linken, den Gewerkschaften, der Kirche. Kurzum: von allen!«

Wir fuhren durch verschiedene Kreisel, und bei jedem dachte ich: Hier holte Antonio seine Leute ab. Antonios erste Funktion musste die eines *caporale,* eines Korporals, gewesen sein, der mit einem Kleinbus die Tagelöhner an einem solchen Kreisel aufgabelte und zu den Feldern der Reas brachte. Abends, nach zwölf Stunden Arbeit, begleitete er sie wieder nach Castel Volturno zurück.

Die Arbeiter ernten Tomaten, allerlei Gemüse, Kartoffeln, Melonen, Trauben, Zitronen, Orangen, Haselnüsse, Kastanien. Akkordarbeit, bei jedem Wetter. Bezahlt werden sie pro geerntete Kiste. »Zwanzig Euro verdienen die Arbeiter maximal pro Tag«, erklärte Alessio. »Für jedes Getränk, das sie vor Ort dem *caporale* abkaufen müssen, bezahlen sie zwei Euro.«

»Sind die *caporali* auch Afrikaner?«, fragte ich.

»Ja.«

»Immer?«

»Ja. Sie müssen zur Community gehören. Gleichzeitig stehen sie in Kontakt zu den Landbesitzern. Manchmal sind sie sogar deren Vertraute und stehen in ihrem Sold.«

»Willst du den wahren Grund für mein Ausscheiden aus der Politik wissen?« Alessio hielt am Straßenrand, kramte sein Handy hervor und zeigte mir Fotos eines Industriekomplexes. Offenbar eine stillgelegte Tomatenkonservenfabrik, jetzt ein provisorisches Roma-Camp. »Kannst selber weiterscrollen«, sagte er und erklärte: »Der Gemeinderat von Castel Volturno hat ein starkes Zeichen setzen und die Ausbeutung der Tagelöhner durch die Landbesitzer mittels täglicher Polizeipatrouillen entlang der Domitiana stoppen wollen. Wozu gibt es EU-Gesetze, die den Einsatz von Erntehelfern international regeln? Doch wenn die Tagelöhner den festgelegten Mindestlohn erhalten, sind die Preise der einheimischen Tomaten nicht mehr konkurrenzfähig, was nicht nur dazu führt, dass die Produzenten auf ihren Tomaten sitzen bleiben, sondern längerfristig auch dazu, dass insgesamt weniger Tomaten produziert werden und dass schließlich diese Fabrik geschlossen wurde. Ob es wirklich ökonomisch zwingend war oder nur eine Retourkutsche gegen den Gemeinderat, der es gewagt hatte, geltende Gesetze anwenden zu wollen, kann niemand sagen. Fakt ist: Die Fabrik gehörte zu einem internationalen Konzern und der hat die Produktion kurzerhand verlagert.«

Der Bildschirm war schwarz geworden, das Handy in den Ruhemodus gefallen. Ich hatte keine weiteren Bilder gesehen und gab Alessio das Gerät zurück, während er den Anlasser betätigte und wieder losfuhr. »Man kann diese Tomaten überall in Europa für fünfzig Cent pro Dose kaufen. Das heißt, für den Anbau, die Pflege, die Ernte und die Verarbeitung der Tomaten bleiben fünf Cent pro Dose. Wir kämpfen hier schon lange nicht mehr in erster Linie gegen die Camorra«, sagte Alessio. »Wir kämpfen gegen die globalisierte Wirtschaft. Wir kämpfen dafür, dass die Menschen hier von ehrlicher Arbeit leben können.«

Riscatto. Das war das Zauberwort für den Traum einer besseren Zukunft. Ein Wort, das ich in Neapel oft gehört hatte und das mir auch in Castel Volturno begegnete. *Riscatto* oder *voglia di riscatto* heißt Erneuerung oder Wunsch nach Erneuerung. Alessio sagte, *riscatto* bedeute, dass man sich nicht unterkriegen lassen dürfe, und erklärte mir, wie seine Kooperative arbeitet: Sie sucht Güter, die vormals der Camorra gehörten, und entwickelt Projekte, die wirtschaftlich überlebensfähig sind. Wenn das gelingt, überträgt der Staat das konfiszierte Gut der Kooperative. Hier in Baia Verde hatten Alessio und die Kooperative das ehemalige Ferienhaus von Pupetta Maresca übernommen, um darin eine Schneiderei und ein Wohnheim einzurichten. Pupetta, »Püppchen«, Maresca, die als schwangere Zwanzigjährige in den fünfziger Jahren den Mörder ihres Mannes im Gerichtssaal erschossen hatte. Und dieser Mörder hieß, wie man in der berühmten Reportage von Hans Magnus Enzenberger nachlesen kann, ebenfalls Antonio Esposito.

In der Baia Verde waren die Häuser alle liebevoll renoviert, die Straßen gekehrt, die Gärten aufgeräumt und gepflegt, die Hunde blieben hinter den frisch gestrichenen Zäunen. Das ehemalige Ferienhaus Pupetta Marescas war im Landhausstil erbaut, mit einer großzügigen Veranda gegen den Garten hin. In der Mitte des Gartens stand eine Specksteinstatue. »Jerry Masslo, 1989 in Villa Literno ermordet, das erste afrikanische Opfer der Camorra«, erklärte Alessio.

Es war inzwischen gegen halb zwölf. Aus dem Atelier hörte ich das Rattern der Nähmaschinen. Die Schneiderei hatte einen mit römischen Mustern gefliesten Boden, die Wände waren bis zur halben Raumhöhe mit Bastmappen ausgekleidet. Darüber waren die geweißelten Wände mit stilisierten Afrikabildern behängt. Savannen, Elefanten an Wasserstellen, Frauen mit Körben auf dem Kopf, Giraffen, die Blätter von Baumwipfeln pflücken, alles in warmem Gelb, Braun, Rot gehalten.

Alessio grüßte die Frauen alle mit Küsschen und stellte mich vor. Die Leiterin trug einen Turban aus rosafarbenem Tuch und eine helle Brille. *»Sono Iolanda«,* stellte sie sich mir vor. Die anderen Frauen waren viel jünger, eine war weiß.

Ich sah vier Frauen an Holzklapptischen über elektrische Nähmaschinen gebeugt. Iolanda zeigte mir den Showroom im hinteren Zimmer. An Büsten und auf mobilen Kleiderständern hingen die neuesten Stücke ihrer Kollektion. Blusen, Shirts, Röcke, Hosen. Auf einem Regal standen Einkaufstaschen, Handtäschchen und Schminketuis. Durch den Türspalt zu einem Hinterraum sah ich ein Mädchen an einem Herd Kaffee brauen.

»Das sind die Räume des Wohnheims«, erklärte Iolanda und schob die Tür ganz zu.

Wir gingen zurück ins Atelier. Ich fragte die Frauen, ob ich Fotos machen dürfe, auch von ihnen. Sie willigten schüchtern ein und kicherten, während ich knipste.

Das Mädchen brachte Alessio eine Tasse und fragte mich, ob ich auch einen Kaffee haben wolle.

»Wir verkaufen unsere Produkte über die Weltläden in ganz Italien«, erklärte Alessio und nahm einen Schluck. »Neu machen wir auch diese Taschen, die verkaufen sich ganz gut.« Iolanda und alle Frauen hier seien ausgebildete Schneiderinnen. »Einmal im Jahr veranstalten wir eine große Modenschau im Garten. Die Models sind alle aus Castel Volturno, weiße und schwarze.«

Die Innigkeit dieser Frauen im Umgang miteinander ging mir zu Herzen, und ich verstand Alessio, dem ein solches Projekt mehr Kraft gab als die frustrierende Arbeit im Gemeinderat. Ich kaufte eine bunte Tasche, die wie plastifiziert aussah. Das sei kein Plastik, sondern eine Naturfaser, erklärte mir Iolanda, die sie direkt aus Madagaskar importierten und hier färbten.

Das Mädchen brachte mir eine Kaffeetasse. »Ein Löffel Zucker ist drin, reicht das?«

Alessio wollte mir noch das neuste Projekt der Kooperative zeigen. Es befand sich in der Nähe von Pupetta Marescas Haus, ein Stück weiter gegen die Pineta hin, in einem sehr repräsentativen Gebäude, umgeben von einem weitläufigen, verwilderten Park. Das sei die Villa des berühmten Camorrista Francesco Schiavone gewesen, der mit illegaler Abfallentsorgung, von giftigem Schwermetall bis hin zu Atommüll, unermesslich reich geworden sei. Seit 2002 sei Schiavones Villa, die er über einen Strohmann gekauft habe, konfisziert. Natürlich habe der eingetragene Besitzer Rekurs eingelegt, über drei Instanzen behauptet, dass er das Anwesen mit seinem eigenen Geld erworben habe. Die Ermittler müssten nun zweifelsfrei das Gegenteil beweisen. »Bis wir es übernehmen können, dauert es vielleicht noch zwei oder drei Jahre. Bis dahin hat das Gebäude zwanzig Jahre leer gestanden und wird sich in entsprechendem Zustand befinden.« Nach der Grundsanierung wolle die Kooperative darin ein Hotel eröffnen. Projekttitel: *Bed, Breakfast and Humanity.*

Ein Hotel sei eine gute Idee, man könne damit bestimmt Touristen ansprechen, stimmte ich zu. »Ich kenne viele Menschen in der Schweiz, die sofort ein solches Projekt unterstützen würden.«

»Meinst du, es gäbe Schweizer, die in Castel Volturno ihren Urlaub verbringen würden?«

Ich wollte Alessio nicht anlügen, also fragte ich ausweichend: »Gibt es denn sonst keine solchen Beherbergungsprojekte in der Gegend?«

»Am ehesten vielleicht das jetzige Ferienhaus der Caritas in Baia Verde. Gehörte auch mal der Camorra. Dort kann man auch als Privatperson unterkommen.«

Alessio setzte mich wieder vor dem Bahnhofsgebäude von Villa Literno ab. Ich bedankte mich, dass er so viel Zeit für mich geopfert hatte.

»Kann ich dir noch irgendwie behilflich sein?«, fragte er bei laufendem Motor. Ich tat so, als würde ich in meinem Notizbuch etwas überprüfen, hatte mein Anliegen aber längst im Kopf. »Nur eine Frage: Wo könnte ich erfahren, ob am 29. April 1990 hier in Castel Volturno etwas Spezielles vorgefallen ist?«

»Vorgefallen? Wie meinst du das?«

»Ob beispielsweise ein Neugeborenes entführt wurde.«

Der nächste Zug nach Neapel fuhr erst in knapp zwei Stunden. Ich hätte in dieser Zeit genug zu tun gehabt: mir die Begegnungen von Baia Verde noch einmal durch den Kopf gehen lassen, mich auf den Besuch der Mozzarella-Käserei am nächsten Tag vorbereiten, die Akten zum Mozarella-Gate studieren. Überhaupt keine Lust hatte ich auf das laute Neapel und den Folkloreabend von Pina und Angelo im Beisein amerikanischer Touristen.

Ich rief im Makeba an – so hieß das Caritas-Ferienheim, das Alessio erwähnt hatte – und fragte, ob sie freie Zimmer hätten. Leider seien sie ab morgen komplett ausgebucht. Eine Mittelschule aus Reggio Emilia sei übers Wochenende angemeldet.

»Ich brauche nur für heute Nacht ein Zimmer«, sagte ich. »Ich bin in ungefähr zwei Stunden da.«

Es gab einen Bus vom Bahnhof Villa Literno zur Küste, aber auch der fuhr noch lange nicht. Der Weg zur Pension war zwölf Kilometer lang, sagte mir mein Handy, ich musste einfach einer Straße, der Strada delle Dune, bis zur Domitiana folgen, abbiegen, und ein paar Hundert Meter weiter sollte das Ferienheim dann nicht zu verfehlen sein.

Ich kaufte an der Bahnhofsbar eine Flasche Wasser und ein schneeweißes Käsebrot und machte mich auf den Weg. Es gab wenig Verkehr, aber jedes Fahrzeug schien es darauf abgesehen zu haben, mich zu erschrecken, so zentimeternah schoss es an mir vorbei.

War das die Straße, die wir schon heute Morgen entlanggefahren waren? Ich ging an rostigen Hallen vorbei: einer Autowerkstatt, einer Lackiererei, einem Abfallentsorgungsunternehmen. Sie verbreiteten alle einen stechenden Geruch nach Ammoniak.

Dann bemerkte ich bei einem Feld abseits der Straße ein Dutzend schwarze Männer. Ich ging auf dem morastigen Weg, der dorthin führte, ein Stück weit, bis ich besser sehen konnte: Sie knieten in Reih und Glied auf Plastik, setzten Stecklinge, rhythmisch und zügig. Ich suchte nach einem Bus, der sie hierhergekarrt hatte, nach einem *caporale,* der mit der Flinte in der Hand am Feldrand Wache hielt. Da war keine Wache, keine Flinte. Ich sah etliche Fahrräder und Mofas im Morast am Feldrand liegen. Dann trabte wieder ein Rudel Hunde auf mich zu, ich drehte mich schnell ab und eilte zurück zur Straße.

Ich ging weiter und dachte an Antonio. Ich sah das flache Land vor mir. Wer es gewohnt ist, einen Vulkan vor sich zu haben, dem fehlt hier der Orientierungspunkt. Ich nahm mein Handy aus dem Rucksack und begann zu telefonieren. Alessio hatte mir die Nummer von Giorgio Anguria gegeben, einem pensionierten Mitarbeiter der Stadtverwaltung. Er sei bekannt als Hobbyhistoriker und Lokalchronist. Ich erreichte Anguria auf Anhieb. Er freute sich, dass ein Schweizer Interesse an der Geschichte von Castel Volturno hatte, und versprach mir, nachzuschauen, was er im Zeitraum April 1990 in seinem Archiv aufbewahre. Wir verabredeten uns für den späteren Nachmittag auf der Piazza im alten Stadtkern, dort, wo der Fluss Volturno ins Meer münde.

Ein paar Minuten später rief meine Frau an und teilte mir mit, eine Dame namens Schafbein habe sich gemeldet.

»Wie, gemeldet?«

»Auf dem Festnetz, sie wollte dich sprechen. Ich habe ihr deine Handynummer gegeben. Sie wird dich anrufen oder dir mailen.«

Ich versuchte erst Sergio, dann Matteo, schließlich Donato anzurufen. Ich hatte keinen wirklichen Grund, nur eben eine Menge Zeit. In der Schweiz würde ich mich niemals trauen, einfach so jemanden anzurufen, den ich nicht so gut kenne.

Nach mehreren Versuchen erreichte ich Sergio.

»Wo bist du?«, fragte er.

»In Castel Volturno.« Ich bedankte mich für die Vermittlung des Kontakts zu Alessio und erzählte von unserer Tour.

»Sehr gut. Ich habe übrigens Hinweise gefunden, dass deine Theorie stimmen könnte«, sagte Sergio. »Der Nirone könnte tatsächlich einen Deal mit der nigerianischen Mafia geschlossen haben.« Es gehe vermutlich um Waffen aus alten jugoslawischen Beständen.

»Via Avvocato?«

»Das würde ich ausschließen, er ist schon zu lange isoliert. Der Deal lief eher über den Onkel des Nirone, Ciro Esposito, und die alten Verbindungen zu den Zigarettenschmugglern in Montenegro.«

Ich unterquerte die Autobahn, die parallel zur Domitiana gegen Süden führt. Zwei Lastwagen donnerten über den Asphalt und ich verstand Sergio für einige Augenblicke nicht.

»Die Frage, was die Espositos den Nigerianern angeboten haben, ist damit geklärt. Interessanter finde ich, wie die Nigerianer die Waffen bezahlen wollten. Und ich habe die Antwort gefunden: mit Erdöl!«

»Wie, Erdöl?«

»Sie wollten die Waffen mit Tankerladungen Erdöl bezahlen. Entweder über Libyen oder direkt aus Nigeria. Das Erdöl sollte nach Gioia Tauro geliefert werden, dort gibt es eine Raffinerie, und dann hier in Kampanien über ein eigenes Tankstellennetz verkauft werden. Das war der Plan.«

»Man kann doch nicht einfach so eine Tankerladung Erdöl ins Land schmuggeln«, sagte ich, »das fällt doch auf!«

»Na ja, erstens: Italien hat eine eigene Erdölproduktion, zufälligerweise in Kalabrien, wusstest du das? Zweitens: Auch die verrückteste Idee kann funktionieren, wenn sie neu ist. Drittens: Je weniger geächtet eine kriminelle Tat ist, desto eher findest du Helfer. Wem schadet man, wenn man Erdöl schmuggelt? Nur dem Staat. Und das macht hier jeder.«

Stimmt, dachte ich. Auch ich hatte für meinen Mantel, den ich gestern bei Maestro Ippolito abgeholt und bezahlt hatte, nicht auf einer Quittung bestanden.

In der Pension Makeba fragte ich den Concierge, ob ich ein Ladekabel ausleihen könne, ich müsse mein Handy spätestes über Nacht laden. Am Revers des Kittels des Concierge steckte ein goldenes Kreuz. Er lachte. »Dieses Problem haben die Schüler auf Klassenfahrt auch immer. Wir haben Dutzende Kabel.«

Er zog eine Schublade heraus, in der wir auch das passende Ladegerät für mein Modell fanden.

»Ich habe nicht vorgehabt, in Castel Volturno zu übernachten. Wo kann ich denn eine Zahnbürste kaufen?«

Er war zu jung für einen Pfarrer, fand ich. Ich zeigte auf sein Kreuz. Ob er noch in Ausbildung sei?

Er nickte. Er sagte, er komme ursprünglich aus dem Großraum von Accra, sei aber hier in Castel Volturno geboren.

Wie kann man aus einem anderen Ort kommen als aus dem, in dem man geboren wurde, fragte ich mich, sagte aber nichts. Ich hatte nicht damit gerechnet, hier mit vielen Migranten in Kontakt zu kommen. Also versuchte ich ihn in ein Gespräch zu verwickeln, fragte, wo er das Priesterseminar besuche, wie oft er hier arbeite, ob die Pension gut laufe.

Im Sommer seien sie immer ausgebucht. Alles Freiwillige, junge Leute aus ganz Italien, die hier mit ehrenamtlichen Arbeitseinsätzen verschiedene Initiativen gegen die Camorra unterstützten.

»Wo geht's denn zum Meer?«, fragte ich weiter.

»Einfach die Straße vor dem Haus sechshundert Meter weitergehen. Beim Lido Scalzone haben wir Liegestühle reserviert, aber jetzt ist es noch zu früh, die Saison beginnt erst nach Pfingsten.«

Ich zeigte erneut auf das Kreuz an seinem Revers. »Darf ich Sie noch etwas fragen? Sind viele Ihrer Landsleute Katholiken?«

»Drei Millionen, in Ghana.«

Ich sei heute mit einem Freund in Castel Volturno an verschiedenen Kirchen vorbeigefahren, die ich spontan Freikirchen zugeordnet hätte.

»Pfingstkirchen«, unterbrach er mich. »Sie haben großen Erfolg, in ganz Westafrika, und auch hier unter den Emigranten in Castel Volturno.«

»Noch etwas … Weil Sie gesagt haben, dass Sie ursprünglich aus dem Großraum von Accra kommen. Ist es für die Kinder der zweiten Generation wie Sie ein Thema, nach Ghana zurückzukehren?«

»Natürlich«, sagte er. »Wir müssen alle unser Land unterstützen. Wir können es von hier aus tun oder wir können zurückkehren.«

»Möchten Sie denn zurückkehren?«

Was er antwortete, schien mir im ersten Moment eine Ausrede, um meine lästige Fragerei abzuklemmen. Aber seine Antwort war weise.

»Das hängt nicht nur von mir ab«, sagte er.

Um Giorgio Anguria zu treffen, ließ ich ein Taxi kommen. Das wären weitere sieben Kilometer gewesen und musste nicht sein. Der historische Kern von Castel Volturno ist eine Piazza, die etwas erhöht über dem Fluss Volturno liegt. Mit dem Rücken zum Wasser steht das Rathaus, flankiert von zwei Bars. Wenn man vom Rand des Platzes hinunterschaut, sieht man den Fluss ins Meer münden.

Die Piazza war mit lavaroten Pflastersteinen ausgekleidet. Im Schatten von regelmäßig gepflanzten Platanen luden Bänkchen zum Verweilen ein. Aber es war alles leer, auch die Tische vor den beiden Bars.

Ich fragte Anguria, ob es einen Grund gebe, warum es hier so ausgestorben sei.

»Verkehrsfrei, auch die Zufahrt«, sagte er. Ich wisse ja, wie die Neapolitaner seien …

Ich sagte, ich fände den Platz schön. Er erinnere mich an die Dorfplätze im Norden.

»Ist ja auch vor zwei Jahren, dank EU-Geldern, umgestaltet worden. Früher war hier viel los. *Adesso è un posto senza memoria«,* jetzt sei es ein Ort ohne Gedächtnis.

Der Lokalhistoriker führte mich in die Geschichte Castel Volturnos ein, angefangen von der Jungsteinzeit über die Römer bis zur Bonifikation des Sumpfgebiets in der Zeit des Faschismus.

Ich war recht müde und unkonzentriert. Vielleicht lag es auch am Aperitif, den ich als Durstlöscher missbrauchte,

»Falls jene Ära länger angedauert hätte, sähe es hier heute anders aus«, fügte Anguria bissig hinzu. »Ganz anders.«

Ich ignorierte seine Bemerkung. »Um auf mein Anliegen zurückzukommen …«, versuchte ich das Gespräch abzukürzen. »Ich hatte Sie ja am Telefon gefragt, ob am 29. April 1990 etwas Außergewöhnliches in Castel Volturno vorgefallen sei. Haben Sie etwas gefunden?«

»Castel Volturno schaffte es schon damals kaum in die Schlagzeilen«, schüttelte Anguria den Kopf. Doch dann zog er mit einer ausladenden Geste seine Aktentasche hervor und verkündete triumphierend: »Aber ich bin natürlich nicht mit leeren Händen gekommen.« Er überreichte mir die Kopie eines Zeitungsberichts und fuhr fort: »Das ist zwar von später, Ende Mai. Hat aber mit der Camorra zu tun. Darum ist dieses Schwein auch nie verurteilt worden. *Che schifezza!* Die Stricher waren alle minderjährig.«

Ich hatte keine Lust auf weitere Kommentare Angurias und steckte den Artikel, ohne ihn zu lesen, in meinen Rucksack. »Sind die vielen Migranten in Castel Volturno für Sie ein Problem?«, versuchte ich das Gespräch auf ein allgemeineres Thema zu lenken. »In Castel Volturno sammelt sich alles an, was niemand will. *Tutta la monnezza.* Der ganze Abfall. Warum sind diese Migranten nicht bei euch? Weil ihr nicht so dumm seid wie wir.«

Auf Empfehlung des Seminaristen ging ich in eine Pizzeria an der Domitiana essen. Leider seien die Lokale am Meer zu dieser Jahreszeit geschlossen.

Neben mir saß eine Familie mit zwei Kindern. Sie waren alle vier ausgesprochen fett. Zur Vorspeise aßen sie Calamari im Bierteig, zum Hauptgang Pizza und zur Nachspeise je einen Babà, pilzförmige, in Likör getränkte Hefekuchen. Mir wurde schlecht vom Zusehen. Ich ließ, obwohl ich sehr hungrig gewesen war, die halbe Pizza liegen, bezahlte und ging am Strand entlang zurück. Es war den ganzen Tag schön, aber nicht sehr warm gewesen. Ich würde meine Jacke, die ich im Hotel gelassen hatte, holen müssen, falls ich noch weiter spazieren gehen wollte. Der Strand war dreckig und ungepflegt. Ich stand dicht am Wasser, sodass der Wellengang die Sohle meiner Wanderschuhe umspülte. Draußen sah ich einen Tanker und ein Frachtschiff. Hinter mir saßen junge Leute um ein Feuer. Sie hatten eine Musicbox dabei. Ich hörte nichts, der Wind trug die Töne von mir weg ins Landesinnere. Das Farbenspiel des Sonnenuntergangs, der feine Geruch des Salzes, das Rauschen der Wellen berührten mich, aber die Stimmung wurde von einem Hunderudel zunichtegemacht, das in meinem Blickfeld über eine Müllkippe bei der Pineta streunte. Ich hörte die Tiere jaulen und bellen, und als ich genauer hinschaute, sah ich einen Hund wühlen, schnappen, etwas mit dem Maul hervorziehen, das wie ein Bein aussah, woraufhin die anderen Hunde sich alle auf ihn stürzten. Mir lief es kalt den Rücken hinunter.

Ich ging dann trotzdem, als es schon dunkel war, entgegen Sergios Rat, an der Domitiana entlang. Ich hatte keine Angst, wovor auch? Prostituierte sah ich kaum. Ich ging drei, vier Kilometer und traf auf ein paar Frauen mit knalligen, engen Plastikhosen und Plateauschuhen. Wenn ich sie unter einer Straßenlaterne sah, wechselte ich die Straßenseite. Sie beachteten mich nicht. Ich muss ausgesehen haben wie Reinhold Messner auf dem Weg zu einem Achttausender, den Kragen der Jacke hochgeschlagen, gegen den Wind ein Halstuch umgebunden, auf dem Kopf meine Schweizer Strickmütze. Den Rucksack hatte ich umgeschnallt, auch wenn nur Handy und Brieftasche darin waren. Da ich in Neapel oft und viel zu Fuß unterwegs bin, habe ich mir angewöhnt, immer Wanderschuhe anzuziehen, denn die löchrigen, unebenen, mal brüchigen, mal rutschigen Wege sind durchaus mit alpinem Gelände vergleichbar.

Männliche Prostituierte sah ich keine. Die standen angeblich bei der Pineta Grande, das war zu weit weg. Ich machte kehrt und richtete den Blick, wenn ich den Prostituierten wieder begegnete, starr auf den Weg vor mir. Ich hatte inzwischen den Artikel gelesen, den mir Anguria gegeben hatte. Darin wird von der Verhaftung eines Mannes wegen Unzucht berichtet. Der Beschuldigte, ein gewisser Mario M., sei bereits einmal im bekannten Stricherpark Pineta Grande angehalten worden.

Mario Moco. Zio Mario! Er war also die Verbindung der Espositos zu Castel Volturno. Ich resümierte: Zio Mario war einer der wichtigsten Vertrauten des Avvocato und Rosettas. Er taucht immer wieder in den Schilderungen auf: als Bewunderer Bernardas, als Begleiter Antonios beim Limoncello-Produzenten Vito Acerra, als rechte Hand von Rosetta beim Verteilen der Pensionen, als Fahrer des Busses, der auf der Rückkehr der Wallfahrt zu Padre Pio verunfallte. Schließlich ist er auch als Besucher Antonios im Gefängnis von Cuneo verzeichnet. Hatte nicht Rosetta Esposito mir in Viviano gesagt, nur Mario Moco könne mir über Antonios Herkunft Auskunft geben?

Ich war mir jetzt sicher: In Castel Volturno, wo man für Geld alles bekommt, wo kein Kind einer illegalen Migrantin registriert wird, war es für Mario Moco nicht schwierig gewesen. Er hatte das Durcheinander am Tag des Meistertitels ausgenutzt und der verzweifelten Bernarda im Ospedale degli incurabili in Neapel anstelle des Kindes, das sie verloren hatte, ein neues gebracht, ein angeblich oder tatsächlich ausgesetztes. Dass es schwarz war, spielte keine Rolle. Es war ein Kind der Madonna.

Am nächsten Morgen ging ich wieder am Meer entlang, die Sonne im Rücken. Am Strand kappte ein Mann mit einer Sense halb verdorrte Strandpflanzen, die überall wucherten, und warf sie in einen Müllwagen, den er vor sich herschob.

Auf der Domitiana war mehr los. Autos und Lastwagen füllten beide Fahrbahnen, am Rand fuhren Menschen auf Fahrrädern oder warteten an Busstationen.

Beim Kreisel hielt ich Ausschau nach Tagelöhnern. Ich war, wenn hier wirklich welche gewartet hatten, zu spät.

Zurück im Makeba fragte mich die Frau von der Rezeption, ob ich nicht gut geschlafen hätte. Wahrscheinlich konnte sie sich nur so erklären, warum ich bereits um 8 Uhr zurück vom Morgenspaziergang kam. »Nein, nein«, sagte ich. »Ich habe nur ein kleines Problem.« Vielleicht könne sie mir behilflich sein. Ich wolle ein Auto mieten, das ich heute Abend am Bahnhof in Neapel zurückgeben könne. Sie sagte, das lasse sich problemlos organisieren, es dauere aber sicher eineinhalb, zwei Stunden. Und das Herbringen des Autos koste extra. Ob dreißig Euro dafür in Ordnung seien?

Sie griff zum Hörer, entnahm meine Personalien und meine Kreditkartennummer dem Gästeformular und sagte, sie werde sich melden, sobald der Wagen hier sei.

Ich ging ein langes Stück auf der Domitiana in Richtung Süden, bis zu der Bar, in der ich gestern mit Alessio gefrühstückt hatte. Diesmal entschied ich mich für ein Cornetto ohne Füllung. Ich fragte die Herumstehenden nach einem Schuhgeschäft und einem Herrenbekleider. Ein

Kunde fuhr mich ins Stadtzentrum von Castel Volturno und setzte mich bei einem Geschäft ab, das beides führte. Es öffnete erst um halb zehn.

Ich konnte mit meinen Wanderschuhen nicht gut Auto fahren, und bei dem schönen Wetter wollte ich meinen dicken Pullover gegen ein Hemd tauschen. Ich las Zeitung, bis die Besitzerin kam und mich mit einem hellblauen, weiß gepunkteten Hemd und dunkelbraunen Lederschuhen, hergestellt in einer lokalen Fabrik, herausputzte. Sie schmeichelte mir, indem sie mir sagte, ich solle das Hemd über der Hose tragen, öffnete einen zusätzlichen Knopf am Hals und schlug die Ärmel am Puls zurück. So sehe es leger aus. Sie machte einen aufgeräumten Eindruck, ich wollte ihr nicht mit lästigen Fragen über das Leben in Castel Volturno die Laune verderben. Noch im Geschäft bekam ich den Anruf, mein Mietauto stehe bereit.

Der Fiat war sogar ein Automat und hatte darüber hinaus ein Navigationsgerät. Ich gab die Adresse der Molkerei Terre libere dalla Mafia ein, sie lag zwar noch auf dem Gemeindegebiet von Castel Volturno, aber vom Makeba siebzehn Kilometer entfernt. Gut, dass ich mir das Fahrzeug hatte besorgen lassen!

Alberto, der zweite Kontakt Sergios, hatte am Telefon noch einmal beteuert, es spiele keine Rolle, wann ich kommen würde, aber als ich vorfuhr, war er gerade auf dem Sprung. Er müsse weg, in maximal einer Stunde sei er zurück. Was ich in der Zeit zu tun gedenke?

Ich sagte: »Warten.«

Alberto bot mir an, in seinem Büro oder drüben im Laden zu warten, und fuhr los. Ich blieb erst eine Weile im Auto sitzen, dann entschloss ich mich, die Umgebung zu erkunden.

Ich fuhr bis Casal di Principe, eine der berüchtigtsten Camorra-Hochburgen, wo die Bosse, so stand es in einem von Antonios Büchern, sich vergoldete Paläste bauen ließen.

Die Akten der Procura von Santa Maria Capua Vetere zum Mozzarella-Gate waren immens, aber zum Glück elektronisch aufgearbeitet, sodass ich Auszüge jener Seiten zugestellt bekommen hatte, auf denen Antonio Esposito erwähnt wird.

Als der Skandal aufflog, wurden zahlreiche Exponenten der Camorra verhaftet und angeklagt. Antonio konnte man nicht dingfest machen. Im Verzeichnis der DDA, der Direzione Distrettuale Antimafia, gilt Antonio Esposito seither als flüchtig.

Bis zu seinem Verschwinden, las ich in den Akten, wohnte Antonio in einem illegal in der Landwirtschaftszone von Casal di Principe erbauten Wohnhaus – zusammen mit einer gewissen Elizabeth Yaaba Abogaye, zweiunddreißig Jahre alt, und ihrer fünfjährigen Tochter Priscilla, beide ohne Aufenthaltsgenehmigung. Sogar die Adresse war in den Gerichtsakten angegeben: Via campi, civico numero 137. Ich tippte sie ein, und das Navigationsgerät führte mich außerhalb des Orts auf einen Feldweg.

Die Umgebung von Casal di Principe ist absolut flach. Sie besteht vor allem aus Feldern und hoch ummauerten Grundstücken. Ich stieg aus und schaute über die Mauern in Richtung Neapel. Hatte Antonio hier gewohnt, damit er den Vesuv sehen konnte? Ich bewunderte die Blautöne am Horizont. Der Hauptkrater des Vulkans bildet mit dem Monte Somma einen einzigen Berg, der von Norden und Süden sanft ansteigt und Stadt und Land zu umarmen scheint.

Auf dem Rückweg hielt ich bei einer Büffelherde. Die Tiere weideten auf sumpfigem Gelände, einige steckten das Maul in Futterkrippen direkt an der Straße. Ich machte ein paar Fotos, dann fuhr ich zurück zur Kooperative, um auf Alberto zu warten.

»*Bene Confiscato: Qui la Camorra ha perso.* Beschlagnahmtes Gut: Hier hat die Camorra verloren«, stand in schwarzen Lettern auf einer Plastikplane über dem Eingang zum Verkaufsladen. Der Tür war offen, ich ging hinein und studierte die Gestelle. Produkte von anderen Genossenschaften der Vereinigung Terre libere della Mafia wurden angeboten. Eingemachte Früchte, Dosengemüse, Kichererbsen, Teigwaren und Wein. Ein großes Plakat verkündete: Mehr als zehntausend Kontrollen jährlich!

Man konnte auch T-Shirts aus Biobaumwolle mit aufgedruckten Slogans kaufen. Das T-Shirt mit dem berühmten Satz von Paolo Borsellino, dem von der Mafia ermordeten Staatsanwalt von Palermo, würde auch Antonio gut anstehen: »*Chi ha paura, muore tutti i giorni. Chi non ha paura, muore una volta solo.* Wer Angst hat, stirbt jeden Tag. Wer keine Angst hat, stirbt ein einziges Mal.«

Ich steckte einen der Flyer ein, auf dem ich das letzte Wort mit meinem Stift mehrmals umkringelt hatte: *La cooperativa è un'iniziativa che da oltre dieci anni racconta di un riscatto,* die Kooperative verkörpert seit über zehn Jahren eine Geschichte der Erneuerung.

Im Raum neben dem Verkaufsladen befand sich die Käserei. Hinter einem Plastikvorhang erblickte ich mehrere Kessel und längliche Chromstahlwannen. Die Wände und der Boden waren mit weißen Fliesen ausgelegt, blitzten sauber. Es roch angenehm, leicht säuerlich.

Ich verließ das Gebäude und ging in Richtung der Lagerhallen. In der Garage sah ich einen Mann am Steuer eines

Pick-ups dösen. »Salve!«, rief ich ihm zu. Ob ich etwas kaufen könne. Er schreckte hoch. Freitags sei der Verkaufsladen geschlossen. Nur von Dienstag bis Donnerstag könne man Mozzarella kaufen.

»Es sind aber noch ein paar Packungen übrig, wenn ich es richtig gesehen habe.«

»Was?« Der Mann stieg aus, eilte in die Käserei und kam mit einem Kessel zurück, in dem ein gutes Dutzend Tüten lagen, gefüllt mit je zwei Mozzarella-Kugeln. »Die muss ich heute noch ausliefern.«

»Können Sie mir nicht eine Packung verkaufen?«

»Nein, sind alle reserviert.«

»Kann ich eure Mozzarella irgendwo in Castel Volturno oder in Neapel kaufen?«

Er schüttelte wieder den Kopf. »Nein, geht alles außerhalb der Region.«

Ob ich wenigstens eine der leeren Verpackungstüten mitnehmen könne, fragte ich.

»Bitte, so viel Sie wollen!« Er verschwand und wenig später hörte ich den Pick-up wegfahren.

Was mache ich eigentlich noch hier, fragte ich mich und regte mich über mich selber auf. Es war weit mehr als eine Stunde vergangen, seitdem Alberto weggefahren war. Ich setzte mich wieder in meinen Wagen und studierte die Mozzarella-Tüten. Sie trugen das DOP-Siegel, *denominazione di origine protetta,* Garantie für eine geschützte Herkunftsbezeichnung, und versprachen, dass die Büffelmilch aus kampanischer Produktion und bei der Verarbeitung nicht älter als sechzig Stunden gewesen sei, dass keine Konservierungs- oder künstlichen Verdickungsmittel, keine chemischen Zusätze und keine gentechnisch veränderten Stoffe bei der Produktion eingesetzt worden seien.

Wieder der Hinweis: mehr als zehntausend Kontrollen jährlich!

Was die Verpackung nicht sagte: Die geschützte Ursprungsbezeichnung unterscheidet zwischen lokaler DOP aus Rohmilch und DOP für den Export außerhalb Kampaniens. Für Export-Mozzarella ist nicht nur die Verwendung pasteurisierter, sondern sogar gefrorener Büffelmilch erlaubt. Traditionell aus Rohmilch hergestellten Büffelmozzarella kann man gar nicht exportieren.

Von Alberto hätte ich das alles kaum erfahren. Vermutlich witterte er in mir einen selbstgerechten Schweizer mit simpler Doppelmoral und ließ mich deshalb auflaufen.

Die Verpackung bestätigte mir, was die Akten der Staatsanwaltschaft zum Mozzarella-Gate an Fälschungsmöglichkeiten aufzählten. Für mich war klar: Antonio war innerhalb des Rea-Clans zum logistischen Kopf geworden. Es war seine Idee gewesen, süddeutsche Kuhmilch über Umwege durch mehrere EU-Länder und dank Spezialzusätzen in neapolitanischen Büffelmozzarella zu verwandeln. Der Frevel wurde erst nach Jahren entdeckt. Bis dahin hatten allein die Reas, wie man schätzt, mehrere Dutzend Millionen Euro mit gefälschtem Büffelmozzarella verdient.

Einen Hinweis in den Akten fand ich besonders interessant: Die gewaltigen Mengen an deutscher Kuhmilch, die in den Käsereien der Reas verarbeitet wurden, waren in einem Netz ausgedienter Tankstellen in ganz Kampanien zwischengelagert worden.

»Du bist noch auf der Azienda?«, fragte Alberto erstaunt. Es war jetzt nach 4 Uhr. Ich hatte es, ziemlich entnervt, endlich gewagt, ihn anzurufen. Wenigstens hatte ich die Akte Mozzarella-Gate so genau gelesen wie nie zuvor und war auf das »Netz ausgedienter Tankstellen« gestoßen.

»Michele sagte mir, du seist weggefahren.«

»Ich? Weggefahren? Ich habe kurz eine Runde gedreht … Seither warte ich hier!«

Es tue ihm leid, er sei zu Hause. Morgen um 10 Uhr treffe er eine Gruppe junger Leute zu einer Debatte, falls ich da Zeit hätte …

Geehrter Herr,

mein Sohn hat mich beauftragt, Ihnen zu schreiben. Obwohl wir Ihre achtbare Art, mit uns in Verbindung zu treten, schätzen, können wir Ihrem Wunsch nach einem Treffen nicht nachkommen. Ich darf Ihnen in seinem Namen mitteilen, dass er sich entschlossen hat, mit der Polizei zusammenzuarbeiten und unter neuer Identität ein neues Leben zu beginnen. Er bittet Sie inständig, keine weiteren Recherchen anzustellen, sie könnten seine Sicherheit gefährden.

Ich grüße Sie freundlich, auch in seinem Namen.
B. M. Schafbein

Ich fuhr zurück ins Makeba. Ich hatte das Geschenk für meine Frau, die Einkaufstasche, die ich Iolanda abgekauft hatte, liegen gelassen. Sie stehe an der Rezeption zur Abholung bereit, wurde mir ausgerichtet, man habe sie in meinem Zimmer gefunden.

Die Sonne stand tief und blendete. Es war mir, als würde eine kreideweiße Linie den Horizont teilen. Ich blinzelte immer wieder, endlich hielt ich an. Vielleicht konnte ich irgendwo Augentropfen beschaffen.

Ich sah Schüler zu Fuß auf dem Nachhauseweg. Landarbeiter auf Fahrrädern und Mofas, verfolgt von einem Lastwagen, auf dessen Ladefläche weitere Arbeiter standen. Sie hielten in meiner Nähe. Eine Lagerhalle am Straßenrand war offensichtlich ein Verkaufsladen. Im Innern, wo sich die Waren in Kisten stapelten, sah ich viele Frauen. Von Weißen wurde das Geschäft nicht besucht. Augentropfen fand ich hier nicht, dafür Wasser. Auch die Landarbeiter holten sich Getränke. Später sah ich sie im Schatten des Lastwagens gestikulieren und trinken.

Am Empfang des Makeba stand noch immer die Concierge vom Morgen. Sie hatte bestimmt viel zu tun gehabt, aber jetzt war die Gruppe aus Reggio Emilia eingecheckt und auf die Zimmer verteilt. Vor ihr lag ein Stapel Identitätskarten, die sie gruppierte und in ein Holzregal mit nummerierten Fächern schob. Sie fragte, als sie mir die Tasche hervorholte, ob ich mit dem Wagen zufrieden sei. Ich starrte auf das Namensschild an ihrer Brust: Ans Olufunmilayo. Sie hatte am Morgen keines angesteckt gehabt. In letzter Sekunde, anstatt zu fragen, ob das ihr Name sei, fragte ich: »Warum heißt dieses Haus eigentlich Makeba?«

Ans Olufunmilayo zeigte aus dem Fenster. Der Garten war durch die jungen Leute aus Reggio, durch ihre Rufe und ihr Lachen belebt.

»Haben Sie das Monument nicht gesehen?«, fragte sie.

»Monument?«

Sie zeigte noch genauer über die Treppen des Zugangs auf die andere Straßenseite, hinüber zu einer Betonstele. Seitlich, einen Halbkreis bildend, ein paar Sitzsteine, die Erde davor braun und platt getreten. Mir waren gestern nur die frischen Blumen am Boden aufgefallen.

Ich ging hinaus, über die Straße. Goldene Buchstaben waren auf dem Beton der Stele angebracht: Mama Africa. Darunter war die Umrisslinie des afrikanischen Kontinents mit einer gestreiften Folie überklebt. Ich musste zurücktreten und die Augen zukneifen, dann erkannte ich das quer schraffierte Gesicht einer Frau, das rechts an mir vorbei in die Weite schaute.

Darunter stand in kleineren goldenen Buchstaben:

Miriam Makeba

4. März 1932 Johannesburg

9. November 2008 Castel Volturno

Ich eilte zurück. Die Rezeptionistin drehte ihren Dienstcomputer zu mir, und als ich wieder vor dem Tresen stand, startete sie die verwackelte Amateuraufnahme eines Konzerts. Die Sängerin ist gesundheitlich sichtlich angeschlagen, sie bewegt sich kaum und ihre Stimme ist brüchig. »Ich bin hier, um gegen Rassismus und gegen die Camorra zu demonstrieren. Und um allen Bewohnerinnen und Bewohnern von Castel Volturno meine Solidarität auszudrücken«, sagt sie. Ihr Auftritt ist kurz. Als sie von der Bühne will, fordert das Publikum lautstark eine Zugabe. Die Aufnahme ist jetzt noch verwackelter als vorher, so als würde die Hand mit der Kamera zur Bühne geschubst. Die Band stimmt an, doch es sind mehr die Leute rundherum, die singen, als die Sängerin, die nur zaghaft und fast kraftlos beim Refrain »Pata, Pata« und im Sprechgesang zwischen den Strophen zu vernehmen ist.

Inzwischen hatten sich etliche der jungen Leute aus dem Garten um mich geschart. Sie erkannten das Lied und begannen zu singen, zu schreien und zu tanzen. Als es fertig war, wollten sie es noch mal hören, aber in einer anderen, qualitativ besseren Aufnahme, und wieder sangen und tanzten sie dazu. Ich bat Ans um die Erlaubnis, noch einmal die Toilette benutzen zu dürfen. Dann verabschiedete ich mich.

Ich wollte, bevor ich losfuhr, noch einmal auf die Domitiana. Jetzt, am späten Nachmittag oder frühen Abend, waren besonders viele Leute auf der Straße, auf der *passeggiata*. Die Migranten, wenn es denn überhaupt Migranten waren, fielen auf. So wie damals, als meine Eltern in die Schweiz kamen, die Italiener sofort auffielen, wenn sie sich aus dem Haus trauten.

Seitdem ich wusste, dass ich Antonio in Minori begegnet war, hatte ich zwar kein bestimmtes Bild von ihm, aber ich konnte die Domitiana in Castel Volturno entlanggehen und mich bei jedem schwarzen Mann, den ich sah, fragen: Ist er das? Oder das? Oder das? Und versuchen, mich zu erinnern.

Ich war mir auf einmal sicher, wo ich ihn finden würde. Er war weder in Afrika noch in Deutschland. Er war auch nicht tot oder im Gefängnis. Er war hier.

Antonio ist hier in Castel Volturno, unsichtbar, sichtbar. Wenn ich lange genug suche, werde ich ihn finden. Hier ist er am sichersten, hier ist er bei sich und gleichzeitig aufgelöst in den Zwanzigtausend, die gar nicht hier sein sollten, die es gar nicht gibt. *Clandestino,* heimlich, illegal, schwarz.

Mir gefiel der Gedanke, dass Antonio für immer hierbleiben würde. Wie die meisten, die hier waren und nie zurückkehrten. Er würde bleiben und irgendwann vielleicht seine Geschichte selber erzählen. So wie viele Neapolitanerinnen und Neapolitaner ihre Geschichte erzählen, immer schon erzählt haben.

Es war spät geworden. Trotzdem nahm ich den längeren Weg, am Meer entlang, um nach Neapel zurückzufahren. Kurz vor Pozzuoli fuhr ich auf eine Straßensperre zu. Eine Brücke sei einsturzgefährdet, *causato dal bradisismo,* stand da, und bleibe bis auf weiteres unpassierbar. Vermutlich war die Sperrung schon länger signalisiert gewesen, aber ich hatte es übersehen. Wenigstens verstand ich jetzt, warum ich die letzten Kilometer keinem einzigen Fahrzeug mehr begegnet war. Ich musste kehrtmachen und zurückfahren.

Foto: Luca Bricciotti

Franco Supino, 1965 geboren in Solothurn, wuchs als Kind italienischer Eltern zweisprachig auf. Er studierte in Zürich und Florenz Germanistik und Romanistik. Supino ist Dozent an der Pädagogischen Hochschule Nordwestschweiz und freier Autor. Sein erster Roman *Musica Leggera* erschien 1995. Es folgten fünf weitere Romane, in denen Supino die eigene Migrationsgeschichte und verschiedene Künstlerbiografien erzählend erforscht. In den letzten zehn Jahren hat er sich vermehrt der Kinder- und Jugendliteratur zugewandt. Franco Supino lebt mit seiner Familie in Solothurn.

Cesare Pavese	*Der Mond und die Feuer*
Lisa Elsässer	*Fremdgehen*
Bruno Pellegrino	*Atlas Hotel*
Pascale Kramer	*Die Lebenden*
Romana Ganzoni	*Granada Grischun*
S. Corinna Bille	*Für immer Juliette*
Romain Gary	*Du hast das Leben vor dir*
Pascale Kramer	*Autopsie des Vaters*
Yael Inokai	*Mahlstrom*
Cesare Pavese	*Das Haus auf dem Hügel*
Matthias Amann	*Hunde im Weltraum*
Vincenzo Todisco	*Das Eidechsenkind*
Marie Modiano	*Ende der Spielzeit*
Ruska Jorjoliani	*Du bist in einer Luft mit mir*
Rolf Hermann	*Flüchtiges Zuhause*
Paolo Cognetti	*Fontane Numero 1*
Romain Gary	*Die Jagd nach dem Blau*
Lisa Elsässer	*Erstaugust*
S. Corinna Bille Maurice Chappaz	*Ich werde das Land durchwandern, das Du bist*

Cesare Pavese	*Der Genosse*
Leta Semadeni	*Tamangur*
Pascale Kramer	*Eine Familie*
Romana Ganzoni	*Tod in Genua*
Andreas Nentwich	*Change Ringing*
Gabriella Zalapì	*Antonia*
Fabio Andina	*Tage mit Felice*
Marie-Hélène Lafon	*Die Annonce*
Simon Deckert	*Siebenmeilenstiefel*
Cesare Pavese	*Der schöne Sommer*
Alexandre Hmine	*Milchstraße*
Fabio Andina Lorenzo Custer	*Tessiner Horizonte –* *Momenti ticinesi*
Elena Costa	*Der Traum vom kühnen Leben*
Ruska Jorjoliani	*Drei Lebende, drei Tote*
Gino Vermicelli	*Die unsichtbaren Dörfer*
Marie-Hélène Lafon	*Geschichte des Sohnes*
Franco Supino	*Spurlos in Neapel*
Dacia Maraini	*Caro Pier Paolo*

EDITION BLAU
Rotpunktverlag